Das Flüstern im Watt

Gerd Kramer wurde 1950 in der Theodor-Storm-Stadt Husum geboren und ist dort aufgewachsen. Nach seinem Physikstudium in Kiel arbeitete er als Akustiker und Software-Entwickler im Rheinland. 1987 gründete er eine eigene Firma, in der er noch heute tätig ist. Einen Teil des Jahres verbringt er in seiner Heimatstadt, die ihm den Stoff für seine Romane liefert.

GERD KRAMER

Das Flüstern im Watt

KÜSTEN KRIMI

emons:

Bibliografische Information der Deutschen Nationalbibliothek
Die Deutsche Nationalbibliothek verzeichnet diese Publikation
in der Deutschen Nationalbibliografie; detaillierte bibliografische
Daten sind im Internet über http://dnb.d-nb.de abrufbar.

© Emons Verlag GmbH
Alle Rechte vorbehalten
Umschlagmotiv: gordonBelow/photocase.de
Umschlaggestaltung: Nina Schäfer, Tobias Doetsch
Gestaltung Innenteil: César Satz & Grafik GmbH, Köln
Lektorat: Dr. Marion Heister
Druck und Bindung: CPI – Clausen & Bosse, Leck
Printed in Germany 2017
ISBN 978-3-7408-0190-8
Küsten Krimi
Originalausgabe

Unser Newsletter informiert Sie
regelmäßig über Neues von emons:
Kostenlos bestellen unter
www.emons-verlag.de

Für meinen Bruder Manfred

Meeresstrand

Ans Haff nun fliegt die Möwe,
Und Dämmrung bricht herein;
Über die feuchten Watten
Spiegelt der Abendschein.

Graues Geflügel huschet
Neben dem Wasser her;
Wie Träume liegen die Inseln
Im Nebel auf dem Meer.

Ich höre des gärenden Schlammes
Geheimnisvollen Ton,
Einsames Vogelrufen —
So war es immer schon.

Noch einmal schauert leise
Und schweiget dann der Wind;
Vernehmlich werden die Stimmen,
Die über der Tiefe sind.

Theodor Storm, 1817–1888

1

Waldemar Flottmann hatte seinen Lieblingsort gefunden. Hier an der Halbmondwehle tankte er die notwendige Energie für die Arbeit. Eine innere Unruhe, die er nicht begründen konnte, hatte ihn früh aufwachen lassen. Jetzt stand er auf der Fußgängerbrücke, die über den Sielzug führte. In der Ferne grasten Gallowayrinder zwischen Windkraftanlagen, deren Flügel sich mühsam drehten. Die ersten Sonnenstrahlen versuchten den Nebel zu durchdringen und verzauberten die Landschaft – ein seltenes Schauspiel um diese Jahreszeit. Regen hatte die Temperatur über Nacht spürbar absinken lassen. Flottmann zog den Kragen seiner Jacke enger und sog die salzige Seeluft geräuschvoll durch die Nase ein. Das Schöpfwerk spiegelte sich im ruhigen Gewässer. Er stieß mit dem Fuß einen Kieselstein von der Brücke, und von einer Sekunde auf die andere stimmte das Spiegelbild nicht mehr mit der Realität überein. Das Gebäude krümmte sich und zerfloss vor seinen Augen. Nach einiger Zeit ordnete es sich erneut. Manchmal, so ging es dem Kriminalbeamten durch den Kopf, fügten sich auch die Puzzlestücke langwieriger Ermittlungen auf ähnlich wunderbare Weise zu einem stimmigen Bild.

Er lehnte sich über das Geländer und blickte in sein eigenes Antlitz: Hauptkommissar Waldemar Flottmann, geschieden, seit einem halben Jahr bei der Husumer Polizei, siebenundvierzig Jahre alt, kaum graue Strähnen in den schwarzen, zurückgekämmten Haaren, maximal zwanzig Kilogramm zu viel auf den Rippen. Aber ein aufrechter Kerl, der den Kollegen in Bonn nur wenige ungeklärte Fälle zurückgelassen hatte. Alles in allem war er an diesem Morgen mit sich zufrieden. Die kühle Nordseeluft hatte seine innere Unruhe hinweggeblasen und neue Lebensgeister geweckt.

Er warf einen letzten Blick in Richtung Schöpfwerk. Erst jetzt nahm er eine Gestalt wahr, die reglos am Ufer der Wehle kauerte. Er setzte das Fernglas an: eine junge Frau mit blonden, schulterlangen Haaren, viel zu dünn gekleidet für den kühlen Morgen. Flottmann verließ die Brücke und ging die schmale Straße entlang. Sie bemerkte ihn nicht einmal, als er vor ihr stand. Sein Blick fiel auf ihre linke Hand, die auf dem Knie ruhte. Vom Ringfinger war nur ein fleischiger Stumpf zu sehen. Ihr T-Shirt war mit Blut getränkt. Er wollte etwas sagen, doch der Anblick raubte ihm für einen Moment die Sprache. Als Kriminalist hatte er so manches erlebt, aber die Szene hatte etwas, das ihn tief berührte. Die Frau drehte langsam den Kopf zur Seite. Ihre glasigen Augen starrten ihn an. Dann stieß sie einen Schrei aus, der nicht enden wollte. Er stolperte rückwärts auf die Straße. Selten hatte er sich so hilflos gefühlt wie in diesem Augenblick. Aber es dauerte nicht lange, bis professionelle Routine die Gefühle in den Hintergrund drängte. Er zog sein Handy aus der Jackentasche und wählte die 112. Mit präzisen Worten übermittelte er die erforderlichen Informationen an die Rettungsleitstelle.

Flottmann traute sich nicht, erneut auf die junge Frau zuzugehen und sie anzusprechen. Er stand wie angewurzelt am Straßenrand und ließ sie nicht aus den Augen. Nur ab und zu ging sein Blick Richtung Bundesstraße, aus der der Rettungswagen kommen würde. Erleichtert atmete er auf, als die Hilfe endlich eintraf. Aus dem Fahrzeug stiegen ein junger Mann in Sanitätskleidung und eine Ärztin mit strohblonden Haaren und einem freundlichen Lächeln auf den Lippen. Sie stellte sich als Lena Abendroth vor.

Nachdem Flottmann die Situation geschildert hatte, ging sie auf die Patientin zu und setzte sich neben sie. Vor der Ärztin schien die junge Frau keine Angst zu haben. Flottmann beobachtete die Szene aus der Entfernung. Er konnte nicht hören, was gesprochen wurde, hatte aber den Eindruck, dass es Lena Abendroth gelungen war, eine Verbindung zu ihr aufzubauen.

»Sie ist gut«, sagte der Sanitäter. »Sie versteht etwas von Menschen und bleibt immer ruhig, egal, was passiert.«

Nach einigen Minuten kamen die beiden Frauen zu ihnen herüber. Als das Mädchen in den Transporter stieg, traf Flottmann ein Blick, traurig, verstört, hilfesuchend.

Der Blick verfolgte ihn noch während der Fahrt ins Büro und brachte Erinnerungen aus seinem langen Berufsleben hervor, die er hatte zurücklassen wollen. Fast immer waren seine Ermittlungen mit Schicksalen verbunden gewesen, die für die Beteiligten nur schwer zu ertragen gewesen waren. Und so manches Mal hatte er nicht die notwendige Distanz zu den Ereignissen aufgebracht. Aber das hier war etwas anderes. Das Mädchen lebte und würde voraussichtlich genesen. Trotzdem war ihm die Begegnung nahegegangen, mehr, als er es für möglich gehalten hätte.

Er bog in die Finkhauschaussee ein und beschleunigte seinen Wagen. Die Strecke bis zur Dienststelle in der Poggenburgstraße legte er zurück, ohne die Umwelt und den Straßenverkehr bewusst wahrzunehmen. Stattdessen verfolgten ihn die inneren Bilder, verbunden mit mehr oder weniger passenden Geschichten über das, was geschehen sein konnte.

Als er auf den Parkplatz fuhr, versuchte er in den Arbeitsmodus umzuschalten. Das Mädchen war in guten Händen, und auf ihn warteten dringende Aufgaben. Den Bericht über den Einbruch in die Apotheke hätte er bereits vor Tagen fertigstellen müssen, um zehn Uhr stand die Vernehmung eines Zeugen in der Brandstiftungssache Papiercontainer an, und mit dem Cannabisanbau in der Kleingartenanlage musste er sich ebenfalls befassen. Zu allem Überfluss landeten zurzeit Vorgänge auf seinem Schreibtisch, die Sache des Dienststellenleiters gewesen wären. Aber der lag wegen Herzproblemen im Kieler Universitätskrankenhaus.

Der Kollege und Mitarbeiter Gustav Hilgersen schlürfte aus einem Becher mit der Aufschrift »Plattschnacker«, als Flottmann das gemeinsame Büro betrat. Die beiden waren nicht nur äußerlich recht verschieden. Der zehn Jahre jüngere Hilgersen war einen Kopf kleiner als Flottmann und von drahtiger Statur. Seine dunkelblonden, kurz geschnittenen Haare wiesen symmetrische Geheimratsecken auf. Seine Nase war leicht gebogen und die Gesichtshaut etwas rötlich, als hätte er einen Schluck zu viel getrunken. Er war meistens redselig und konnte anderen mit seiner Art so manches Mal auf die Nerven gehen. Jedenfalls empfand Flottmann das so.

»Moin«, grüßte dieser und setzte sich an seinen Schreibtisch.

»Moin. Ist dir eine Laus über die Leber gelaufen?«

»Was?«

»Ich erkenne den Gemützustand eines Menschen an der Art, wie er das Moin ausspricht.«

»Was für ein Quatsch«, brummte Flottmann.

»Na ja, vielleicht funktioniert das bei dir wegen deines rheinischen Akzents nicht.«

Flottmann hatte keine Lust, etwas zu entgegnen. Das Mädchen von der Halbmondwehle spukte immer noch in seinem Kopf herum. Die Hand mit dem Fingerstumpf, das Blut – das war kein Unfall gewesen. Er blätterte eine Zeit lang in der Akte »Cannabis«, ohne einen zusammenhängenden Satz aufzunehmen. Schließlich klappte er die Mappe zu.

»Ich muss noch mal weg. Du übernimmst den Zeugen. Er kommt um zehn«, rief er Hilgersen im Gehen zu.

»Welchen Zeugen?«

»Papiercontainer, Brandstiftung. Du weißt Bescheid. Der Vorgang liegt auf meinem Schreibtisch.«

Hilgersens Antwort hörte er nicht mehr.

In der Klinik fragte er nach der Ärztin. Sie holte ihn am Empfang ab und führte ihn in einen Aufenthaltsraum. Flottmann zeigte seinen Dienstausweis.

»Setzen Sie sich bitte. Sie sind von der Polizei? Dann hat Sie heute Morgen jemand benachrichtigt?«

»Ich war rein zufällig vor Ort. Das heißt, ich bin oft dort, um mich sozusagen auf den Tag einzustimmen.«

»Eine Art von Meditation?« Sie lächelte und neigte dabei den Kopf ein wenig zur Seite. Flottmann schätzte sie auf Anfang vierzig, aber ihre Ausstrahlung und Gestik wirkten jugendlich unbekümmert. Das passte so gar nicht in das Bild, das er von den Vertretern ihres Berufsstandes hatte.

»Ja, das könnte man so sagen. Der Anblick der Natur hilft manchmal, Dinge ins rechte Licht zu rücken. Wie geht es Ihrer Patientin?«

»Ich bin nicht die behandelnde Ärztin. Aber ich bin informiert. Sie heißt Katrin Lehrbach. Die Eltern wurden benachrichtigt. Sie sind hier.«

»Wissen Sie, was passiert ist?«

»Nein. Sie ist kaum ansprechbar und wird auch in den nächsten Tagen keine Fragen beantworten können.«

»Der Finger?«

»Wurde mit einer stumpfen Klinge abgetrennt. Der Knochen ist zersplittert. Wir werden sie operieren müssen. Eine Wiederherstellung ist natürlich nicht möglich. Selbst wenn wir den Finger gefunden hätten, wäre eine Replantation kaum erfolgversprechend.«

»Ich würde gerne mit ihren Eltern sprechen.«

»Im Moment ist das ungünstig. Sie werden sicher noch einige Stunden bei ihrer Tochter bleiben. Das Wichtigste ist jetzt die psychologische Betreuung. Das Mädchen muss ein traumatisches Erlebnis gehabt haben.«

Flottmann nickte. »Hat sie weitere Verletzungen?«

»Nein, und um Ihre nächste Frage zu beantworten: Es gibt keine Hinweise auf eine Vergewaltigung.«

Flottmann ließ sich die Adresse der Eltern geben und verabschiedete sich. Das Lächeln der Ärztin gefiel ihm. Als er in den Flur trat, konnte er endlich wieder normal atmen. Es hatte ihn angestrengt, unablässig den Bauch einzuziehen.

»Wie lief die Befragung?« Flottmanns Drehstuhl quietschte, als er sich niederließ.

»Der Fall ist fast abgeschlossen«, sagte Hilgersen. »Der Rentner hat den Täter eindeutig erkannt. Es war ein Bengel aus der Nachbarschaft. Die Aussage liegt bei den Akten. Wer schreibt den Bericht?«

»Du natürlich. Es sind deine Lorbeeren.«

»Sehr großzügig.«

»So bin ich.«

»Wie lief es bei dir?«

»Ich war im Krankenhaus.«

»Was Ernstes?«

»Vielleicht.« Flottmann erzählte Hilgersen sein Erlebnis vom Morgen.

»Merkwürdige Sache. Ein Unfall?«

»Nein. Das glaube ich nicht. Wir sollten mit der Familie des Mädchens reden.«

Es war später Abend, als Flottmann und Hilgersen die Eltern aufsuchten. Sie wohnten in einer Doppelhaushälfte am Rande der Stadt. Das Gebäude mochte aus den fünfziger Jahren stammen. Die Tür wurde geöffnet, noch bevor Hilgersen den Klingelknopf drückte. Eine Frau von Mitte vierzig mit zerzaustem Haar und rotem Gesicht stand vor ihnen. Sie trat beiseite und ließ die Männer hinein.

Wortlos dirigierte sie die beiden ins Wohnzimmer. Sie setzte sich aufs Sofa und bat die Besucher, in zwei Sesseln Platz zu nehmen.

»Mein Name ist Flottmann. Wir hatten miteinander telefoniert. Mein Kollege Hilgersen. Ihr Mann …?«

»Kommt gleich.« Sie wischte sich eine Träne aus dem Gesicht.

Herr Lehrbach war von auffallend kleiner, schlanker Statur. Er schien etwas älter als seine Frau zu sein. Aber der Eindruck konnte täuschen. Er stellte sich vor den Couchtisch, die rechte Hand zu einer Faust geballt. Dann öffnete er sie und warf einen Gegenstand auf den Tisch. Flottmann erkannte eine SD-Karte.

Lehrbach ließ sich neben seiner Frau aufs Sofa fallen und ergriff ihre Hand.

»Bitte erzählen Sie uns, was passiert ist.« Flottmann beugte sich vor und nahm die Speicherkarte an sich.

»Man hat Katrin entführt. Vor vier Tagen. Hunderttausend Euro sollten wir zahlen. Wir haben gezahlt und all ihre Anweisungen befolgt.« Lehrbach verstummte.

»Sie sind vermögend?«

»Sieht das hier etwa so aus? Ich bin Handwerker, angestellt, meine Frau arbeitet halbtags beim Bauamt. Die Bank hat uns einen Kredit eingeräumt. Freunde haben uns den Rest des Geldes geliehen.«

»Sie haben die Polizei nicht eingeschaltet?«

»Doch. Wir haben noch in der Nacht angerufen. Falls unsere Tochter bis zum Morgen nicht auftauchen würde, könnten wir eine Vermisstenanzeige aufgeben, hat man uns geraten. Mädchen in ihrem Alter würden schon mal über die Stränge schlagen und eine Nacht fortbleiben. Katrin ist siebzehn, aber sie hätte das nie getan, ohne uns zu benachrichtigen.«

»Wann hatten Sie Ihre Tochter das letzte Mal gesehen?«

»Sie ging am frühen Nachmittag aus dem Haus, zu einer Freundin. Abends wollten die beiden in eine Diskothek. Wir wussten, dass sie erst spät nach Hause kommen würde. Meine Frau schläft in solchen Nächten kaum. Mit einem Ohr horcht sie, ob die Eingangstür geöffnet wird und Katrin zurückkommt. Gegen drei Uhr hat sie mich geweckt. Wir haben zusammen noch eine Zeit lang im Wohnzimmer gewartet. Schließlich haben wir bei Katrins Freundin Sibylle angerufen. Als wir erfuhren, dass sie gar nicht bei ihr angekommen war, haben wir die Polizei benachrichtigt. Dann kam dieser Anruf. Eine verzerrte Stimme sagte, wir würden weitere Anweisungen erhalten. Am Morgen lag der Umschlag mit der SD-Karte im Briefkasten. Auf dem Chip ist ein Video. Wenn Sie das gesehen haben, werden Sie verstehen.«

Er unterbrach seine Schilderung und wischte sich mit der Hand die Tränen ab. »Wir haben keine Vermisstenanzeige aufgegeben. Wir waren uns einig.« Er sah seine Frau an. Sie senkte den Kopf und nickte kaum sichtbar.

»Haben Sie den Umschlag noch?«

»Ja. Den gebe ich Ihnen. Sie müssen die Täter fassen, Herr Kommissar. Unsere Tochter hat Schlimmes durchgemacht.«

Flottmann nickte. »Sie haben das Geld übergeben?«

»Ja. Genau abgezählt, in Fünfzig-Euro-Scheinen. Auf diesem schrecklichen Video war der Ort beschrieben, an dem ich das Geld übergeben sollte, eine Wiese in der Nähe von Löwenstedt. Der Punkt war mit einem Steinkreuz markiert. Ich sollte um fünfzehn Uhr dort sein, war aber lange vorher da. Irgendwann kam ein Flugzeug angeflogen.«

»Ein Flugzeug?«

»Ein kleines Ding mit vier Propellern.«

»Ein Quadrocopter?«, fragte Hilgersen.

»Ja. Ich glaube, so nennt man die Dinger. Es blieb in einigen Metern Entfernung in der Luft stehen. An der Unterseite war ein Kasten befestigt. Eine Klappe öffnete sich. Nachdem ich das Geld hineingelegt hatte, ging sie wieder zu, und das Gerät flog davon, Richtung Norden. Zu Hause haben wir auf einen Anruf gewartet. Aber es kam keine Nachricht. Dann rief das Krankenhaus an.

Sie waren es, der meine Tochter gefunden hat?« Lehrbach sah Flottmann an.

»Ja. Sie ist stark traumatisiert, nicht wahr?«

»Sie redet noch nicht. Aber das wird wieder, meinen die Ärzte.«

»Haben Sie irgendetwas Besonderes am Übergabeort beobachtet? Ein Fahrzeug vielleicht?«

Lehrbach zögerte einen Moment. »Nein.«

»Wir wollen Sie nicht weiter quälen. Wenn wir noch Fragen haben, rufen wir Sie an. Und wenn Ihnen noch etwas einfällt, melden Sie sich bitte bei uns.« Flottmann legte eine Visitenkarte auf den Tisch und stand auf. Den Speicher und den Briefumschlag, den Lehrbach brachte, steckte er in eine Schutzhülle und verstaute diese in der Jackentasche.

»Bitte erzählen Sie niemandem von der Verletzung Ihrer Tochter«, sagte Flottmann. »Das ist wichtig für unsere Ermittlungen.«

»Kannst du dir einen Reim darauf machen?«, fragte Hilgersen, während er auf die Bredstedter Straße fuhr. »Wer erpresst Lösegeld von einem einfachen Handwerker? Hunderttausend – viel Risiko für relativ wenig Geld. Eine Übergabe mit einer Drohne. Gab es so etwas schon mal?«

»Nicht dass ich wüsste. Welche Nutzlast können die Dinger tragen?«

»Je nachdem. Ein bis zwei Kilogramm, schätze ich.«

»Eben. Hunderttausend in Fünfzig-Euro-Scheinen ergeben knapp zwei Kilo.«

»Woher weißt du das?«

»Menschen meiner Generation können noch mit dem Kopf rechnen. Eine Fünfzig-Euro-Note wiegt etwas weniger als ein Gramm. Zweitausend Scheine sind dann nach Adam Riese?«

»Zweitausend Gramm. Okay. Die Übergabe ist der kritischste Teil einer Erpressung.« Hilgersen kratzte sich nachdenklich am Kopf. »Aber warum hat es *diese* Leute getroffen?«

»Vielleicht ein zufällig ausgewähltes Opfer, das ohne Aufsehen entführt werden konnte. Hunderttausend bekommt jeder im Notfall irgendwie zusammen. Der abgeschnittene Finger – wer würde da nicht jeden Hebel in Bewegung setzen? Ich befürchte, wir müssen mit weiteren Entführungen rechnen. Lass eine Kopie des Videos anfertigen. Dann geht beides, Umschlag und SD-Karte, zur KTU. Auf dem Umschlag klebt eine abgestempelte Briefmarke. Offensichtlich ist er ganz einfach per Post geschickt worden. Die Täter müssen das Video noch am Tag der Entführung gedreht und versandt haben. Post, die vor siebzehn Uhr in den Briefkasten geworfen wird, erreicht in der Regel am nächsten Morgen den Empfänger, bundesweit.«

»Die Eltern sollten den Film erhalten, bevor sie die Polizei einschalten würden«, sagte Hilgersen. »Aber es wäre doch einfacher gewesen, ihnen das Video per E-Mail zu schicken.«

»E-Mail? Nicht jeder hat so was. Ich auch nicht. Außerdem hinterlässt das elektronische Spuren.«

»Das Telefonat auch.«

»Das wird sich kaum zurückverfolgen lassen. Eine unregistrierte SIM-Karte, Einwahl an irgendeinem Ort. Wie die Geldübergabe mit der Drohne zeigt, sind die Entführer keine Dilettanten. Ihre Methoden sind unkonventionell, aber nicht dumm. Sie müssen nicht einmal mit der Ermordung der Geisel drohen. Das Schockvideo erfüllt seinen Zweck. Je nachdem können sie den Druck sogar noch durch weitere Grausamkeiten erhöhen.«

»Scheißkerle.«

»Da stimme ich dir zu, obgleich wir genau genommen nicht einmal sicher sein können, dass es Kerle sind, mit denen wir es zu tun haben.«

2

Es war bereits nach zweiundzwanzig Uhr, als Flottmann in der Hafenkneipe eintraf. Er war auf eigenen Wunsch vom Rheinland in den Norden versetzt worden. Nach seiner Scheidung war er dem beruflichen Stress nicht mehr gewachsen gewesen. In der kleinen Stadt Husum würde er eine ruhigere Kugel schieben können. Es sollte eine Art Neuanfang werden, hier und da ein Einbruch, kleine Betrügereien und Taschendiebstähle. So hatte er es sich vorgestellt. Aber er ahnte bereits jetzt, dass seine Erwartungen nicht erfüllt werden würden.

Einmal hatte er mit Monika Urlaub an der Küste verbracht. Es war traumhaftes Wetter gewesen, und aus irgendeinem Grund hatten sie sich während dieser Zeit gut verstanden. Statt über Probleme des Zusammenlebens zu diskutieren, hatten sie den Augenblick genossen. Für kurze Zeit hatte er gedacht, dass sich alles wie durch Zauberhand eingerenkt habe, so wie ein Chiropraktiker mit einem Ruck eine Blockade beseitigte. Aber pünktlich zum Ende der Reise war alles beim Alten gewesen: unterschwellige Vorwürfe, Unterstellungen und der Streit um Nichtigkeiten.

Ob seine Entscheidung, den Neuanfang im hohen Norden zu versuchen, unbewusst mit seinen positiven Urlaubseindrücken zusammenhing, wusste er nicht. Weder das Wetter noch die Menschen zeigten sich im wahren Leben stets von der freundlichen Seite. Immerhin schienen die Uhren hier langsamer zu gehen. Anfangs hatte es ihn genervt, wenn die Frau an der Kasse seelenruhig einen Klönschnack mit einer Kundin hielt, während die Tiefkühlware in seinem Einkaufswagen taute. Auch das Autofahren in der Stadt mit dreißig Stundenkilometern, obwohl Tempo fünfzig erlaubt war, hatte er erst lernen müssen.

Dass er jemals im Norden heimisch werden würde, bezweifelte er. Trotzdem hatte er sich vorgenommen, Land und Leute besser kennenzulernen. Nur so, glaubte er, könne er sich in Opfer und Täter hineinversetzen, und er war überzeugt, dass der richtige Ort für eine derartige »Milieustudie« eine Kneipe sei. Ein oder zwei

Bier und eine Konversation mit den Ureinwohnern konnten nicht schaden.

Den Mann neben ihm am Tresen nannten die anderen Gäste Winnie.

»Tourist?«, fragte dieser, nachdem ihm der Gesprächsstoff mit seinem Partner zur Linken ausgegangen war.

»Zugereist. Aus dem Rheinland.«

»Sauerbraten und Karneval?«

»Ich mag beides nicht.«

Die weitere Unterhaltung beschränkte sich auf das Wetter und Winnies Ischiasnerv. Zu den schweigsamen Vertretern Nordfrieslands gehörte Winnie nicht. Obwohl er sich bemühte, Hochdeutsch zu reden, hatte Flottmann Mühe, Winnies Ausführungen zu folgen. Schließlich gab er es auf, nickte jedoch und lachte aus Höflichkeit an mehr oder weniger passenden Stellen des Monologs.

Ihm war ein Mann aufgefallen, der allein an einem Tisch saß. Sein gefülltes Bierglas umfasste er mit beiden Händen, als wollte er den Inhalt erwärmen. Er war von schlanker Statur, Strähnen des dunkelblonden Haars reichten bis zu den Augen. Er schien seine Umgebung nicht wahrzunehmen. Seine angespannte Haltung und der starre Blick ins Leere weckten Flottmanns Neugier.

»Der Mann dort …?«

»Dat is Leon. Der sitzt gern alleen. Der hat 'ne Macke. Jeder hier hat eine.« Winnie grinste. »Ein Mensch ohne Eigenarten ist kein Mensch.«

»Konfuzius?«

»Winfried Paulsen.« Winnie zeigte erneut seine gelben Zähne. »Wie heißt du?«

»Waldemar.«

»Den Namen kann ich mir gut merken. Ich hatte mal einen Dackel. Der hieß Waldi. Dat is doch de Abkürzung von Waldemar, ne?«

Flottmann antwortete nicht, sondern bestellte zwei Bier.

»Jedenfalls: Leon is schon wat Besonderes. Er hört die Krokusse wachsen. Heute macht er wieder seine Konfrontationstherapie.«

Winnie war anzusehen, dass er sich über Flottmanns fragende

17

Mimik amüsierte. »Er ist geräuschempfindlich, versucht, sich abzuhärten. Dabei ist er Musiker. Kannst di dat vörstellen?«

»Nein.«

»Ich hab ihn mal in Garding, in der Musikkneipe Lütt Matten, gehört. Der hatte Stöpsel in 'n Ohr. Und dann het he op siener Akustikklampfe speeld – Wahnsinn! Mit Stöpsel im Ohr, dat he keen Lärm und keen Beifall afkrigt.« Winnie trank sein frisch gezapftes Bier und wischte sich den Schaum aus dem Bart. »Aber dat is noch nicht allns. Er sammelt Geräusche wie andere Bierdeckel oder Briefmarken. Er is immer mit 'nem Mikrofon unterwegs, nimmt Möwengeschrei auf, Meeresrauschen, Kirchenglocken und Hundegebell.«

Flottmann tat Paulsen den Gefallen und machte ein noch überraschteres Gesicht.

Während er im weiteren Verlauf des Abends eine unbestimmte Anzahl Flensburger trank, hörte er sich die Szenen einer gescheiterten Beziehung an. Zu diesem Thema hätte auch er etwas beitragen können, wäre aber vermutlich nicht zu Wort gekommen. Kurz nach Mitternacht beendete er seine Milieustudie. Der einsame Gast hatte das Lokal bereits verlassen.

Die Kopfschmerzen am nächsten Morgen hielten sich in Grenzen. Sorgen bereiteten Flottmann eher die Kalorien, die er am Vorabend zu sich genommen hatte. Dem umsatzfördernden Spruch auf den Bierdeckeln »Bier macht schlank« traute er nicht so recht. Sein übergewichtiger Hausarzt hatte ihm verordnet, fünfzehn Kilogramm abzuspecken. Anderthalb Kilo hatte er in zwei Wochen geschafft. Nach einfacher Hochrechnung würde er bereits in viereinhalb Monaten das Ziel erreicht haben. Rückschläge wie gestern waren bei dieser Kalkulation allerdings nicht berücksichtigt.

Täglich rief er Dr. Lena Abendroth vom Büro aus an, um sich nach dem Zustand des Mädchens zu erkundigen. Die Ärztin versicherte ihm auch diesmal, dass er sie mit seinen Fragen nicht nervte. Die Patientin sei jedoch noch nicht in der Lage, über die Ereignisse zu sprechen. Die Operation am Finger sei gut verlaufen. Über die psychischen Verletzungen könne sie nichts sagen. Sie wies auf ihre

Schweigepflicht hin, versprach aber, sich zu melden, sobald sich Katrins Zustand stabilisiert habe.

»Ist sie nett?«, fragte Hilgersen mit einem Grinsen.

»Wer?«

»Die Ärztin. Man sieht deinem Gesichtsausdruck an, dass sie nett ist.«

»Hobby-Freud, kümmere dich lieber um den Containerbrand.«

»Hab schon mit den Eltern gesprochen. Die können sich nicht vorstellen, dass ihr Junge so etwas getan hat.«

»Hab ich mir gedacht. Wie alt ist er?«

»Er wird in zwei Monaten vierzehn.«

»Verstehe. Nicht strafmündig. Also konzentrieren wir uns auf den Entführungsfall. Das Gutachten der KTU ist da.« Flottmann druckte das Dokument, das er per E-Mail erhalten hatte, aus und las es aufmerksam durch. Auf dem Briefumschlag waren DNA-Spuren einer männlichen Person gefunden worden, die aber zu keinem Treffer in der Datenbank geführt hatten. Das Video wies einige Besonderheiten auf. Es war mit einer hochwertigen Kamera gedreht worden. Die Kollegen hatten sogar Hersteller und Typ bestimmen können. Flottmanns besonderes Interesse galt jedoch den Ergebnissen der phonetischen Untersuchung, die vom BKA Wiesbaden durchgeführt worden war.

»Und? Was steht drin?«, fragte Hilgersen.

»Männliche Stimme, zirka dreißig Jahre alt, regionalsprachliche Prägung: Norddeutschland.«

»Regio-was?«

»Zumindest einer der Entführer stammt aus der Gegend.«

»Unsinn. Ein Norddeutscher würde so etwas nie tun. Ich tippe auf Osteuropäer. Die Stimmen waren doch verzerrt. Woher will man wissen ...?«

»Viel interessanter ist, was die Analyse der Hintergrundgeräusche ergeben hat. Das Versteck muss in der Nähe einer Bahnlinie liegen. Es ist ein vorbeifahrender Zug zu hören«, unterbrach Flottmann seinen Kollegen.

»Das ist 'n Ding. Wie viele Strecken gibt es in Schleswig-Holstein?«

»Zu viele.«

»Aber wenn Datum und Uhrzeit eingeblendet wurden, können wir den Ort genau ermitteln.«

»Ja, wenn. Wurden aber nicht.«

»Ja, wenn. Wenn Kohschiet Bodder weer, brukten wi nix zu koopen.«

»Was?«

»Wenn Kuhscheiße Butter wäre, brauchten wir nichts zu kaufen. Das ist eine alte norddeutsche Weisheit.«

»Weisheit. Soso.«

3

Leon Gerber stand mit geschlossenen Augen an der Kreuzung. Dieses Mal wollte er eine Viertelstunde dort aushalten. Das wären zwei Minuten länger als in der letzten Woche. Er wusste, dass ihn Menschen anstarrten. Manchmal wurde er angesprochen. Aber er reagierte weder auf die Stimmen, die ihm Hilfe anboten, noch auf Provokationen und Beschimpfungen. Das gehörte zu seiner selbst entwickelten Therapie. Mit der Zeit würden sich die Leute an ihn gewöhnen. Wenn er sich auf die vorbeifahrenden Autos konzentrierte, konnte er die Stimmen ausblenden. Sie erreichten dann nicht mehr sein Bewusstsein, und er konnte seine Aufmerksamkeit mühelos auf einzelne Geräusche fokussieren.

Er stand neben der Fußgängerampel und zählte die Fahrzeuge: Pkws, Kleintransporter, Lkws. Die Zählung würde exakt sein. Auch waren die Autotypen leicht zu unterscheiden. Vor seinem inneren Auge entstanden ganz spezifische Bilder, geometrische Figuren und Farben. Aber er konnte sie nicht in allen Fällen einer bestimmten Marke zuordnen. Manchmal öffnete er kurz die Augen, um die inneren und äußeren Bilder in Übereinstimmung zu bringen. Dann sah er, dass die verzerrten Dreiecke mit den roten Punkten und dem giftgrünen Rand zu einem Daimler der C-Klasse gehörten und die gekreuzten Linien mit den blauen und grauen Rechtecken zu einem Golf GTI der Modellreihe VII. An diesem Tag lief es nicht gut. Gerber spürte Übelkeit aufsteigen, als mehrere Einsatzwagen mit eingeschaltetem Martinshorn an ihm vorbeirasten. Nach weniger als zehn Minuten brach er seinen Versuch ab. Wieder einmal musste er eine Niederlage einstecken.

Als Kind hatten Ärzte seine Geräuschempfindlichkeit mit Autismus in Verbindung gebracht. Heute würde man vermutlich den Begriff Hochsensibilität verwenden. Aber auch diese »Diagnose« traf nur begrenzt zu. Sie erklärte zwar seine Empfindlichkeit, aber nicht seine gleichzeitige Faszination für Geräuschereignisse jeglicher Art und schon gar nicht, dass er beim Hören Figuren und Farben wahrnahm. Erst als Erwachsener wurde ihm klar, dass er auch in dieser Beziehung anders war als die Mehrzahl seiner Mitmenschen.

Es gab Künstler, die ihre inneren Bilder mit Farbe und Pinsel auf die Leinwand bringen konnten. Leider fehlte ihm dieses Talent. Die Musik war sein Ding, Gitarrenmusik. Er konnte Töne und Lärm in Kompositionen verwandeln. Oft entstanden beim Gitarrenspiel dann ähnliche Farben und Muster in seinem Kopf wie beim ursprünglichen Geräuscherlebnis, jedoch waren sie ruhiger, friedlicher und harmonischer. Einige Male hatte er vor Publikum gespielt, Beifall, zuletzt aber auch Pfiffe geerntet, weil er den Vortrag zu oft unterbrochen hatte, um seine Gitarre zu stimmen. Seither konzentrierte er sich auf seinen Job als Studiomusiker, mit dem er finanziell ganz gut über die Runden kam. Er wurde nur von Musikern gebucht, die akzeptierten, dass er meistens mehrere Takes benötigte, bevor er mit seiner Arbeit zufrieden war, und keiner seiner Stammkunden diskutierte mit ihm darüber, wann das der Fall zu sein hatte. Leon Gerber hatte sich in den letzten Jahren in der Szene einen Namen gemacht, und immer öfter wurde er auf dem Plattencover einer Band als Gastmusiker erwähnt, was ansonsten eher unüblich war.

Er wohnte östlich der Stadt in der Ortschaft Rosendahl, in einem alten Haus, das er selbst in jahrelanger Kleinarbeit renoviert hatte. Als er die schwere Holztür öffnete, empfing sie ihn mit den gewohnten Geräuschen. Jeder andere hätte die Scharniere geölt, aber Gerber würde das vertraute Knarren vermissen, ebenso wie das Knacken im Gebälk, das Rauschen der Heizkörper im Winter und das monotone Ticken der Küchenuhr. Nur der schallisolierte Anbau, den er als Tonstudio nutzte, besaß keine eigene akustische Aura. Aber wenn er auf seiner Gitarre spielte, Lieder komponierte oder Geräusche bearbeitete, die er der Umwelt entlockt hatte, erwachte das Tonstudio zum Leben.

Manchmal kam die sechsjährige Sophia vorbei, die zwei Häuser weiter wohnte. Das Erraten von Geräuschen war eines ihrer Lieblingsspiele. Sie saß dann mit dem überdimensionalen Kopfhörer auf einem Drehstuhl, den er bis zum Anschlag hochgestellt hatte. »Hast du ein Kissen für mich?«, hatte sie ihn einmal gefragt. Nein, er besaß kein einziges. Auf Sophias »Warum?« hatte er spontan geantwortet, er habe Angst vor Kissen. Sie hatte gelacht. Vielleicht hatte sie die Antwort als Scherz aufgefasst oder sie einfach akzeptiert. Wenn er über seine irrationalen Ängste nachdachte, fand er sie selbst lächerlich. Aber Verstand und Gefühl konnten weit auseinanderliegen. Irgendwann würde er die Ursache für seine Probleme finden. Das würde helfen, sie zu bekämpfen.

Sophias freudiges Lachen, wenn sie richtig geraten hatte, konnte ihn aus jeder noch so tiefen Depression holen. Sie hatte das Lachen ihrer Mutter Laura, die alleinerziehend war und halbtags in einer Apotheke arbeitete. Gerber kannte Laura aus der Schulzeit. Er hatte sie nett gefunden, und vielleicht wäre sie für ihn erreichbar gewesen. Aber seine Schüchternheit hatte ihm im Wege gestanden. Seine späteren, meist nur kurz andauernden Beziehungen waren stets vom anderen Geschlecht ausgegangen. Die Initiative zu ergreifen war nicht sein Ding. Das erforderte Mut. Man musste das Risiko eingehen, abgelehnt, vielleicht sogar ausgelacht zu werden. Von diesen Demütigungen hatte er in seiner Kindheit genug erfahren.

Er machte es sich im Wohnzimmer auf dem Sofa gemütlich, zündete eine Kerze an und schenkte sich ein Glas Wein ein. Leises Hundegebell drang von draußen durch die doppelverglasten Fenster. Dann wurde es still. Für einen Moment war nur noch das Flackern der Kerze zu hören. Aber die Stille würde nicht lange andauern. Stets wurde sie nach kurzer Zeit unterbrochen. Auch jetzt konnte er sie nicht genießen, sondern wartete mit Unbehagen auf das nächste Geräusch, das im ungünstigsten Fall der Nachbar lieferte, den Gerber nicht mochte.

Um dem Angriff zuvorzukommen, schaltete er den Fernseher ein und zappte durch die Kanäle. Er blieb an einem Beitrag hängen, bei dem es um eine Fahndung der Polizei ging. Mehrmals wurde ein einziger Satz eingespielt: »Wenn Sie unseren Anweisungen folgen, ist sie bald wieder bei Ihnen – keine Polizei.«

Hektisch notierte er sich die eingeblendete Telefonnummer. Im Halbdunkel kritzelte er sie mit einem Bleistift auf den Rand

einer Zeitung. Er schaltete den Fernseher aus und lief aufgeregt im Zimmer auf und ab. Nein, die Stimme kannte er nicht. Aber da war etwas anderes. Ein Geräusch im Hintergrund. Sicher hatten die Spezialisten der Polizei es genau untersucht. Aber vielleicht – wenn er die Originalaufnahme hätte …
Er verwarf seinen Gedanken und ging ins Bett.

Aber die Idee vom Vorabend kehrte zurück, als Gerber aufwachte. Sie war auch noch da, als er frühstückte, und wurde übermächtig, als er in seinem Tonstudio die ersten Akkorde auf der Gitarre spielte. Er begab sich ins Wohnzimmer, griff zum Telefon und wählte die Nummer, die er am Vortag aufgeschrieben hatte. Die Frau am anderen Ende der Leitung verstand ihn nicht. Es gehe allein um die Stimme, er könne gerne wieder anrufen, wenn ihm dazu etwas einfalle. Die Stimme sei von der Kriminaltechnik aufbereitet worden. Er könne sich die Aufnahme jederzeit im Internet anhören. Sie nannte ihm die Adresse und bedankte sich für seinen Anruf.

Gerber war es gewohnt, Enttäuschung und Ärger hinunterzuschlucken. Aber in manchen Fällen konnte er hartnäckig sein. Es war nicht schwer, die Durchwahl des zuständigen Kommissars herauszufinden.

»Kripo Husum, Hauptkommissar Flottmann«, meldete sich ein Mann, dessen Atemgeräusche beim Sprechen deutlich zu hören waren.

»Mein Name ist Gerber. Ich rufe wegen des Falls Katrin L. an.«

»Wegen unseres Aufrufs? Sie kennen die Stimme?«

»Nein. Aber vielleicht kann ich trotzdem helfen.«

Gerber hörte ein leises Knacken in der Leitung und einen kaum vernehmbaren Widerhall seiner letzten Worte.

»Es ist okay, wenn Sie das Gespräch aufzeichnen«, sagte er.

»Was? Was wollen Sie?« Der Kommissar klang unwirsch.

»Im Hintergrund ist ein Zug zu hören.«

»Hm. Sie haben ein feines Gehör, Herr …«

»Gerber.«

»Herr Gerber. Die Sache mit der Bahn ist uns bekannt. Uns geht es um die Stimme. Rufen Sie bitte unsere Hotline an.«

»Der Zug fährt an einem Hindernis vorbei, vielleicht an einem Haus.«

»Was? Ich verstehe nicht.«

Gerber antwortete nicht sofort. Er war sich sicher, dass der Kommissar ihn verstanden hatte. »Die gesendete Aufnahme ist nur ein Ausschnitt, nicht wahr?«

»Hm – ja.«

»Bitte geben Sie mir die vollständige Aufnahme.«

»Das ist leider nicht möglich. Was wissen Sie über den Fall? Haben Sie irgendwelche Informationen …?«

»Nein.«

Es trat eine Pause ein. »Kommen Sie in mein Büro. Ein Streifenwagen wird Sie abholen. Ihre Adresse?«

Gerber gab seine Adresse durch und legte auf.

Die Nachbarschaft würde eine mehr oder weniger plausible Geschichte konstruieren, um den Streifenwagen vor seiner Haustür zu erklären. Da war Gerber sich sicher. Der Musiker, Eigenbrötler, den man schon mal mit geschlossenen Augen an der Ampel hatte stehen sehen, musste etwas ausgefressen haben. Früher oder später war das zu erwarten gewesen.

»Leon«, hörte er eine Frauenstimme rufen, als er gerade in den Fond des Autos einsteigen wollte. Es war Laura, Sophias Mutter.

»Kann ich – kann ich was für dich tun?«

»Alles in Ordnung«, sagte er. »Ich bin nicht verhaftet.« Demonstrativ streckte er beide Hände aus und grinste. Sie lächelte.

»Moin«, grüßte einer der beiden Polizisten und stieg auf der Beifahrerseite ein.

Wie hübsch sie ist, dachte Gerber, als er Laura bei der Abfahrt am Straßenrand stehen sah. Ihm kam es vor, als hätte er das gerade neu entdeckt.

Hauptkommissar Flottmann starrte Gerber an. »Sie?« Endlich ergriff er die angebotene Hand. »Äh – danke, dass Sie gekommen sind. Bitte nehmen Sie Platz.«

»Mein Kollege Hilgersen«, stellte er seinen Mitarbeiter vor, der zur Tür hereinkam. »Schießen Sie los.«

Flottmann setzte sich an seinen Schreibtisch und verschränkte die Arme. Der Drehstuhl ächzte und quietschte unter seinem Gewicht. Gerber schloss für einen Moment die Augen. Das Geräusch war ihm durch Mark und Bein gefahren.

»Ich bin Musiker und besitze ein gutes Gehör«, begann er, während er ängstlich auf den Schreibtischstuhl starrte. »Vielleicht könnte ich aus Ihrer Aufnahme etwas heraushören, das Ihnen weiterhilft.«

»Unsere Techniker haben alles versucht. Die Stimme wurde mit einem Verzerrer verfälscht. Trotzdem konnten sie den Klang weitgehend rekonstruieren.«

»Die Hintergrundgeräusche …«

»Auch die wurden genau analysiert. Wir wissen, dass ein Zug im Hintergrund zu hören ist.«

»Baureihe 648 oder 218?«

Flottmann zog die Augenbrauen hoch und gab seine lässige Sitzposition auf. »Was meinen Sie?«

»Mit etwas Erfahrung kann man den Lokomotiventyp heraushören.«

»Hm. Interessant. Aber ich denke, unsere Spezialisten mit ihren teuren Geräten hätten es ebenfalls zustande gebracht, wenn es möglich gewesen wäre.«

»Glauben Sie mir, Herr Kommissar, das Gehör eines Menschen ist Ihrer Technik weit überlegen.«

Flottmann sah zu Hilgersen hinüber. Der zuckte mit den Schultern.

»Es gibt weitere Aufnahmen, nicht wahr?«, fragte Gerber.

»Es handelt sich um die Tonspur eines Videos von zirka acht Minuten Dauer.«

»Sie sollten mir das komplette Video geben.«

Flottmann lachte. »Wie stellen Sie sich das vor? – Das ist unmöglich. Aber wir werden auf Sie zukommen, wenn wir Ihre Hilfe brauchen.«

Er stand auf.

Gerber blieb sitzen. Nach einer Weile ließ sich auch der Kommissar wieder in den Drehstuhl fallen, der einige Male quietschend auf und ab wippte. Gerber zuckte erneut zusammen. Als

Kind hatte er fluchtartig das Klassenzimmer verlassen, wenn die Kreide auf der Tafel ähnliche Töne erzeugte. Seine Mitschüler hatten bald herausgefunden, wie man sie halten musste, um den maximalen Effekt zu erzielen. Damals hatte er die ersten Strategien entwickelt, um sich gegen solche Angriffe zu wehren. Vor Unterrichtsbeginn zerbrach er die langen Kreidestücke in zwei Teile und senkte damit die Eigenfrequenz. Leider gab es selten solche einfachen Möglichkeiten, sich zu wehren, und wenn sie sich ergaben, traute er sich meist nicht, sie zu nutzen.

Viele Geräusche lösten Unwohlsein in ihm aus, aber nur eines rief panische Angst hervor, Todesangst. Es wurde begleitet durch schwarze Figuren mit krähenartigen Silhouetten. Schweißperlen bildeten sich auf seiner Stirn, als er jetzt daran dachte.

»Alles in Ordnung?« Der Kommissar musste seine Reaktion bemerkt haben.

Gerber schloss kurz die Augen.

»Ja, natürlich. Haben Ihre Leute den Raum berücksichtigt, in dem das Video gedreht wurde?«

»Keine Ahnung – und keine Ahnung, was Sie meinen.«

»Haben Sie schon einmal in der Badewanne gesungen, Herr Kommissar?«

»Äh – nein.«

»Das würde sich anders anhören, als wenn Sie im Freien sängen.«

»Abgesehen davon, dass beides schrecklich klingen würde – Sie meinen den Hall. Im Bad würde es hallig klingen.«

»Ja. Im Tonstudio erzeugt man solche Effekte elektronisch.«

»Klar. Aber ich weiß immer noch nicht, worauf Sie hinauswollen.«

»Stellen Sie sich vor, Sie könnten die Hintergrundgeräusche so korrigieren, dass sie unverfälscht wären, also der Raumeinfluss kompensiert würde.«

»Das wäre theoretisch denkbar.« Flottmann drehte eine Runde mit seinem Drehstuhl. »Und dann?«

»Die Geräusche, zumindest der Zuglärm, drangen von außen ein. Durch ein gekipptes oder geschlossenes Fenster.«

»Es war geschlossen. Das ist auf dem Video zu sehen.«

»Das Fenster beeinflusst nicht nur die Lautstärke, sondern auch die Frequenzzusammensetzung. Speziell die hohen Frequenzen werden durch die Schalldämmung weggefiltert.«

Die beiden Kommissare sahen sich an.

»Sie können diese Korrekturen berechnen?«, fragte Hilgersen mit hörbarem Zweifel in der Stimme.

»Nein.«

»Okay. Hätte mich auch sehr gewundert.«

»Ich kann sie hören.«

»Aha.« Hilgersen grinste.

»Wenn ich die Umstände kenne, höre ich das Originalgeräusch, das, was außen vor dem Fenster ankommt.«

»So ein Unsinn. Wie können Sie etwas hören, was nicht da ist?« Flottmanns Tonfall klang genervt.

»Schließen Sie die Augen und konzentrieren Sie sich auf Beethovens Neunte. Versuchen Sie es. Sie werden die Streicher hören, die Piccoloflöte, die Triangel und die drei Posaunen. Wir hören nicht mit unseren Ohren, Herr Hauptkommissar. Wir hören mit unserem Gehirn.«

Flottmann sagte nichts, aber seine Miene hatte sich verändert. Er erhob sich, trat hinter seinen Schreibtischstuhl und stützte die Arme auf die Rückenlehne. »Wir müssen nachdenken, Herr Gerber. Ich werde Sie anrufen. Versprochen. Das Video beinhaltet Material, das nicht für Außenstehende zugänglich sein darf. Außerdem ist es nichts für schwache Nerven.«

Er ging auf Gerber zu und gab ihm zum Abschied die Hand.

»In jedem Fall danke ich Ihnen.«

4

Gerber glaubte, den Kommissar zumindest ein wenig beeindruckt zu haben. Natürlich war er sich nicht sicher, ob er tatsächlich bei dessen Ermittlungen helfen konnte. Aber es wäre eine Genugtuung, könnte er seine »Fähigkeiten«, die ihm bisher nur Schwierigkeiten eingebracht hatten, für etwas Nützliches einsetzen.

Das Beispiel mit dem Badezimmer war ihm spontan eingefallen. Vor einiger Zeit hatte er sich intensiv mit dem Klang von Räumen beschäftigt. Jede Umgebung antwortete anders auf einen Ton, ein Treppenhaus anders als ein Dachboden, eine möblierte Wohnung anders als ein leeres Zimmer, und ein Konzertsaal mit Zuhörern unterschied sich wesentlich von einem ohne Publikum.

Die Raumrückwirkung wurde bestimmt durch die Absorption an den Wänden, an Decke und Boden, durch Reflexion und Streuung an Einrichtungsgegenständen und natürlich durch die Abmessungen der Lokalität. Das Zusammenspiel dieser Größen war so komplex, dass eine exakte Berechnung der Akustik nicht möglich war. Aus solchen Gründen war für die Feinabstimmung des Großen Saals der Elbphilharmonie ein Modell im Maßstab eins zu zehn gebaut und mit zweitausend Filzpuppen bestückt worden, um durch Variation der Brüstungsneigungen das Klangverhalten zu simulieren.

Hunderte Räume hatte Gerber besucht. Wann immer er konnte, hatte er seine Gitarre mitgenommen, in der Turnhalle seiner alten Schule gespielt, in Schlafzimmern, Garderoben und Aufzügen, in der Iberger Tropfsteinhöhle und in leer stehenden Industriehallen. Bereits nach dem ersten Akkord offenbarte jeder Ort seinen Charakter. Um dessen gesamtes akustisches Wesen zu erfassen, spielte er seine eigens für diesen Zweck komponierten Stücke, schloss die Augen und betrachtete die inneren Bilder. Auch nach Jahren würde er jeden dieser Orte an dessen Eigenton wiedererkennen.

Der Musiker war überzeugt, dass jedem Land und jedem Ort auf der Welt ein spezifisches Klangbild innewohnte, das durch die Natur und den Menschen mit seinen industriellen Errungenschaften geprägt war. Auch jedes Zeitalter hatte eine charakteristische Geräuschkulisse. Im Prinzip waren Ort und Zeit in gewisser Weise akustisch bestimmt.

Gerber hasste den Lärm, aber gleichzeitig faszinierte ihn der Sound eines vorbeifahrenden Zuges. Er hasste es, wenn der Nachbar den Rasenmäher anwarf, aber er liebte das fast ebenso laute Quaken der Frösche im eigenen Teich. Es gab böse und gute Geräusche, Wohlklänge und Lärm. Bei der Einordnung mochten Lautstärke, Frequenzen und Impulse eine Rolle spielen, aber das Gehirn entschied oft nach anderen Kriterien, wie Vermeidbarkeit und Verursacher. Und jedes Gehirn tickte in dieser Beziehung anders. Seines tickte sehr viel anders als die der Mitmenschen. Das wusste er, und es bestätigte sich jeden Tag und jede Nacht aufs Neue. Insbesondere der Straßenverkehr machte ihn krank. In einer Großstadt hätte er nicht überleben können. Aber auch in der kleinen Stadt Husum waren die lärmenden Autos allgegenwärtig, besonders im Sommer, wenn die Touristen kamen. Man hätte die Zahl der Besucher vermutlich am Geräuschpegel ablesen können.

Da es für ihn keine Möglichkeit gab, dem Lärm vollständig auszuweichen, musste er an sich arbeiten und seine Konfrontationstherapie fortsetzen.

Die ganze Widersprüchlichkeit seiner Empfindungen zeigte sich auch darin, dass er vor einigen Jahren die Jagd nach Geräuschen und Klängen begonnen hatte. Mit einem Aufnahmegerät bewaffnet, hatte er die verschiedensten Orte aufgesucht, stundenlang an einer Bahnstrecke gestanden, um vorbeifahrende Züge aufzunehmen, hatte Flugzeuge am nahe gelegenen Flugplatz in Schwesing bei Start und Landung erfasst, aber auch die Melodien von Wind und Sturm festgehalten und Tierstimmen mit dem Richtmikrofon eingefangen.

So war eine umfangreiche Geräuschesammlung auf Festplatten und CDs entstanden. Wichtiger als die digitale Speicherung der Daten aber war die Speicherung in seinem Gedächtnis. Dort wurden sie dauerhaft verknüpft mit Empfindungen, äußeren und inneren Bildern, Farben und geometrischen Figuren. Sie waren in Millisekunden abrufbar, schneller und zuverlässiger als in einem elektronischen Archiv.

Gerber sammelte Geräusche aller Art. Das erfüllte keinen Zweck, aber immer öfter wurde er um Hilfe gebeten, wenn ein Tonstudio für die Produktion eines Hörbuchs das Zirpen einer Grille oder das Knattern eines Geigerzählers benötigte. Bei anderen stieß er mit diesen und anderen Aktionen auf Unverständnis. Rebecka, seine letzte Lebensabschnittsgefährtin mit den blonden Locken und der solariumgebräunten Haut, hatte ihn zunächst interessant, aber irgendwann wohl einfach nur peinlich gefunden. Nach nicht einmal drei Monaten hatte sie ihm den Laufpass gegeben. Seitdem ging er lieber seine eigenen Wege, obwohl ihn manchmal die Einsamkeit übermannte.

Heute war er in der richtigen Stimmung, sich im Tonstudio zu vergraben. Als er die schallgedämmte Tür hinter sich schloss, tauchte er in eine andere Welt ein. Es war ganz und gar seine Welt. Hier bestimmte er selbst, was er hören wollte. Hier wurden ihm keine Geräusche durch die lärmende Umwelt aufgezwungen, zumindest wenn sie nicht so laut waren, dass sie durch die gut isolierten Fenster und Wände drangen.

Er schaltete das Mischpult ein. Das Rauschen, das aus den Lautsprechern kam, hatte er auf ein Minimum reduziert und das Fünfzig-Hertz-Netzbrummen ebenfalls nahezu beseitigt. Nur wenn er sich darauf konzentrierte, waren diese Störungen noch wahrnehmbar.

Seit einiger Zeit beschäftigte er sich mit Unterwassergeräuschen. Dazu hatte er sich selbst ein Hydrofon gebaut und war nach Fuhlehörn auf Nordstrand gefahren. Etwas abseits des Touristenpfads, auf dem die Wattwanderer regelmäßig zur Hallig Südfall aufbrachen, war er auf einer der Lahnungen so weit wie möglich ins Meer hinausgelaufen und hatte das Unterwassermikrofon einfach am Kabel ins Wasser gelassen. Auf den Tonaufnahmen würden Schiffsgeräusche der MS Adler zu hören sein, die von Strucklahnungshörn Richtung Hallig Hooge, Amrum und Sylt abfuhr. Aber auch das Plätschern der Wellen und das Landen einer Möwe auf der Meeresoberfläche riefen unter Wasser ungewöhnliche Klänge hervor.

Irgendwann wollte er mit einem Schiff hinausfahren und die Gesänge der Wale aufnehmen. Angeblich sangen die Buckelwale manchmal ohne Unterbrechung vierundzwanzig Stunden lang. Vielleicht unterhielten sie sich auf diese Weise über große Entfernungen. Manche Forscher glaubten, sie hätten wie die Menschen einfach Spaß am Musizieren.

Eine faszinierende Vorstellung, fand Gerber. Er stöpselte den Kopfhörer ein und startete die Aufnahme. Tatsächlich tauchte er in eine ihm völlig unbekannte akustische Sphäre ein. Aufsteigende Gasblasen und die Wellen an der Oberfläche bildeten einen Klangteppich, aus dem sich Einzelereignisse hervorhoben. Vielleicht waren Laute von Meeresbewohnern dabei. Der Ausdruck »stumm wie ein Fisch« war irreführend. Fische konnten knurren, fauchen, grunzen und quietschen. Gerber hatte einmal gelesen, dass Piranhas wie Hunde bellten und wie Frösche quakten. Einen bellenden Piranha hatte er sicher nicht aufgezeichnet, aber vielleicht einen sprechenden Schell- oder Plattfisch.

Gerber war überrascht, dass sich die Oberflächenwellen wie Gewittergrollen anhörten. Leider fehlte ihm für die Identifizierung der meisten Unterwasserklänge die Erfahrung. Die Geräusche konnten von weit her kommen. Schallwellen breiteten sich unter Wasser mehr als viermal so schnell wie in der Luft aus. Aber sie wurden an der Grenzfläche zur Atmosphäre fast vollständig zurückgeworfen. Das war der Grund dafür, dass man Töne aus der Tiefe an Land in der Regel nicht wahrnehmen konnte.

Eine Aufnahme nahm seine Aufmerksamkeit besonders in Anspruch: ein heller, kurzer, sich mehrmals wiederholender Ton. Es war, als würden metallische Gegenstände aufeinanderschlagen. Er überlegte, wie sich das Geräusch in der Atmosphäre anhören würde, hatte aber keine Ahnung, wie genau das Wasser den Klang beeinflusste. Hätte er Kenntnis davon gehabt, wäre er vielleicht in der Lage, sich eine Vorstellung zu machen.

Nachdem er den mysteriösen Tönen einige weitere Male gelauscht hatte, war er überzeugt, dass er etwas Besonderes aufgenommen hatte. Im Grunde entsprang diese Überzeugung aber nur einem Gefühl. Es wurde nicht zuletzt durch das Bild hervorgerufen, das er beim Hören wahrnahm: bunte Strahlen wie das Sonnenlicht, das durch ein Prisma drang. Er musste dem Phänomen unbedingt auf den Grund gehen.

5

Die Arbeit als Polizeibeamter war eindeutig stressfreier, wenn man sich an die Vorschriften hielt, aber nicht unbedingt effektiver. Flottmann war sogar überzeugt, dass die Einhaltung aller Dienstanweisungen jede Behörde zum Erliegen bringen würde. Manchmal reichte eine »Interpretation« der Vorschriften aus, um das System zu durchbrechen. Nach reiflicher Überlegung entschloss er sich, Leon Gerber aufzusuchen und ihm die vollständige Tonspur vorzuspielen. Er würde schnell feststellen, ob der Musiker lediglich ein Spinner war oder tatsächlich etwas zur Aufklärung des Falls beitragen konnte.

Flottmann hatte auf Google Maps gesehen, dass Gerber in Rosendahl, in unmittelbarer Nähe der Mühlenau, wohnte. Der kleine Fluss schlängelte sich durch die Landschaft bis in das Husumer Stadtgebiet und mündete im Außenhafen als Husumer Au in die Nordsee. Das Haus des Musikers befand sich in der letzten Bebauungsreihe zum Naturerlebnisraum Mühlenau, etwas weit vom Schuss, aber schön gelegen. Die Fahrt dauerte keine Viertelstunde. Flottmann parkte auf der Straße vor dem Backsteingebäude, das vermutlich aus den zwanziger Jahren stammte, aber seitlich einen später hinzugekommenen Anbau mit Flachdach besaß. Wie er vermutete, befand sich darin Gerbers Tonstudio, in das dieser ihn sofort nach der Begrüßung führte. Die Gitarren, die diversen Perkussionsinstrumente und das überdimensionale Mischpult mit den blinkenden Dioden faszinierten Flottmann. Er liebte die Musik. Gern hätte er ein Instrument erlernt. Mit vierzehn hatte er Geigenunterricht erhalten. Aber nach nicht einmal einem Jahr hatte sein Lehrer das Handtuch geworfen. Vermutlich waren seine Eltern und insbesondere seine fünf Jahre ältere Schwester froh gewesen, dass er sich fortan mit dem Sammeln von Mineralien und Fossilien beschäftigte. Abgesehen von den Platzproblemen, die nach einiger Zeit auftraten, schonte das neue Hobby die Nerven der Familienmitglieder.

»Sie machen nicht nur Musik. Sie beschäftigen sich mit Geräuschen aller Art, nicht wahr?«, begann Flottmann das Gespräch, nachdem er Platz genommen hatte.

»Ja. Die meisten Menschen nehmen ihre Umgebung hauptsächlich visuell wahr und erinnern sich oft nur an die Bilder ihrer Erlebnisse. Bei mir ist das anders. Mir zeigt sich die Welt ebenso in Klanglandschaften mit ihren schönen und ihren hässlichen Seiten. Ich erkenne jeden Ort an seinem akustischen Fingerabdruck. Die Küste hat einen ganz besonderen Klang. Wissen Sie, dass man einen Strand am Meeresrauschen erkennen kann?«

»Äh – nein.«

»Die Art, wie die Wellen brechen, wie sie am Ufer ausrollen, wie sie an Stege oder Lahnungen schlagen.«

»Wirklich?«

Gerber tippte einige Zeichen auf der Tastatur seines Computers.

»Schließen Sie die Augen, Herr Kommissar, und konzentrieren Sie sich.«

Flottmann folgte der Aufforderung.

»Hören Sie, was ich meine?«, fragte Gerber.

»Meeresrauschen, Möwen, ein Schaf blökt.«

»Das Husumer Sperrwerk, die *Schleuse*, wie man hier sagt. Es ist mein Lieblingsplatz. Ich hab die Aufnahmen auf dem Steg gemacht, der ins Meer hinausführt. Hören Sie, wie das Wasser die Holzkonstruktion zum Klingen bringt?«

Flottmann gab sich Mühe. Nach einiger Zeit glaubte er wahrzunehmen, was Gerber meinte.

»Kein Ort klingt wie der andere«, schwärmte der. »Haben Sie schon einmal dem Watt zugehört?«

»Nein.«

»Gehen Sie bei Windstille hinaus. Lauschen Sie dem Knistern der Schlickkrebse und den zerplatzenden Wasserblasen an der Oberfläche. ›Des gärenden Schlammes geheimnisvoller Ton‹, wie Theodor Storm es in einem Gedicht genannt hat. Sie werden eine neue Welt entdecken, wenn Sie sich darauf einlassen.«

Knisternde Schlickkrebse, zerplatzende Wasserblasen. Der Musiker schien wirklich eine ausgeprägte Macke zu haben. Vielleicht bluffte er und wollte sich nur wichtigmachen. Andererseits – Flottmann wippte einige Male mit der Rückenlehne des Drehstuhls.

»Okay. Ich hab die Aufnahme mit. Versuchen wir es.« Er zog einen USB-Stick aus der Hosentasche.

Gerber nahm den Speicher entgegen und steckte ihn auf einen der Steckplätze. Dann setzte er den Kopfhörer auf. Nach einer Minute riss er den Hörer herunter und starrte Flottmann entsetzt an.

»Sorry«, entschuldigte sich Flottmann. Wie konnte er nur so einen Fehler begehen! Er hatte sich die Aufnahme hundertmal angehört und sich an den Schrei gewöhnt. »Ich hätte Sie vorwarnen müssen. Entschuldigung.«

Nachdem sich Gerber vom Schreck erholt hatte, ließ er eine ausgewählte Tonsequenz in einer Endlosschleife ablaufen. »Halliger Raum, vielleicht ein Keller. Durch ein Fenster dringen Außengeräusche. Wissen Sie, wie der Raum genau ausgestattet war? Größe, Beschaffenheit des Bodens, der Decke und Wände, Möblierung?«

»Auf dem Stick sind Bilder des Videos. Sie sind durchnummeriert und zeigen Einzelheiten der Räumlichkeit. Die Aufnahmen 14 bis 19 sollten Sie sich besser nicht ansehen.«

Als das erste Bild auf dem Monitor erschien, sprang Gerber auf und wandte sich ab. Nach einiger Zeit setzte er sich wieder. Er starrte auf das Mädchen, das an einen Stuhl gefesselt war. Verzweiflung und Todesangst spiegelten sich in den Augen des Opfers. Auf dem Tisch lag ein roter, etwa zwanzig Zentimeter langer Bolzenschneider.

Gerber zog eine Schublade auf, entnahm einen Block mit Haftnotizen und klebte einen Zettel über das Gesicht des Opfers.

Er rief einige weitere Bilder auf und klebte weitere Zettel.

»Ich weiß jetzt, wie der Raum klingt«, sagte Gerber schließlich und setzte den Kopfhörer auf. Als er ihn wieder abnahm, sah Flottmann ihn erwartungsvoll an.

»Baureihe 218 der Deutschen Bundesbahn. Ich hab sie in meiner Geräuschesammlung. Doppeltraktion, also zwei Dieselloks, acht oder neun Waggons.«

»Das ist interessant.« Flottmann rückte mit seinem Drehstuhl heran, als könne er aus der Nähe mehr aus dem Musiker herauskitzeln.

»Es muss sich um einen relativ freien Streckenabschnitt handeln. Lediglich direkt vor dem Aufnahmeort befinden sich Hindernisse, vermutlich Häuser. Ich habe zwei Baulücken wahrgenommen. Sie sollten also drei Häuser, sehr wahrscheinlich in unmittelbarer Nähe der Schienenstrecke, suchen.«

Flottmann stieß einen unmelodischen Pfiff aus.

»Die Strecke muss gerade sein«, fuhr der Musiker fort. »Eine Kurve hätte man hören können.«

Flottmann strich sich übers Kinn. »Das können Sie wirklich alles der Aufzeichnung entnehmen?«

»Ja.«

»Wie – wie machen Sie das? Ich meine: Kein Mensch kann solche Feinheiten heraushören und interpretieren.« Er musste unbedingt wissen, wie zuverlässig Gerbers Angaben waren.

»Sie glauben mir nicht.«

Flottmann schwieg.

»Das geschieht mehr oder weniger intuitiv«, versuchte Gerber zu erklären, »ähnlich wie ein Rechenkünstler die dreizehnte Wurzel aus einer hundertstelligen Zahl in wenigen Sekunden im Kopf ermittelt, ohne dass er selbst genau weiß, wie er das bewerkstelligt. Unsere Vorstellungskraft kann mehr leisten als jeder Computer. Ludwig van Beethoven hat seine späten Werke bei völliger Taubheit komponiert. Er verließ sich dabei auf sein ›inneres Ohr‹, sein musikalisches Vorstellungsvermögen.«

Flottmann nickte. Was Gerber erzählte, schien Hand und Fuß zu haben. Wenn der Musiker richtiglag, bot sich eine Möglichkeit, den Ort ausfindig zu machen, an dem die Entführte festgehalten worden war. Er rief Hilgersen an.

»Check bitte, auf welchen Strecken am 16. August Personenzüge mit Loks der Baureihe 218 gefahren sind!«

»Was soll ich? Ich verstehe nicht.«

»Tu es einfach! Für Verständnisfragen bin ich zuständig.«

»Am 16.?«

»Ja, verdammt noch mal. An dem Tag wurde das Video aufgenommen, wie wir wissen.«

»Okay.«

»Ich bin in einer halben Stunde im Büro.«

Flottmann legte auf.

»Sie haben mitgehört?«, wandte er sich an Gerber.

»Ja. Aber es sind nur Vermutungen. Ich bin mir nicht sicher ...«

»Schon klar. Machen Sie sich keine Gedanken. So oder so haben Sie mir geholfen, meinen *Blick* auf die Dinge zu erweitern. Das ist von unschätzbarem Wert in meinem Beruf.« Flottmann stand auf. »Sie müssen mir bei Gelegenheit mehr über den Klang der Küste erzählen.«

Gerber lächelte zufrieden.

»Und?«, fragte Flottmann, als er ins Büro stürmte.

»Die Baureihe 218 wird nur noch selten eingesetzt. Am 16. war ein Zug mit acht Waggons von Hamburg nach Westerland unterwegs«, antwortete Hilgersen.

»Gut. Wir müssen uns die Satellitenbilder entlang der Bahn ansehen. Wir suchen ein Gebäude an der Strecke, das durch drei Häuser abgeschirmt wird.« Flottmann setzte sich an seinen Computer.

»Ich verstehe immer noch nicht ...«

»Macht nichts. Setz dich. Vier Augen sehen mehr als zwei.«

Flottmann begann seine virtuelle Fahrt mit der Maus in Westerland – vorbei an Keitum, Morsum, über den Hindenburgdamm, Klanxbüll, Niebüll. Immer wieder stoppte er und vergrößerte einen Ausschnitt. Nach einer halben Stunde rieb er sich die Augen.

»Das ist verdammt anstrengend. Mach du mal weiter. Wir sind kurz vor Bredstedt.«

»Wo? Den Namen spricht man nicht wie Brett..., sondern wie Breeed... aus.«

»Mensch, als wenn das was zur Sache täte«, sagte Flottmann, stand auf und überließ Hilgersen den Drehstuhl.

»Also. Wir waren in Breeedstedt.« Hilgersen bewegte den Mauszeiger weiter über die Schienenstrecke.

»Stopp!«, schrie Flottmann plötzlich. »Zoom mal ran.«

Hilgersen vergrößerte den aktuellen Ausschnitt auf Maximum.

»Bingo. Drei Häuser, ein Industriegebäude. Das könnte passen.«

»Ja. Ich glaub, wir haben's. Druck den Ausschnitt aus. Aber wir müssen die gesamte Strecke abgrasen. Also los.«

Nach einer weiteren Stunde waren sich beide sicher, dass sie das einzige in Frage kommende Gebäude gefunden hatten.

»Und jetzt?«, fragte Hilgersen.

»Jetzt muss das SEK ran.« Flottmann griff zum Telefon.

»Bist du sicher?«

»Was meinst du?«

»Wenn du jetzt Himmel und Hölle in Bewegung setzt und das Ganze wird ein Flop?«

»Dann sehe ich alt aus. Na und?«

6

Gerber war froh, dass die Sache für ihn erledigt war. Er hatte getan, was er konnte. Jetzt waren Kommissar Flottmann und dessen Leute dran. Ganz so einfach, wie er es sich vorgestellt hatte, war es jedoch nicht. Die Bilder des Videos verfolgten ihn in den Träumen und sogar im Wachzustand. Sie tauchten wie Blitze vor seinen Augen auf, ohne dass er sich wehren konnte.

Nicht einmal seine Musik half ihm. Im Gegenteil. Er hatte das Gefühl, er würde das Erlebte mit in sein Spiel einbauen. Vielleicht bildete er es sich lediglich ein, und wenn es so war, würde dieser Einfluss sicher allmählich abnehmen. Falls seine Informationen die Polizei weiterbringen würden, hätte sich seine Mühsal gelohnt. Dann hätte sogar die von seinen Mitmenschen oft belächelte Jagd nach Geräuschen einen wirklichen Sinn erhalten.

Ein Abstecher in die Natur war jetzt das richtige Mittel, um wieder einen freien Kopf zu bekommen. Er schnappte sich seine Aufnahmegeräte und fuhr mit seinem alten Daimler nach Nordstrand. Das Thema Unterwasserschall ließ ihn nicht los. Es war neu und aufregend. Er verbrachte mehrere Stunden an derselben Stelle wie beim letzten Mal. Mit Verstärker und Kopfhörer konnte er vor Ort mithören, was das Hydrofon aufnahm. Manche Geräusche waren ihm bereits bekannt, aber es waren auch neue dabei, deren Ursachen er nur raten konnte. Das Unterwasserreich sträubte sich, seine Geheimnisse preiszugeben.

Insgeheim hatte Gerber gehofft, das seltsame metallische Geräusch vom letzten Mal einfangen zu können, aber heute zeigte es sich nicht. Aus irgendeinem unerfindlichen Grund maß er dem Klang eine besondere Bedeutung zu. Vielleicht erinnerte er ihn unbewusst an eine seiner archivierten Aufnahmen, und nur die Verfälschung durch das Medium Wasser verhinderte, dass er es wiedererkannte.

Noch am selben Tag begab er sich in sein Tonstudio, um in seinem Archiv nach einer entsprechenden Übereinstimmung zu suchen. Die Datenbank konnte er nach einer Vielzahl von Kriterien durchsuchen wie Lautstärke, Impuls- und Tonhaltigkeit und natürlich Dauer, Ort und Zeitpunkt der Aufnahme. Aber es war zwecklos. Keine der gefundenen Audioaufnahmen hielt der Überprüfung durch sein Gehör stand. Entweder befand sich keine passende in seiner Sammlung, oder die Veränderung durch die Abstrahlung und Ausbreitung im Wasser verfälschte den Klang dermaßen, dass er keine Übereinstimmung finden konnte. Er bereitete seine heutigen Unterwasseraufnahmen auf und legte sie mit entsprechenden Schlüsselwörtern in der Datenbank ab. Die Klänge und synästhetischen Bilder in seinem Kopf, die die neuartigen Töne hervorgerufen hatten, inspirierten ihn zu einer Komposition. »Harmonie des Meeres« nannte er das Stück, das er seiner akustischen Gitarre entlockte.

Am nächsten Tag setzte Gerber seine Konfrontationstherapie fort. Diesmal hielt er es länger als eine Viertelstunde an der viel befahrenen Kreuzung aus. Aber manchmal kam ihm der Verdacht, dass seine Methode keine Besserung herbeiführen würde und er mit seiner Lärmempfindlichkeit leben sollte, anstatt sie zu bekämpfen.

Bis zu einem gewissen Grad war es ihm gleichgültig, was die Mitmenschen über ihn dachten. Diese Einstellung hatte er über die Jahre entwickelt, als Resultat ständiger Konfrontation mit dem Unverständnis seiner Umwelt. Trotzdem gab es immer wieder Situationen, in denen er sich wünschte, »normal« zu sein, in einer lärmenden Kneipe ein Bier genießen oder ein Kaufhaus betreten zu können, ohne dass die Berieselung mit Schlagermusik und Werbedurchsagen Übelkeit auslöste.

Am schlimmsten war der Lärm, der bestimmten Personen zugeordnet werden konnte. Dabei spielte das Verhältnis zu ihnen eine entscheidende Rolle. Der direkte Nachbar war ein kleiner, dicker Giftzwerg, der mit dem Luftgewehr auf Kaninchen schoss, der seine Frau Schietbüdel nannte, wenn er gut gelaunt war, Döspaddel, wenn er Streit mit ihr hatte, der den Kindern die Bälle wegnahm, die in seinem Blumenbeet landeten, und der jede Blattlaus mit der Giftspritze bekämpfte. Der Frührentner besaß nahezu alle Gerätschaften, die zur Lärmerzeugung im Freien geeignet waren: Rasenkantenschneider, Motormäher, Vertikutierer, Häcksler,

Heckenschere und natürlich Laubbläser und Kettensäge. Wie er es schaffte, täglich mindestens eine der Maschinen in seinem nicht einmal vierhundert Quadratmeter großen Garten einzusetzen, blieb ein Rätsel.

Gerber war sich sicher, dass Giftzwerg Hohlmeier seine Gerätschaften nach maximaler Geräuschemission aussuchte, ob aus Boshaftigkeit oder aus der Überzeugung, dass nur ein lauter Rasenmäher ein guter Mäher und nur ein röhrender Laubbläser ein guter Bläser war, wusste Gerber nicht. Vielleicht wollte er ihm auch nur damit imponieren oder demonstrativ darauf hinweisen, dass der naturbelassene Garten des Musikers für jedes Unkraut auf seinem Grundstück verantwortlich war.

Jetzt war er allerdings nirgendwo zu sehen. Gerber setzte sich in einen Schaukelstuhl auf der Terrasse. Die Vögel zwitscherten, der Wind spielte mit den Zweigen des Ahornbaums, zwischen denen die Abendsonne blinzelte. Herrliche Stille, nur natürliche Geräusche an diesem Samstagnachmittag. Allein die Angst, Hohlmeier könnte Moos im Rasen entdecken und den Vertikutierer anwerfen oder Blätter auf dem Grundstück, die mit dem Laubbläser wegzupusten waren, erzeugte ein ungutes Gefühl in der Magengegend. Die Ruhe war flüchtig wie ein schöner Augenblick. Man konnte sich nicht auf sie verlassen. Auch heute nicht.

Diesmal war es Hohlmeiers Dreizehn-PS-Hammerhäcksler, der die Idylle martialisch beendete. Es gab keinen Übergang, der die Ohren auf das Ereignis vorbereitete, keine Warnung, kein langsames Anschwellen. Der Lärm zerriss die Stille mit brutaler Gewalt. Wie Gerber den Nachbarn kannte, hatte der genug Material, um die Maschine über Stunden zu betreiben. Dicke Äste, dünne Äste, Zweige mit Blattwerk, Laub und Steine erzeugten unterschiedliche Geräuschvarianten, allesamt nervtötend.

Gerber meinte, Hohlmeiers Freude beim Betrieb der Höllenmaschine heraushören zu können. Der Häcksler erzeugte hässliche, zackige Figuren in grellem Violett in Gerbers Kopf. Kurz dachte er darüber nach, ob er die Konfrontation annehmen und ausharren sollte, aber nach wenigen Minuten gab er auf und floh ins Tonstudio. Dort war der Lärm immerhin erträglich, doch an kreatives Arbeiten oder gar Mikrofonaufnahmen war nicht zu denken. Stattdessen beschäftigte er sich mit seiner Geräuschesammlung, speziell mit den Unterwassergeräuschen. Aber der Häcksler machte nicht einmal vor dem Kopfhörer halt. Gerber stöpselte seine Elektrogitarre ein, drehte den Lautstärkeregler auf Maximum und spielte das Solo aus Gary Moores »Out in the Fields«. Damit übertönte er jedes Gartengerät. Sein Vergnügen daran stand im völligen Widerspruch zu seiner Lärmempfindlichkeit, aber der selbst gewählte Lärm tat gut und gab ihm für kurze Zeit das Gefühl, sich gegen den aufgezwungenen wehren zu können, ihm nicht schutzlos ausgeliefert zu sein.

7

Als Dr. Lena Abendroth anrief, zog Flottmann automatisch den Bauch ein.

»Wie geht es Ihnen, Herr Hauptkommissar?«

Kurz überlegte er, ob es sich bei der Frage um eine Floskel aus dem Standardrepertoire einer Ärztin handelte oder ob sie echtes Interesse an seinem Befinden zeigte. Immerhin hatte sie nicht »Wie geht es uns?« gesagt.

»Prächtig«, antwortete er. »Jetzt, da Sie anrufen … Ich meine, Sie haben sicher eine gute Nachricht für mich.«

Das war noch einmal gut gegangen. Flottmann wischte sich den Schweiß von der Stirn. Er, der hartgesottene Kriminalist, den keine Leiche ins Schwitzen brachte, bekam plötzlich das Flattern, wenn er mit dieser Frau sprach.

»Wir haben Katrin Lehrbach auf eigenen Wunsch entlassen. Sie wollte unbedingt nach Hause.«

»Wie stabil ist sie Ihrer Meinung nach? Glauben Sie, dass sie eine Aussage machen kann?«

»Ich denke, ja. Aber das müssen sie und ihre Eltern entscheiden. Ich ahne, wie wichtig ihre Aussage ist.«

»Ja. Außerordentlich wichtig.«

»Das war es, was ich Ihnen mitteilen wollte. Schauen Sie bei mir vorbei, wenn Sie mal in der Nähe sind.«

»Mir tut mein Rücken ziemlich weh, Frau Doktor.«

Lena Abendroth lachte. »Dafür bin ich leider nicht zuständig. Aber wir haben einen sehr guten Orthopäden und Chiropraktiker im Haus. Der renkt Sie wieder ein. Ich wünsche Ihnen einen schönen Tag, Herr Kommissar.«

»Gleichfalls. Und vielen Dank für Ihren Anruf.« Flottmann legte auf.

Hilgersen ließ seinen Schreibtischstuhl eine halbe Drehung vollführen. Noch bevor er den Mund öffnete und eine seiner ironischen Äußerungen von sich geben konnte, sagte Flottmann: »Ich werde zu den Lehrbachs fahren. Vielleicht kann ich mit dem

Mädchen reden. Du bleibst hier und hältst die Stellung. Solch eine Befragung erfordert Erfahrung und Feingefühl.«

Wie erwartet, musste Hilgersen doch noch seinen Senf dazugeben. »Mit deinem Gesülze von eben wirst du aber nicht weit kommen.«

Dann stieß er sich mit dem Fuß ab und brachte sich wieder in die Ausgangsposition, um die Schreibarbeit fortzusetzen, die oft zwei Drittel der Tätigkeit eines Kriminalbeamten ausmachte. Flottmann rief bei Familie Lehrbach an. Katrin war noch krankgeschrieben und weiterhin in psychologischer Behandlung. Aber sie wollte unbedingt aussagen. Mehr als das Alter und dass sie vor Kurzem eine Ausbildung als Bankkauffrau begonnen hatte, wusste er nicht über sie.

Die Familie Lehrbach wohnte in der Bellmannstraße. Diese sei nach Carl Gottlieb Bellmann benannt worden, hatte Hilgersen beim ersten Besuch erklärt. Von dem Komponisten stamme das Schleswig-Holstein-Lied »Schleswig-Holstein, meerumschlungen«. Flottmann fuhr von der Poggenburgstraße auf die Gaswerkstraße und geradeaus weiter auf die Deichstraße. An der Zugbrücke musste er warten, weil ein Schiff passierte, um vom Binnen- in den Außenhafen zu gelangen. Für die restliche Strecke benötigte er keine fünf Minuten, weniger als die Wartezeit an der Brücke.

Er stellte sein Fahrzeug in der Einfahrt der Doppelhaushälfte ab. Zunächst empfing ihn Frau Lehrbach im Wohnzimmer. Sie bat ihn um eine telefonische Absprache mit der Therapeutin. Diese hinterließ trotz Flottmanns Vorurteil gegen die Zunft einen positiven Eindruck auf ihn. Sie äußerte keine Bedenken, was das »Gespräch« anging. So wollte sie die Zeugenvernehmung verstanden wissen. Wenn er die Patientin möglichst frei erzählen lasse, könne das sogar einen positiven Effekt auf den Genesungsprozess haben. Viele Traumatisierte hätten das Bedürfnis, das Erlebnis wiederholt zu schildern. Die Psychologin bot an, zu dem Gespräch hinzuzukommen. Flottmann bedankte sich und sicherte ihr zu, ihre Hilfe in Anspruch zu nehmen, falls es erforderlich wäre.

»Katrin möchte mit Ihnen allein reden«, sagte ihre Mutter, die das Telefonat mitverfolgt hatte. »Sie ist oben in ihrem Zimmer. Sie möchte, dass Sie die Täter fassen, Herr Kommissar. Seien

Sie bitte rücksichtsvoll. Katrin glaubt, die Sache überstanden zu haben. Aber das ist ein Irrtum. Es werde noch lange dauern, hat die Therapeutin Dr. Kirchner gesagt.«

Vom Flur aus führte eine steile Holztreppe ins Obergeschoss. Flottmann klopfte an die Tür, auf der ein Poster mit einer roten englischen Telefonzelle klebte. Fast hätte man der Illusion erliegen können, diese beim Öffnen der Tür zu betreten.

»Kommen Sie rein.«

Der Hauptkommissar hatte noch das Bild des verstörten, geschundenen Mädchens im Kopf, sah sich aber nun einer jungen, selbstbewusst wirkenden Frau gegenüber. Sie hatte die Haare zusammengebunden, nur eine Strähne fiel über ihre Stirn. Sie trug winzige Ohrstecker, die manchmal silbrig aufblitzten, enge Jeans und ein T-Shirt. Das Zimmer war mit Möbeln in skandinavischem Stil bestückt, Bett, Schreibtisch, Kleiderschrank, Bücherregal. Drei Harry-Potter-Bände und ein abgegriffener Teddybär erinnerten an die Kindheit. An der Wand hing ein Poster, das die Golden Gate Bridge in der Abenddämmerung zeigte, daneben eine Pinnwand mit Fotos, der Eintrittskarte eines AC/DC-Konzerts sowie handschriftlichen Merkzetteln. Offenbar hatte diese analoge Art der Datenverwaltung selbst bei jungen Leuten nicht komplett ausgedient.

Katrin bot Flottmann den Schreibtischstuhl an, während sie sich aufs Bett hockte, die Arme um die Knie gelegt. Die linke Hand war mit einem Verband umwickelt, vielleicht nur, um den fehlenden Finger zu kaschieren.

»Ich bin froh, dass Sie hier sind«, sagte sie. »Aber ich weiß nicht, ob ich Ihnen helfen kann.«

»Jedes Detail kann wichtig für unsere Ermittlungen sein. Erzählen Sie mir einfach, was passiert ist, und lassen Sie sich Zeit.«

Sie senkte den Blick, schien nachzudenken, wo sie mit ihrer Schilderung beginnen sollte. Dann sah sie ihn entschlossen an.

»Ich war auf dem Weg zu meiner Freundin Sibylle. Sie wohnt nicht weit von hier, in der Matthias-Claudius-Straße. Von unserem Haus führt ein schmaler Weg querfeldein dorthin. Dort, wo die Kaserne ist, muss ich durch ein kleines Waldstück. Ich hatte die Straße fast erreicht, als mich jemand von hinten packte und mir ein Tuch auf den Mund drückte. Ich hab immer noch den ekligen, süßlichen Geruch in der Nase. Dann muss ich ohnmächtig geworden sein. Als ich aufwachte, befand ich mich in diesem schrecklichen Raum.«

Sie holte tief Luft. Mit einem verkrampften Lächeln überspielte sie Angst und Nervosität.

Sie streckte Flottmann die linke Hand entgegen. »Ich will, dass die Typen bestraft werden.« Erneut versuchte sie ein Lächeln, während ihr Tränen über die Wangen liefen. Sie schloss einige Sekunden die Augen, bevor sie fortfuhr. »Sie haben mir meine Sachen weggenommen, meine Handtasche mit dem Handy, dem Geld, dem Ausweis und der Scheckkarte. Ich hab versucht, die Tür zu öffnen, aber sie war abgeschlossen. Dann wollte ich versuchen, das Fenster zu erreichen. Mit dem Tisch und den Stühlen wär es vielleicht möglich gewesen. Aber zwei Männer kamen herein. Es kann sein, dass sie mich beobachtet haben. Der eine war sehr groß und kräftig. Er hatte eine Sporttasche dabei. Der andere war kleiner, nicht viel größer als ich. Beide hatten eine Wollmaske auf. Nur die Augen und den Mund konnte man sehen. Ich hatte schreckliche Angst. Ich wusste nicht, was sie von mir wollten. Ich dachte, sie würden mich ...«

Katrin zitterte am ganzen Körper.

»Sollen wir eine Pause machen?«

»Nein. Es geht schon. Der Kleine befahl mir, mich auf den Stuhl zu setzen. Mit einem Seil, das der andere ihm gegeben hat, hat er mich festgebunden. Vielleicht hätte ich schreien sollen. Vielleicht hätte mich jemand gehört. Aber ich war wie gelähmt. Eine Schlinge hat er mir direkt um den Hals gelegt. Dann haben sie eine Kamera aufgebaut. Anschließend holte der Kleinere ein Werkzeug aus der Tasche und legte es auf den Tisch. Können Sie sich vorstellen, was mir in dem Moment alles durch den Kopf ging?«

Flottmann nickte. Er spürte, wie ihn die Schilderung mitnahm. Seine Augen brannten. Verdammtes Weichei, sagte er zu sich. Was war nur aus ihm geworden? Wer seine Gefühle nicht im Griff hatte, konnte kein guter Polizist sein.

Katrin beschrieb tapfer die weiteren Geschehnisse. Ihre Ausführungen stimmten im Wesentlichen mit dem überein, was auf dem Video zu sehen war.

»Sie haben mir nichts gegen die Schmerzen gegeben, lediglich eine Mullbinde, mit der ich die Blutung stillen konnte. Warum haben sie mir das angetan? Meine Eltern hätten auch so bezahlt. Sie haben sich verschuldet, um das Geld zusammenzubekommen.« Sie schüttelte den Kopf. »Nach zwei Tagen haben mir die Verbrecher einen Sack oder etwas Ähnliches über den Kopf gestülpt und mich dorthin gefahren, wo Sie mich gefunden haben. Sie haben mir gedroht, mich zu erschießen, wenn ich mich umdrehe. Dann hat mir einer der beiden den Sack vom Kopf gerissen. Ich hab mich nicht umgedreht.«

»Erinnern Sie sich, welche Kleidung die Männer trugen?«

»Sie trugen immer dieselben Sachen, beide Jeans und T-Shirts. Auf dem blauen T-Shirt des Kleineren stand ›Route 66‹. Das des anderen war schwarz. Auch da stand etwas auf der Rückseite. Aber ich kann mich nicht erinnern, was es war. Irgendetwas mit Fußball, glaube ich.«

»Sie haben die Stimmen der Entführer gehört. Ist Ihnen etwas Besonderes aufgefallen, ein Dialekt vielleicht?«

»Nein. Sie sprachen ganz normal. Sie haben nur wenig geredet. Der Riesenkerl hatte Muskeln wie ein Kraftsportler.«

»Tätowierungen, Piercings?«

»Nein.«

»Falls Ihnen noch etwas einfällt, rufen Sie mich bitte an, ganz egal, was es ist. Wir werden die Täter fassen. Ganz bestimmt.«

Flottmann stand auf. »Schön haben Sie es hier. Ich bin übrigens auch ein AC/DC-Fan.«

»Echt?«

»Klar. Ich hab sie 2001 live erlebt, im Müngersdorfer Stadion. Höllisch gut und höllisch laut. Meine Ohren haben noch zwei Tage geklingelt.«

Sie lachte. Flottmann freute sich über ihr Lachen. Hätte er eine Tochter, wäre sie vielleicht in ihrem Alter. Er verwarf den Gedanken, öffnete die Tür und verabschiedete sich mit einem Handzeichen.

8

Seit ihrer Einschulung besuchte Sophia ihn seltener. Ihr Interesse an seiner Geräuschesammlung hatte jedoch nicht abgenommen. Gerber hatte ihr gezeigt, wie sie die Datenbank bedienen konnte. Meist wählte sie die Aufnahmen nach dem Zufallsprinzip aus, obwohl sie bereits erstaunlich gut lesen und schreiben konnte. Auch an diesem Tag saß sie mit dem Kopfhörer auf dem Stuhl, völlig entrückt, manchmal kicherte sie oder gab Worte des Erstaunens von sich. Zwar konnte er sich in dieser Zeit kaum auf seine Arbeit konzentrieren, genoss aber ihre Gesellschaft. Bald würde sie vermutlich andere Interessen entwickeln.

Sie nahm den Kopfhörer ab und reichte ihn Gerber. »Hör mal, was da blubbert. Was ist das?«

Gerber hielt eine der Muscheln an sein Ohr. »Eine Fledermaus.«

»Nein. Fledermäuse kann man nicht hören.«

»Du hast recht, Sophia. Die Töne sind so hoch, dass man sie normalerweise nicht hören kann. Aber ich kann sie mit meinen Geräten absenken. Und dann kann man sie hören.«

»Wirklich? Fledermäuse sehen mit ihren Ohren, oder?«

»Das stimmt. Auch ich kann mit den Ohren sehen.«

»Du spinnst.« Sophia lachte.

»Ich sag die Wahrheit. Als ich klein war, bin ich mit dem Fahrrad mit verbundenen Augen durch den Wald gefahren.«

»Wie soll das denn gehen?«

»Wenn ich so mache«, Gerber formte seine Lippen und gab ein Klickgeräusch von sich, »dann kann ich am Echo hören, wo ein Hindernis, zum Beispiel ein Baum, ist.«

»Wirklich?«

»Wirklich. Ich kann feststellen, wie weit weg und wie groß es ist.«

»Cool!«

Sophia blieb noch eine Stunde. Sie hörten sich gemeinsam die Unterwasseraufnahmen an, und Gerber versprach, ihr irgendwann die Gesänge der Wale vorzuspielen.

Als er wieder allein war, spürte er seine Einsamkeit. Das Gefühl dauerte für gewöhnlich nicht lange an. Spätestens wenn er sich mit seiner Musik beschäftigte, verschwand es. Aber es würde zurückkommen. Das war sicher. Im Grunde kannte er das seit seiner Kindheit. Davor hatten ihn auch seine Eltern und seine Adoptiveltern nicht schützen können. Dabei hatten sie sich alle Mühe gegeben, ihn beim örtlichen Tischtennisverein angemeldet, Freunde und Bekannte mit Kindern eingeladen und natürlich mit den Lehrern gesprochen, die ihn zwar für intelligent, aber für kontaktarm hielten, was sich mit der Zeit schon geben würde. Doch die Erklärung für seine Probleme war ganz einfach. Er war anders als die anderen Kinder, stand auf dem Schulhof abseits, weil er den Lärm der Mitschüler nicht ertragen konnte und weil er von ihnen ausgegrenzt wurde. Wer wollte schon mit jemandem zu tun haben, der die Finger in die Ohren steckte, wenn es hoch herging.

Seine Situation änderte sich erst, als er mit zwölf Jahren eine Gitarre geschenkt bekam. Noch bevor er in der Lage war, die ersten Akkorde zu greifen, hatte das Instrument ihn in den Bann gezogen und ließ ihn nicht mehr los. Eine einzelne gezupfte Saite war in der Lage, Töne zu erzeugen, die nicht von dieser Welt zu sein schienen. Und es gab tausend Varianten, tausend Klangfarben, die sie hervorbringen konnte. Kleinste Veränderungen des Anrisswinkels, minimale Differenzen, was Länge und Kontur der Fingernägel betraf, wirkten sich auf den Klang aus. Und schon damals assoziierte sein Gehirn mit jedem Ton unterschiedliche Farben und Figuren.

Innerhalb kürzester Zeit konnte er Musikstücke nach Gehör interpretieren. Nur die technischen Fertigkeiten begrenzten sein Spiel, und so manches Mal musste er das Instrument weglegen, weil die Fingerkuppen der linken Hand zu sehr schmerzten.

Er lernte einige Popsongs, und plötzlich erntete er Anerkennung von Mitschülern, wenn er auf einer Klassenfahrt etwas zum Besten gab. Er schaffte es sogar, ihre schiefen Gesänge und das Gegröle zu ertragen. Aber wirklich einer von ihnen wurde er nie.

Wenn er recht überlegte, kam er zu dem Schluss, dass er auch heute nur wenig Kontakt zu anderen Menschen hatte. Sein einziger Freund war Michael Mehler, Musiker wie er, Multiinstrumentalist, glücklich verheiratet mit Kristin. Den Lebensunterhalt verdiente er als Grafikdesigner. Nachdem sein Arbeitgeber in die Insolvenz gegangen war, hatte er sich selbstständig gemacht. Aus Andeutungen schloss Gerber, dass die Geschäfte des Ein-Mann-Unternehmens nicht besonders gut liefen. Genaues wusste Gerber nicht. Sein Freund sprach nicht gerne darüber. Die Zinsen für das Hypothekendarlehen, das er und Kristin für das Haus im Neubaugebiet im Norden Husums aufgenommen hatten, ließen vermutlich kaum Spielraum für ein sorgenfreies Leben. Sie besserte das Haushaltsbudget mit einer Halbtagstätigkeit in einem Architekturbüro auf, erledigte dort Schreibarbeiten und kochte Kaffee für die fünf Mitarbeiter. Kristin war eine sympathische Person, hatte stets ein freundliches Lächeln parat und unterstützte ihren Mann, wo es ging. So zierlich und zerbrechlich sie aussah, hatte sie doch alles im Griff. Nur um die Steuern und Finanzen kümmerte sie sich nicht.

Vor einigen Tagen hatte Michael angerufen und Gerber gefragt, ob er etwas zu einem seiner Songs beitragen könne. Zwar beherrschte Mikel, wie Gerber ihn meistens nannte, auch Saiteninstrumente, Gitarre, Mandoline und Banjo, aber für besondere Arrangements ließ er sich gern von Gerber inspirieren. Er hatte im Keller des Fertighauses ein Tonstudio eingerichtet, das allen professionellen Ansprüchen gerecht wurde.

Gerber verstaute die Martin-Gitarre im Kofferraum des Daimlers und machte sich auf den Weg. Er freute sich auf das Wiedersehen mit den beiden, die er seit zwei Monaten nicht gesehen hatte. Kristin empfing ihn mit ihrem Lächeln und einer innigen Umarmung. Bootsmann, der Jack-Russell-Terrier, legte sich auf den Rücken und blieb so lange liegen, bis er ausgiebig von Gerber am Bauch gekrault worden war.

»Schön, dich zu sehen«, sagte Kristin, trat einen Schritt zurück, streckte ihre Arme aus und packte ihn bei den Schultern, um ihn aus der Entfernung zu betrachten. »Siehst gut aus. Geht es dir gut?«

»Ja. Bei mir ist alles klar. Bei euch? Robert, Michael?«

»Robert geht es gut. Seine Firma wächst. Er hat einen Großauftrag erhalten und wieder einen Programmierer eingestellt«, berichtete Kristin stolz von ihrem Sohn. »Aber Michael macht mir Sorgen«, sagte sie nach einer kurzen Pause.

Gerber sah sie fragend an.

»Irgendetwas scheint ihn zu bedrücken. Wenn ich ihn frage, tut er so, als sei alles in Ordnung. Du kennst ihn ja. Ich hab das Gefühl, dass er sich hinter seiner Arbeit versteckt. Ich meine seine Musik. Wahrscheinlich verstehst du ihn in dieser Hinsicht besser als ich.«

Kristin mochte recht haben. Auch Gerber nutzte die Musik, um in eine Parallelwelt einzutauchen, in der die Probleme keinen Zugang hatten. Das funktionierte fast immer, wenn auch nicht dauerhaft. Wie bei einem Betrunkenen tauchten alle Ängste und Sorgen wieder auf, wenn der Rausch vorbei war.

Sie standen immer noch im Hausflur.

»Er ist im Keller. Wir sehen uns, wenn ihr fertig seid. Ich bin sicher, dass ihn dein Besuch aufmuntern wird.«

Bootsmann quiekte und sprang an Gerbers Hosenbein hoch, um sich ein paar weitere Streicheleinheiten abzuholen. Gerber nahm den Gitarrenkoffer und ging die Treppe hinunter. Er öffnete die schwere, doppelschalige Tür und betrat den dezent mit farbigen LED-Lampen beleuchteten Raum. Michael saß am Mischpult. Seine schwarzen Haare reichten fast bis zu den Schultern. Der Dreitagebart und die Ränder unter den Augen ließen ihn älter erscheinen, als er war. In zwei Monaten würde er neunundvierzig werden.

Als er Gerber erblickte, schob er seine Brille über die Stirn, stand auf und umarmte ihn. Nie hatten sie sich vorher so begrüßt. Allein das hätte Gerber stutzig machen müssen. Die beiden Männer setzten sich auf die Drehstühle. Durch eine Glasscheibe konnte man in den Aufnahmeraum blicken, der jedoch nicht als solcher benutzt wurde. Bei der Planung des Hauses hatte Michael vorgeschwebt, das Studio später einmal gewerblich zu nutzen. Nachdem das Bauamt ihm die Auflagen für eine derartige Nutzungsänderung mitgeteilt hatte, musste er das Vorhaben aufgeben. Seine finanziellen Mittel reichten nicht aus, um die erforderlichen Maßnahmen umzusetzen.

»Du arbeitest an einer neuen CD?«, fragte Gerber.

»Zwölf Songs. ›Bilder eines Lebens‹ soll sie heißen.«

»Hm. Das hört sich wie ein Testament an«, lachte Gerber.

»Ja. Ich weiß.«

»Lass mal hören.«

»Das hier ist der Titelsong: ›Spuren, die verblassen‹ …« Mehler schob die Lautstärkeregler mit dem Daumen nach oben. Aus den Boxen kam ein satter Sound.

Gerber hörte aufmerksam zu. Spontan entstanden Farben und Figuren in seinem Kopf, die zum Inhalt des Liedes passten. Ihm selbst war unklar, welchen Anteil seine Gefühle und sein Unterbewusstsein dabei hatten.

»Text und Musik sind von dir?«, fragte Gerber, als das Stück ausgeklungen war.

»Ja, natürlich. Es fehlt nur noch die Gitarrenspur. Mir liegt viel daran, dass du …«

»Klar. Der Song ist gut. Nein, er ist sehr gut. Etwas melancholisch. Ich hab schon eine Idee. Hast du irgendwelche Vorgaben?«

»Nein.« Mehler zeigte auf einen Hocker, der vor einem Stativ mit zwei Mikrofonen stand. »Es ist alles vorbereitet.«

Gerber packte die Martin aus und nahm seinen Platz ein. Es folgte das endlose Stimmen des Instruments.

»Neue Saiten und dazu die Temperaturdifferenz«, entschuldigte er sich, obwohl sein Freund die Zeremonie bereits kannte.

Schließlich setzte Gerber den Kopfhörer auf, der am Stativgalgen hing. Mehler startete die Aufnahme, schloss die Augen und lauschte der Akustikgitarre, ohne die Tonspuren mitzuhören. Ein zufriedenes Lächeln glitt über seine Lippen, als der letzte Ton verklungen war. Dann spielte er den kompletten Mix ab. Währenddessen passte er lediglich die Lautstärke der Gitarrenspur ein wenig an.

»Perfekt!«, sagte Mehler.

»Take zwei.«

»Unsinn. Was optimal ist, kann man nicht verbessern.« Mehler startete die Aufnahme erneut. »Du hast genau das getroffen, was ich mir vorgestellt habe.«

Gerber musste gegen seine inneren Widerstände ankämpfen. Wäre das hier ein normaler Job gewesen, hätte er seinen Willen durchgesetzt. Sein Part war nicht perfekt, jedenfalls nicht in seinen Ohren. An einer Stelle war das Abdämpfen der Saiten zu stark, im sechsten Takt das Bending zu laut. Aber mit seinem Freund wollte er nicht diskutieren, nicht jetzt. Er stellte das Instrument auf einen leeren Ständer und nahm den Platz neben Mehler wieder ein.

»Wann hast du das Lied geschrieben?«, fragte er.

»Vor ein paar Tagen.«

»Es gibt deine momentane Stimmung wieder, nicht wahr?«

Mehler nickte.

»Was ist passiert, Michael?«

»Was meinst du?«

»Irgendetwas bedrückt dich.«

»Gefällt dir der Song nicht?«

»Er ist vermutlich der beste, den du je geschrieben hast.« Gerber sah seinen Freund prüfend an und wartete auf eine Antwort.

»Es ist alles in Ordnung.« Mehler lehnte sich zurück und fuhr mit seiner Hand durch die schwarze Mähne. »Ich hab nur ein paar Nächte zu viel an meinen Songs gefeilt.«

»Es gibt ein paar Zeilen, deren Bedeutung ich nicht verstehe.«

»Irgendwann wirst du – ich meine, manches soll der Hörer selbst für sich entdecken.«

Das Laufwerk des Computers öffnete sich geräuschvoll. Mehler nahm eine CD heraus.

»Die ist für dich«, sagte er und überreichte sie Gerber. »Da sind alle Songs drauf.« Er boxte seinem Freund gegen die Schulter. Die Geste sollte heißen: Ich will nicht über meine Probleme reden. »Und jetzt gehen wir hoch zu Kristin. Wie ich sie kenne, hat sie ein paar Happen für uns vorbereitet, und ausreichend Flensburger hab ich kalt gestellt.«

Kristin empfing die beiden mit fragenden Blicken.

Mehler antwortete: »Es hat alles geklappt. Leon ist ein echtes Genie.«

Gerber beantwortete ihre Frage mit einem Schulterzucken. Ihm war klar, dass Michael etwas bedrückte. Vielleicht waren es finanzielle Sorgen. Doch angeblich verdiente er gut an den Tantiemen seines zuletzt veröffentlichten Albums, und für die neue CD hätte er von der Plattenfirma einen großzügigen Vorschuss erhalten.

Es würde sich eine weitere Gelegenheit bieten, mit ihm zu reden. Dann würde Gerber hartnäckig nachfragen.

Er schlief schlecht in dieser Nacht. Der Besuch bei Kristin und Michael beschäftigte ihn und mischte sich im Halbschlaf mit absurden Traumsequenzen. Später tauchten Bilder des entführten Mädchens auf, und auch sein ständig wiederkehrender Alptraum ließ ihn nicht in Ruhe. Ein Kissen, das in einer Zimmerecke lauerte, verwandelte sich in ein Monster. Es kam auf ihn zu, und er hatte keine Möglichkeit auszuweichen. Seine Beine funktionierten nicht. Er wollte schreien, aber es kamen keine Laute aus seinem Mund. Dann hörte er dieses Geräusch, das seine Furcht ins Unermessliche steigerte. Es war ein kurzer, dumpfer Ton.

An dieser Stelle wachte er stets auf. Seine Stirn fühlte sich kalt und nass an, sein Herz pochte. Die Angst klang nur langsam ab, obwohl sein Verstand ihm sagte, dass keine Gefahr mehr bestand. So phantastisch Träume auch waren, dieses Geräusch hatte eine Entsprechung in der Wirklichkeit. Es musste ein schreckliches Ereignis in der Kindheit gegeben haben, das bis heute nachwirkte. Der wiederkehrende Alptraum verfolgte ihn, seit er denken konnte. Aber warum konnte er sich nicht erinnern? War es der Tod seiner Schwester, der ihn mehr mitgenommen hatte, als er ahnte?

Er war sechs Jahre alt gewesen, als sie an Leukämie erkrankte und starb. Es gab zahlreiche Bilder von ihm und der eineinhalb Jahre jüngeren Sarah. Heute wusste er nicht mehr, welche Erinnerungen zu tatsächlichen Erlebnissen gehörten und welche Geschichten er anhand von Fotos hinzuphantasiert hatte. Die Mutter war gestorben, als er sieben war, der Vater ein Jahr später.

Seine Tante und sein Onkel hatten ihn aufgenommen und adoptiert. Damals wohnten sie noch in Husum, nicht weit entfernt von seinem Elternhaus. Nach dem Tod ihres Mannes zog Tante Johanna nach Flensburg, in die Stadt, in der sie und ihre Schwester aufgewachsen waren. Dort wohnte sie immer noch in einer kleinen Zwei-Zimmer-Wohnung.

Er telefonierte fast jede Woche mit ihr, aber besucht hatte er sie lange nicht mehr. Irgendwann würde es zu spät sein. Sie war die Einzige, die ihm helfen konnte, die damaligen Ereignisse zu verstehen. Er hatte mit ihr nie darüber gesprochen, obwohl ihm immer bewusst gewesen war, dass ihm eine mehr oder weniger konstruierte Geschichte aufgetischt worden war. Als Kind hatte er sie geglaubt, als Erwachsener akzeptiert, ohne sie zu hinterfragen. War seine Schwester Sarah wirklich an Leukämie erkrankt? Und die Eltern? Wieso und woran waren sie gestorben? Die Mutter angeblich an einem Schlaganfall.

Gerber nahm sich fest vor, die Tante in nächster Zeit zu besuchen.

9

Hilgersen betrat das gemeinsame Büro. »Sie geben sich nicht mit hunderttausend zufrieden.« Er hielt ein Notizbuch in der Hand, das dem Aussehen nach bereits Kriminalgeschichte geschrieben hatte. »Es gab schon einen ähnlichen Fall.«

»Was? Wieso wissen wir nichts davon? Wieso hat der Computer nichts ausgespuckt?«

»Weil keine Polizei eingeschaltet wurde.« Hilgersen blätterte im Notizbuch. »Ein Herr Peter Feddersen hat sich gemeldet. Sein achtundsiebzigjähriger Vater, Jacob Feddersen, wurde entführt. Neunzigtausend Euro Lösegeld hat die Familie bezahlt. Es ist vier Monate her. Der Mann lebt. Allerdings ...«

»... fehlt ihm ein Finger, richtig?«

»Richtig. Und er kann sich angeblich an nichts erinnern. Aber wir können mit dem Sohn reden.«

»Du fährst!«, befahl Flottmann, stand auf und zog sein Jackett an.

Die Fahrt mit dem Ford-Kombi dauerte keine zehn Minuten. Das Backsteinhaus mit dem gut erhaltenen Nebengebäude und dem großzügigen Grundstück war typisch für die Siedlung, die früher vorwiegend von Fischerfamilien bewohnt worden war und heute noch Fischersiedlung hieß. Auch die Straßennamen erinnerten an den Ursprung. Entsprechend der Himmelsrichtung lauteten sie Norderheverstraße, Osterheverstraße und so weiter. Das Ehepaar Feddersen empfing die Kommissare freundlich und bat sie, am Kaffeetisch Platz zu nehmen. Sie war von schlanker, zierlicher Statur. Das rotblonde, fast schulterlange Haar strich sie von Zeit zu Zeit hinter das Ohr, eine Geste, die sie vermutlich selbst gar nicht mehr wahrnahm. Ihr Ehemann, ein kräftiger, etwas übergewichtiger Typ mit einer verblassten Tätowierung auf dem Oberarm, beteiligte sich nicht am Small Talk, der sich um das Wetter und die Husumer Hafentage drehte. Ab und zu nickte er zustimmend, wenn sie einen Satz mit »nicht wahr, Peter?« beendete.

»Birnen-Mandel-Kissen« nannte Frau Feddersen das Gebäck, das sie ihren Gästen anbot. Als sie die Zutaten nannte, Blätterteig mit Schokoladenkuvertüre, Marzipan, Mandeln, Birnen und ein Schuss Rum, lief Flottmann das Wasser im Munde zusammen. Doch er lehnte dankend ab. Mit seiner Gewichtsabnahme war er fast wieder im Plan, und keinesfalls wollte er sein Ziel aufgeben. Er war überzeugt, dass Hilgersen ihn provozieren wollte, als der eine große Portion Schlagsahne mit Preiselbeermarmelade auf dem Gebäck verteilte, genussvoll beim Kauen die Augen schloss und schließlich peinlich übertriebene Lobeshymnen auf die Backkunst der Gastgeberin von sich gab. Flottmann spürte den Kampf zwischen seinem Magen und seinem Gehirn in fast schmerzhafter Weise.

Schließlich war er froh, dass Frau Feddersen ihr Angebot wiederholte: »Nicht doch ein kleines Stück?«

»Ja, gerne, aber ohne Sahne bitte.«

Hilgersens unverschämtes Grinsen übersah er.

»Könnten Sie uns bitte erzählen, was damals passiert ist?«, begann er das offizielle Gespräch.

Sie blickte zu ihrem Mann, der ihr schweigend die Zustimmung gab, die Geschichte zu erzählen. »Großvater, also mein Schwiegervater, wurde nicht weit von hier am Außenhafen in ein Auto gezerrt. Er ging dort mehrmals am Tag mit Schröder spazieren, bei jedem Wetter. Schröder ist unser Hund, ein Münsterländer. Auf der Bank hinter dem Fischmarkt-Gebäude haben die beiden oft haltgemacht. Als die beiden an jenem Abend nicht zurückkamen, haben wir nach ihnen gesucht. Schröder saß allein vor der Bank. Da ahnten wir, dass etwas passiert war. Wir haben im Krankenhaus und bei der Polizei angerufen. Uns wurde geraten, am nächsten Tag eine Vermisstenanzeige aufzugeben, falls Großvater nicht nach Hause käme. Wissen Sie, er war Krabbenfischer wie sein Vater und Urgroßvater. Die Veränderungen der letzten Jahrzehnte hat er hautnah miterlebt und viel darüber geredet. Er hat sich für eine schonende Fischerei eingesetzt. Früher waren die Kutter nur tagsüber unterwegs, fuhren nicht in den Wintermonaten raus, und die Bestände konnten sich erholen. Heute sind holländische Großkutter mit dreitausend PS unterwegs, pflügen über alles weg, auch über die Steingründe, die dem Nachwuchs Schutz bieten. Bis zu diesem schrecklichen Vorfall hat Großvater sich politisch engagiert. Danach hat er sich stark verändert, ist depressiv geworden und traut sich kaum noch raus, schon gar nicht mehr an den Hafen, den er so geliebt hat. Er redet nicht über das Geschehene und weiß auch nicht, dass Sie hier sind. Er hätte psychologische Hilfe gebraucht, aber dagegen hat er sich gesträubt.«

»Er wohnt bei Ihnen?«

»Im Obergeschoss. Das Haus gehört ihm.«

»Man hat Ihnen ein Video zugeschickt?«

»Ja. Es war in einem Kuvert, das am Morgen nach der Entführung im Briefkasten lag. Das war schrecklich.« Sie sah zu ihrem Mann hinüber.

»Kam es mit der normalen Post? Ich meine, war eine abgestempelte Marke auf dem Umschlag?«

»Nein.«

»Haben Sie beobachtet, wie jemand den Brief eingeworfen hat?«

»Nein. Er muss in der Nacht gebracht worden sein.«

Feddersens Hand zitterte. Er setzte die Tasse ab, ohne daraus zu trinken. »Was sind das für Menschen, die so etwas tun, Herr Kommissar?«

»Ich weiß es nicht. Ich weiß nur, dass wir die Täter finden werden. Dazu brauchen wir Ihre Hilfe. Ihren Vater können wir nicht sprechen?«

Feddersen schüttelte den Kopf. »Es würde alles wieder aufwühlen. Außerdem wird er sich kaum noch an Einzelheiten erinnern können.«

»Das Video. Haben Sie das Video noch?«

»Nein«, antwortete Frau Feddersen. »Wir haben den Umschlag mit dem Speicher in den Müll geworfen. Wir wollten das Ereignis vergessen und zu einem normalen Leben zurückkehren. Aber so einfach funktioniert das nicht.«

Sie verteilte weitere Birnen-Mandel-Kissen auf die Teller. Flottmann hätte Zeit gehabt, Protest einzulegen, verpasste aber die Gelegenheit.

»Warum haben Sie damals nicht die Polizei eingeschaltet?«

»Wir dachten, dass es besser so wäre. Außerdem haben die Entführer damit gedroht …« Sie unterbrach ihre Rede. »Mit einer weiteren Entführung, und sie würden beim nächsten Mal alle Finger abschneiden.« Eine Träne löste sich von ihrem Kinn und fiel auf den Teller.

»Ich hab das Geld besorgt«, übernahm Feddersen die Schilderung. »Das war kein Problem. Mein Vater hatte Erspartes, und ich hab eine Vollmacht für sein Konto. Das Video enthielt die Anweisung, mich um Punkt elf Uhr an einer bestimmten Stelle im Finkhaushalligkoog einzufinden. An so einem Modellflugzeug, einer Drohne, war ein Kasten befestigt. Dorthinein musste ich das Geld legen. Das war alles. Noch am selben Tag erhielt ich einen Anruf von einem Autofahrer, dem mein Vater aufgefallen war. Die Entführer hatten ihn in der Nähe von Simonsberg einfach auf einem Parkplatz abgesetzt. Er war in schlimmer Verfassung, völlig verwirrt. Nicht einmal die Wunde hatten sie verbunden. Verdammte Scheißkerle.«

»Als wir von dem entführten Mädchen hörten, haben wir doch die Polizei angerufen«, sagte Frau Feddersen. »Es sind dieselben Täter, nicht wahr?«

»Das nehmen wir an«, sagte Hilgersen, der das vierte Stück Gebäck verdrückt hatte.

»Hat man auch sie gefoltert?«

»Darüber dürfen wir Ihnen keine Auskunft geben.«

»Wir machen uns Vorwürfe, dass wir uns nicht sofort an die Polizei gewandt haben.« Als weder Hilgersen noch Flottmann reagierten, senkte sie den Kopf.

Sie erfuhren noch einige Details über die Entführung, die sie aber vermutlich nicht weiterbringen würden.

»Was ist mit deiner Diät?«, frotzelte Hilgersen bei der Abfahrt. »Du hast mir neulich erzählt, dass du abnehmen wolltest.«

»Damit ich mal so dürr aussehe wie du? Nee. Ich hab es mir anders überlegt. Die Frauen stehen nicht auf solche Skelette. Und wie du dir gleich vier Teilchen reinhauen konntest, dazu auch noch mit Schlagsahne, das war mehr als peinlich.«

»Teilchen? Was sind Teilchen?«

»Ach, ich vergaß, dass ihr Nordlichter nur einen eingeschränkten Wortschatz besitzt. Ihr deckt ja auch mit einem Moin sämtliche Begrüßungsformeln für die Tages- und Nachtzeit ab. Und das Wort steht noch nicht einmal im Duden.« Hilgersen grinste. »Klar steht das im Duden. Und Moin kommt nicht von ›guten Morgen‹, wie du wohl meinst, sondern von ›mooi‹, was so viel wie ›schön‹ heißt. Es ist die komprimierte Form von: ›Einen schönen Tag wünsche ich dir.‹ Wir Nordfriesen quatschen eben nicht lange rum, wenn wir was Nettes zu sagen haben.«

»Hm«, grunzte Flottmann, und »Klugscheißer« dachte er.

»Außerdem kann man dem Wort durch entsprechende Betonung ganz verschiedene Bedeutungen mitgeben. Ein kurzes Moin ist eine höfliche Begrüßung, die oft mit einem Moin, Moin beantwortet wird. Ein lang gezogenes Moiiiin heißt: ›Mensch, Alter, wo kommst du denn jetzt her?‹ Und ...«

»Mensch, Gustl, verschieb deinen Vortrag auf morgen. Wir haben Wichtigeres zu tun.«

»Okay. Ich dachte nur, ein wenig Weiterbildung könnte dir nicht schaden. Und nenn mich nicht immer Gustl. Ich heiße Gustav.«

»Gustl klingt einfach besser.«

Zurück im Büro hatte Flottmann gerade seine Grübelstellung eingenommen, die Lehne bis zum Anschlag zurückgeklappt, die Füße auf dem Aktenbock und die Hände wie beim Gebet vor dem Bauch gefaltet, als das Telefon klingelte.

»Gehst du ran? Ich bin gerade beschäftigt.«

Hilgersen übernahm das Gespräch, ohne zu murren.

»Hilgersen. Moin, Herr Feddersen. – Sie haben ... – Das ist eine Überraschung. – In eine Cloud? Das ist eine gute Idee. – Einen Moment bitte, ich schreibe mit. – Ich bin so weit. – Phantastisch. Vielen Dank.«

Flottmann gab seine Grübelstellung auf, stützte seine Ellenbogen auf dem Schreibtisch ab und sah erwartungsvoll zu Hilgersen hinüber.

»Was gibt's?«

»Nichts weiter.«

»Komm, rück's schon raus.«

»Feddersen hat eine Kopie des Erpressungsvideos auf seinem Rechner gefunden.«

»Nee!«

»Doch. Die Datei ist zu groß für eine E-Mail. Er hat sie in einer Cloud abgelegt. Wir können sie runterladen.«

»Worauf wartest du?«

»Auf deine Erlaubnis.«

»Mach hin, Gustl!« Flottmann schnappte sich einen der beiden Besucherstühle und setzte sich zu Hilgersen an den Schreibtisch. Es dauerte einige Minuten, bis die Datei heruntergeladen war. Hilgersen startete den Media-Player. Gebannt starrten die beiden auf den Bildschirm. Obwohl sie ahnten, was das Video zeigen würde, war die Anspannung unerträglich. Flottmann erwischte sich dabei, dass er wiederholt die Augen schloss. Er ballte beide Fäuste, um seine Wut und Betroffenheit zu kontrollieren.

Hilgersen ließ seinem Gefühl freien Lauf. Er schlug mit der Faust auf die Tischplatte, sodass der Monitor einen Hüpfer machte. »Verdammte Scheißkerle!«, schrie er.

»Bleib cool, Gustl. Wir sind Profis. Uns haut doch nichts um, oder? Kopier die Datei auf einen Stick und lass Niemeier von der KTU das Video zukommen. Der weiß, was zu tun ist. Wir brauchen die Ergebnisse der phonetischen Untersuchung so schnell wie unmöglich. Klar?«

»Klar. Und der Stick?«

»Den gibst du mir. Dieser Gerber soll sich das anhören. Ich fahr zu ihm.«

Flottmann ging zurück an seinen Schreibtisch, rief sein elektronisches Telefonbuch auf und wählte Gerbers Nummer.

»Ja.«

»Herr Gerber?«

»Ja.«

»Hauptkommissar Flottmann. Ich brauche noch einmal Ihre Hilfe.«

»Gern, wenn ich …«

»Ich bin in einer halben Stunde bei Ihnen.« Flottmann legte auf.

»Bist du fertig?«, wandte er sich an Hilgersen.

»Immer sutsche. Das Kopieren läuft noch. Warum die Hektik? Das Video ist mehrere Monate alt. Da kommt es auf ein paar Minuten auch nicht mehr an.«

»Ich hab das Fieber noch nicht ganz verloren, wenn du weißt, was ich meine.«

»Pah. Klar weiß ich, was du meinst. Bei den Graffitischmierereien am Außenhafen hatte ich vierzig Grad Fieber. Nach drei Wochen hatte ich die Bengel geschnappt. Ich hab sie an ihren Tags, ihren Signaturen, erkannt. Mann, das war eine Sisyphusarbeit.«

Hilgersen zog den Speicherstick heraus und warf ihn Flottmann zu, der bereits an der Tür stand.

»Dann weißt du ja, was gerade in mir vorgeht. Wir sehen uns morgen.«

10

Als sich Flottmann dem Haus näherte, stieg ihm ein Geruch von Abgas und Benzin in die Nase, und ohrenbetäubender Lärm drang vom Nachbargrundstück herüber. Bereits nach dem ersten Klingeln öffnete Gerber die Tür. Er führte den Kommissar durch Flur und Wohnzimmer ins Tonstudio.

»Danke, dass Sie sich Zeit für mich nehmen, Herr Gerber. Wir haben ein neues Video erhalten. Ich wäre Ihnen sehr dankbar, wenn Sie mir noch einmal Ihr Gehör leihen könnten.«

»Eine weitere Entführung?«

»Ja. Sie liegt bereits einige Monate zurück. Der Film ist nicht besonders schön anzusehen. Leider hatte ich keine Zeit, daraus Einzelbilder kopieren zu lassen. Gegebenenfalls sollten Sie sich auf die Tonspur beschränken.« Flottmann zog den Stick aus der Hosentasche und legte ihn aufs Mischpult.

»Das wird nicht möglich sein. Sie wissen, dass ich den Raum kennenlernen muss. Ich werde es schon verkraften. Allerdings gibt es ein anderes Problem.«

»Der Krach von nebenan?«

»Trotz Kopfhörer werden die Geräusche stören.«

»Er scheint fertig zu sein. Jetzt ist es ruhig.«

Tatsächlich war es plötzlich still im Studio geworden.

»Das war nur der Vorgarten. Jetzt ist die andere Seite dran. Dafür braucht mein Nachbar ziemlich genau eine Dreiviertelstunde, wenn er nicht anschließend den Rasenkantenschneider oder den Vertikutierer anwirft.«

Prompt meldete sich der Lärm mit erhöhter Lautstärke zurück.

»Das haben wir gleich.«

Flottmann ging den Weg zurück zur Haustür, öffnete sie und schritt über Gerbers moosbewachsenen Rasen zur Buschreihe, die die Grundstücke voneinander trennte. Er fand eine Lücke, durch die er hindurchpasste, und sprang so gut er konnte über das Blumenbeet. Sofort hatte er die Steckdose in der offenen Garage entdeckt. Mit einem Ruck zog er das Kabel heraus. Er musste nicht lange warten, bis der schmierige Zeitgenosse im Unterhemd erschien.

»Verfluchte Scheiße«, hörte Flottmann, bevor er in zwei wütende Augen blickte. »Wer sind Sie zum Teufel?«, schrie der Typ. Flottmann hielt ihm seinen Ausweis unter die Nase. »Polizei.«

»Wieso Polizei?«

»Wissen Sie denn nicht, dass heute der Tag gegen Lärm ist?«

»Wie? Was? Nein.«

»Unwissenheit schützt vor Strafe nicht. Jegliche Geräuschbelästigung ist an diesem Tag untersagt. Mähen Sie morgen weiter oder bearbeiten Sie Ihren Rasen mit einer Rosenschere. Haben Sie mich verstanden?«

»Ja. Ich wusste nicht …«

Flottmann nahm den Rückweg durch die gusseiserne Pforte, die von zwei Gartenzwergen mit Pfeil und Bogen bewacht wurde.

»Ich hab den Mann überzeugt«, sagte er, als er wieder im Tonstudio neben dem Mischpult Platz genommen hatte.

Gerber sah ihn fragend an.

»Ich hab ihm gesagt, dass Rasenmähen am Tag gegen Lärm strikt verboten ist.«

»Wieso verboten? Außerdem war der Aktionstag im April.«

»Wirklich?« Flottmann grinste. »Haben Sie sich das Video schon angesehen?«

»Nein. Ich hab es erst einmal auf die Festplatte kopiert.«

»Okay. Sind Sie bereit?«

Gerber nickte und startete den Film. Der Ton kam aus den Lautsprechern, die an der gegenüberliegenden Wand aufgehängt waren. Die Szene ähnelte den Bildern, die er bereits gesehen hatte. Statt des Mädchens saß ein alter Mann auf einem Stuhl. Seine gefesselten Hände lagen auf einem Tisch. Die Augen des Alten starrten ins Leere. Er wirkte fast unbeteiligt, obwohl er ahnen musste, dass ihm etwas Schreckliches bevorstand. Der Bolzenschneider, die Gestalt, die etwa einen Meter hinter ihm stand, und die Kamera, die auf ihn gerichtet war, mussten panische Angst auslösen.

Gerber versuchte, sich auf die Räumlichkeit zu konzentrieren.

Es war unmöglich. Ebenso wenig schaffte er es, auf die Geräusche zu achten. Vermutlich musste er den Film etliche Male ablaufen lassen, bevor er dazu in der Lage war.

»Lassen Sie sich Zeit«, sagte der Kommissar. »Es ist ein anderer Raum als im ersten Video.«

»Ja. Und der Film ist älter. Wir haben ihn erst jetzt erhalten. Die Entführer wechseln offenbar die Orte der Gefangenschaft, um das Entdeckungsrisiko zu minimieren.«

Gerber musste mehrmals wegschauen. An der Stelle, an der der Bolzenschneider ansetzte, schloss er die Augen und wartete auf den Schrei, der folgen musste. Aber es war nur das Knirschen von zersplitternden Knochen zu hören. Der Musiker wurde kreidebleich und wandte sich ab. Nach einigen Sekunden traute er sich, erneut einen Blick auf den Monitor zu werfen. Der Kopf des Opfers war vornübergefallen. Der alte Mann hatte offenbar die Besinnung verloren, noch bevor der brutale Akt erfolgt war. Gerber sah das Blut, den abgetrennten Finger. Er sprang auf und fing an zu würgen. Dann ließ er sich in einen Sessel fallen, der in einer Raumecke stand.

Nach einigen Minuten hatte er sich erholt. »Wir sollten wieder Ihren Trick mit den Haftnotizen anwenden«, sagte Flottmann.

»Machen Sie das bitte für mich.«

Gerber öffnete eine Schublade und überreichte dem Kommissar den Block mit den Klebezetteln. Dann verließ er das Zimmer und kam nach einigen Minuten mit einer gekühlten Flasche Sprudelwasser und zwei Gläsern zurück.

»Drei Schnipsel haben ausgereicht«, sagte Flottmann. »Sind Sie so weit okay?«

»Ich bin okay.« Gerber füllte die Gläser und trank seines in einem Zug aus. »Wir können anfangen.«

»Ich weiß, wie Ihnen zumute ist. Aber Sie haben mir beim letzten Mal demonstriert, dass das Gehör – jedenfalls Ihr Gehör – mehr leistet als unsere Technik. Der Fall ist so wichtig, dass wir keine Chance vergeben dürfen. Übrigens brauchen Sie sich nicht unter Druck gesetzt zu fühlen. Selbstverständlich werden unsere Kriminaltechniker die Aufnahme ebenfalls prüfen. Die haben die Verantwortung, nicht Sie. Und noch etwas: Die Geisel ist inzwischen wieder frei, aber jedes Detail, das wir über die Entführer und deren Aufenthaltsorte in Erfahrung bringen können, ist wichtig für uns.«

Gerber spielte das Video ohne Ton ab, um sich auf die Eigenschaften des Raums zu konzentrieren. Ab und zu stoppte er den Film und vergrößerte Details.

Nachdem er eine ausreichende Vorstellung vom Klang des Raums gewonnen hatte, schaltete er den Ton ein und setzte den Kopfhörer auf. Immer wieder ließ er bestimmte Abschnitte in einer Endlosschleife abspielen. Die Anspannung und die Anstrengung waren Gerber anzusehen. Nach einer halben Stunde nahm er den Kopfhörer ab und wischte sich den Schweiß von der Stirn. Er kippte ein weiteres Glas Wasser die Kehle hinunter.

»Ich kann leider keine Geräusche hören, die von außen kommen. Vielleicht hat der Raum keine Fenster.«

»Im Sichtbereich der Kamera sind keine zu sehen, und die Beleuchtung stammt eindeutig von künstlichen Lichtquellen.«

»Trotzdem ist mir etwas aufgefallen, das Sie interessieren könnte.«

Flottmann sah den Musiker gespannt an.

»Ich bin mir sicher, dass der Mann hinter der Kamera eine Lederjacke trägt. Vermutlich ist es kühl dort.«

»Eine Lederjacke? Wie kommen Sie darauf?«

»Das typische Knirschen bei jeder Bewegung. Es ist synchron mit der Veränderung der Kameraeinstellung und ist besonders deutlich zu hören, als der Schwenk auf den Bolzenschneider erfolgt, offenbar um die Dramatik zu erhöhen. Das Ganze ist eklig. Das sind keine Menschen, Herr Kommissar.«

Flottmann nickte, obwohl er nur zu gut wusste, wozu Menschen fähig waren. Vieles, was er in der Bonner Zeit erlebt hatte, war nicht minder »eklig«.

»Haben Sie noch etwas für mich?«

»Ja. Ich bin überzeugt, dass der Lederjackenmann Asthma hat. Ich höre, wenn auch nicht sehr deutlich, ein pfeifendes Geräusch, wenn er atmet. Über den zweiten Mann kann ich leider nichts sagen.«

»Sie kennen sich mit der Krankheit aus?«

»Nein, aber ich kenne die Atemgeräusche, die typisch für einen Asthmatiker sind. Ich hab sie in meiner Datenbank, ebenso wie Herztöne, Essgeräusche, Schnarchen, Magenknurren und – na ja, so einiges mehr.«

Flottmann konnte ein Lachen nicht unterdrücken. Unwillkürlich ergänzte er in Gedanken Gerbers Aufzählung menschlicher Geräusche. Wenn er es inzwischen nicht besser gewusst hätte, hätte er den Musiker spätestens jetzt für einen heillosen Spinner gehalten.

Egal, ob seine Angaben zutrafen, eine Spur, die sich zu verfolgen lohnte, boten sie allemal. Es war wichtig, sich ein Bild von den Entführern zu machen, ihr Handeln zu verstehen und im besten Fall sogar voraussagen zu können. Jeder Puzzlestein hatte seinen Platz im Gesamtbild des Verbrechens.

»Entschuldigung«, sagte Flottmann, als er an Gerbers Mimik ablas, dass dieser das Lachen offenbar missverstanden hatte. »Ihre Art, die Umwelt wahrzunehmen und zu verarbeiten, ist ungewöhnlich und faszinierend. Mein Besuch bei Ihnen hat sich jedenfalls gelohnt.«

»Für mich ebenfalls. Der ›Tag gegen Lärm‹. Ihre Aktion hat mich beeindruckt.«

Flottmann grinste. »Ich hab gelernt, mich zu wehren. Manchmal muss man dabei unkonventionelle Methoden anwenden.«

»Als Polizeibeamter haben Sie mehr Möglichkeiten.«

»Nein, nur andere.«

Gerber sah Flottmann an, als habe er soeben eine überraschende Erkenntnis gewonnen.

»Ist Ihnen noch etwas aufgefallen, Herr Gerber?«

Die Antwort des Musikers kam zögerlich. »Nein. Wie gesagt, von außen dringen keine Geräusche ein. Ein leichtes Brummen ist zu hören, das durch das Stromnetz verursacht wird. Ihre Spezialisten werden sich damit auskennen. Wie Sie vielleicht wissen, schwankt die Frequenz ständig etwas um die fünfzig Hertz herum. Die Änderungen sind so gering, dass auch ich sie nicht hören kann. Hier ist die Technik klar im Vorteil gegenüber der menschlichen Wahrnehmung.«

»Ich ahne, worauf Sie hinauswollen. Bei den Netzbetreibern

und beim BKA gibt es Datenbanken mit dem Frequenzverlauf. Mit etwas Glück können wir den Zeitpunkt der Aufnahmen bestimmen und den Ort eingrenzen. Sie sind verdammt gut über solche Sachen informiert.«

»Wenn man sich ein wenig mit Ton- und Aufnahmetechnik beschäftigt hat …«

»Leider lässt sich der Ort mit der Methode nur grob eingrenzen. Aber Ihr Hinweis ist wichtig, und ich werde dafür sorgen, dass diese Möglichkeit untersucht wird. Sie sollten bei uns anfangen, Herr Gerber.«

»Ich glaube nicht, dass es das Richtige für mich wäre. Die Bilder des Mädchens verfolgen mich immer noch. Als Kriminalist sind Sie in der Lage, die notwendige Distanz zu den Geschehnissen aufzubauen. Ich könnte das nicht.«

»Die meisten meiner Kollegen haben gelernt, damit umzugehen«, sagte Flottmann und schloss sich selbst aus.

Ihm war diese Fähigkeit verloren gegangen. Den Zeitpunkt, an dem das geschehen war, konnte er nicht benennen. So richtig bewusst geworden war es ihm erst bei dem erweiterten Selbstmord eines Familienvaters, der seine Frau und seine zwei Kinder mit in den Tod gerissen hatte, weil er in finanzielle Schwierigkeiten geraten war.

Kurz vor der Zwangsversteigerung des Hauses hatte der Mann seine zwei Jahre alte Tochter und den vierjährigen Sohn erdrosselt. Die Mutter hatte er mit einem Küchenmesser erstochen und sich selbst einen Tag später vor einen Zug geworfen. Was für ein Irrsinn. Obwohl die Umstände der Tat schnell geklärt werden konnten, hatte Flottmann wochenlang darüber nachgedacht, hatte versucht, zu verstehen, was nicht zu verstehen war. Die Bilder der toten Kinder in ihren Betten und die Leiche der jungen Frau, die sich schützend über ihre bereits tote Tochter geworfen hatte, bevor sie mit mehreren Stichen getötet wurde, konnte er bis heute nicht aus seinem Gedächtnis verbannen.

Auch die neuerlichen Ereignisse waren nicht spurlos an ihm vorbeigegangen. Vielleicht hätte er seinen Job an den Nagel hängen und sich zum Busfahrer oder Bestatter umschulen lassen sollen. Seine Rechnung, in einer verschlafenen Kleinstadt Ruhe zu finden, war nicht aufgegangen, und ein Kriminalbeamter, der mit den Opfern übermäßig mitfühlte, war mehr oder weniger berufsunfähig.

Nachdem der Kommissar gegangen war, hörte sich Gerber die Tonspur einige weitere Male an. Ihm war bewusst, dass die Sinne von der eigenen Erwartung beeinflusst wurden. Auch er konnte sich nicht gänzlich davon befreien. Das Gehirn versuchte, fehlende Informationen stets mit Erfahrungswerten zu ergänzen. Nicht immer führte das zu korrekten Ergebnissen. Manchmal gaukelte es einem sogar etwas vor, das in Wahrheit nicht existierte.

Ganz am Ende der Aufnahme glaubte er, einen Geräuschimpuls zu hören. Vielleicht gelangte der tatsächlich von außen durch die Tür in den Raum. Aber Gerber hatte nicht die geringste Idee, worum es sich handelte. Selbst eine Störung, wie sie manchmal durch Berühren des Mikrofonkabels verursacht wurde, schloss er nicht aus. Vermutlich war es nichts von Bedeutung, und solange er es nicht zuordnen konnte, wollte er dem Kommissar nichts davon erzählen. Die Sache war zu vage.

Gerber wollte die Gelegenheit nutzen, dass sein Nachbar am »Tag gegen Lärm« die Höllenmaschinen schweigen ließ. Einer Berliner Amateurband hatte er versprochen, einen Part auf der Akustikgitarre einzuspielen. Für die Aufnahme benutzte er hochwertige Kondensatormikrofone. Zwar hätte er mit dem eingebauten Tonabnehmer das Fremdgeräuschproblem vermeiden können, aber selbst die besten Systeme waren nicht in der Lage, den natürlichen Klang einer akustischen Gitarre wiederzugeben. So blieb ihm meist nichts anderes übrig, als seine Aufnahmen spätabends durchzuführen, wenn Anton Hohlmeier nach getaner Arbeit vor dem Fernseher saß. Gerber wünschte, es gäbe dreihundertfünfundsechzigmal im Jahr einen »Tag gegen Lärm«.

11

»Mistkerl!«, schimpfte Corinna, als sie vor die Haustür trat. Die Auseinandersetzung mit Günther hatte diesmal über drei Stunden gedauert – ein neuer Rekord. Dabei war der Streitpunkt in einem Satz zusammenzufassen: Sie wollte ein Kind (oder zwei), er wollte keins. Auch die Argumente waren immer die gleichen, ließen sich jedoch in endlosen Varianten ausdrücken und mit neuen und alten Vorwürfen ausschmücken, die nichts mit dem eigentlichen Thema zu tun hatten. Irgendwann kam der Punkt, an dem die Verletzungen begannen. Dann musste sie raus aus der Wohnung, raus in die kühle Abendluft.

Sie ging durch den Rundbogen des alten Rathauses, den Schlossgang entlang, vorbei an der historischen Brauerei, überquerte die Asmussenstraße und erreichte den Park. Bereits jetzt war ihre erste Wut verflogen. Sie kannte das. Mit jedem Schritt würde es besser werden. Sie liebte den Kerl, und er liebte sie. Vielleicht war das das eigentliche Problem. Offenbar nahm die Liebe keine Rücksicht darauf, ob die Vorstellungen vom Leben, die Träume und Zukunftspläne zusammenpassten.

Günther glaubte, seine Freiheit aufgeben zu müssen, sobald ein Kind da war. Die Freiheit, mit seinen Kumpels rumzuziehen, an seinem Segelboot zu basteln? Das konnte sie nicht verstehen. Sie war überzeugt, dass es noch einen weiteren Grund dafür gab, dass er keine Kinder wollte. Sie würde für den gemeinsamen Unterhalt sorgen. Zwar tat sie das bereits jetzt, aber das war seiner Ansicht nach nur vorläufig, bis er wieder Arbeit fand. Dabei wusste er, dass er auf dem Bau nie so viel verdienen würde wie sie als Ergotherapeutin. Deshalb wäre es logisch, dass er sich um Haushalt und Kinder kümmerte. Aber wenn sie ehrlich war, konnte sie sich ihn in dieser Rolle nicht wirklich vorstellen.

Sie merkte, wie Enttäuschung und Wut erneut in ihr hochkochten. Sie ging auf das Torhaus zu. Über der ehemaligen Durchfahrt prangte das Wappen der Königin Augusta mit den Figuren der Göttinnen Hera, Athene und Aphrodite. Aphrodite, die griechische Liebesgöttin, wie passend für ihre momentane Stimmung.

»Kannst du mir nicht helfen?«, flüsterte sie und musste innerlich über sich selbst lachen.

Sie setzte ihren Weg fort. Der Anblick des Schlosses, die schnatternden Enten im Wassergraben und die friedliche Stille ließen sie durchatmen. Nach einem Spaziergang im Park würde die Welt anders aussehen. Sie warf einen Blick auf die beiden Löwen, die den Eingang zum Schloss bewachten, und durchschritt das Sandsteinportal, das zu den eigentlichen Parkanlagen führte. Am Brunnen vorbei, an der Theodor-Storm-Büste, am Ehrenmal. Wie immer wollte sie bis zum Wasserturm. Das Backsteinbauwerk mit dem achteckigen Sockel und dem schiefergedeckten Helm war die Wendemarke für ihre Route. Das Innere des Turms hatte sie noch nie betreten. Von der Aussichtsplattform musste man einen phantastischen Blick über die Stadt, das Meer und die Halligen haben.

Als Touristin hätte sie vermutlich viele Orte in der Gegend besucht, vielleicht sogar das Theodor-Storm-Haus oder das Schifffahrtsmuseum. Sie war in Husum aufgewachsen, hatte den »Schimmelreiter« in der Schule gelesen und »Die Stadt« auswendig lernen müssen. Aber erst in letzter Zeit spürte sie eine Art Verbundenheit mit der Landschaft und der Geschichte ihrer Heimat. Vielleicht nahm das Gefühl mit dem Alter zu. Sie hatte gestern ihren dreißigsten Geburtstag gefeiert. Die meisten Freunde waren gekommen. Es war eine ausgelassene Fete gewesen, und Günther hatte sich rührend um sie und die Gäste gekümmert. Am nächsten Tag tauchte wieder diese Angst auf, etwas Wesentliches im Leben zu verpassen.

»Mistkerl«, zischte sie.

Sie stand vor dem Eingang des Wasserturms, über dem ein Relief mit dem Husumer Stadtwappen prangte. Wäre noch geöffnet gewesen, wäre sie hineingegangen. Ihre Stimmung hellte sich auf, aber langsam kroch die Kälte in ihre Glieder.

Keinesfalls wollte sie schon zurückgehen. Notfalls würde sie auf einer Bank ausharren, bis Günther sich Sorgen machte. Er sollte ihre Abwesenheit schmerzlich spüren, sollte endlich kapieren, dass er ohne sie nicht leben konnte. Und wenn sie ehrlich war, empfand sie zudem so etwas wie ein Rachegefühl wegen seiner verletzenden Worte.

Für einen Moment vergaß sie alles um sich herum. Doch ihr Unterbewusstsein hatte etwas wahrgenommen, das Gefahr signalisierte, ein Geräusch oder einen Schatten. Sekunden später tauchte eine Gestalt in ihrem Blickwinkel auf, dunkler Mantel, Kapuze, riesige Hände, die nach ihr griffen, ein Arm, der sich um ihren Hals legte. Wie bei der Schlafparalyse während eines Alptraums versagten die Glieder. Flucht oder Gegenwehr waren unmöglich.

Ein süßlicher Geruch stieg ihr in die Nase, der Atem stockte, keine Chance mehr, einen Schrei auszustoßen. Die Sinne gaben ihre Dienste auf. Zuerst wurde es dunkel, dann wurde es still.

12

Als Hilgersen am Morgen das Büro betrat, saß Flottmann auf seinem Drehstuhl, die Füße auf einem Aktenschrank ruhend, und starrte aus dem Fenster.

»Moin«, grüßte Hilgersen.

»Morgen.«

»Ich hab gestern noch die Adressen von Firmen rausgesucht, die etwas mit Drohnen, Quadrocoptern, Multicoptern und so 'nem Zeug zu tun haben.«

»Das dürften eine Menge sein.«

»Ich hab mich natürlich auf professionelle Geräte beschränkt, die über ausreichende Nutzlast und Programmiermöglichkeiten verfügen. Hat mich viel Zeit gekostet, das zu recherchieren.«

»Und?«

»Hier in Norddeutschland gibt es fünf davon.«

»Die Täter haben die Flugobjekte aber in Kasachstan gekauft.«

»Woher weißt du das?«

»Mensch, Gustl. Ich will damit nur sagen, dass sie die Dinger irgendwo besorgt haben können, nicht nur in Schleswig-Holstein.«

»So einfach ist die Sache nicht. Um die Drohne für Geldübergabezwecke umzurüsten und zu programmieren, braucht man einiges an Know-how. Könnte es nicht sein, dass die Entführer aus der Branche stammen oder einen Helfer hatten, der sich damit auskennt?«

»Hm. Klingt jetzt nicht mehr ganz so dumm.«

»Deshalb sollten wir den Firmen einen Besuch abstatten.«

»Schlag das dem Hirsch vor.« Flottmann nahm die Füße vom Schrank und wandte sich seinem Kollegen zu.

»Was? Wem?«

»Kriminaloberrat Lothar Hirsch aus Kiel. Ab morgen hat der das Sagen. Er wird die Soko leiten.«

»Soko?«

»Sonderkommission Halbmondwehle.«

»Und wir?«

»Dürfen dabei sein.«

»Großartig. Aber bis dahin bist du der Boss, oder? Eine Firma scheint mir besonders interessant zu sein, die Wolters Messsysteme GmbH in Eckernförde. Sie baut die Dinger und rüstet sie mit irgendwelchen Instrumenten aus. Wir sollten der Firma einen Besuch abstatten. Ich hab uns angemeldet.«

»Meinst du, dass der Hirsch damit einverstanden wäre?« Flottmann wiegte bedenklich den Kopf.

Hilgersen hob grinsend die Hand und streckte den Mittelfinger nach oben.

»Okay. Du hast mich überzeugt. Hol schon mal den Wagen, Gustl.«

Der Berufsverkehr war bereits vorüber, und so erreichten sie Eckernförde in weniger als einer halben Stunde.

»Hier gibt es ja einen richtigen Sandstrand«, sagte Flottmann erstaunt, als sie an der Badebucht vorbeifuhren.

»Sandstrand und flaches Wasser sind etwas für Warmduscher. Unser Steindeich in Husum ist da was ganz anderes. Rustikal und von den Gezeiten geprägt. Außerdem schmeckt Ostseewasser wie Pipi. Es fehlt ihm die richtige Würze, wenn du weißt, was ich meine. Und Feuerquallen gibt es hier auch.«

Hilgersens Lokalpatriotismus ging Flottmann einmal mehr auf den Senkel.

Das Navigationsgerät führte sie bis zum Werkseingang der Wolters Messsysteme. Der Pförtner, ein Mann mit grauen Kräuselhaaren und einer auffälligen Hakennase, benahm sich, als wäre er der wichtigste Mitarbeiter des Betriebs. Nachdem er die Ausweise gründlich studiert, die Besucher über das Fotografierverbot und Sicherheitsmaßnahmen informiert hatte, griff er endlich zum Hörer und meldete sie beim Geschäftsführer Dr. Wilhelm Köhler an.

»Kleine Firma«, sagte Flottmann auf dem Weg zum Bürogebäude.

»Soweit ich weiß, fertigen sie nur Einzelstücke im Kundenauftrag. Ich hab mir das Firmenprofil im Internet angesehen.«

Köhler empfing die Kommissare mit Handschlag und einem

freundlichen Lächeln. Mit einladender Geste bat er sie, an einem Tisch Platz zu nehmen, auf dem Getränke und Gebäck serviert waren. Er mochte Mitte fünfzig sein. Das grau melierte Haar, das kantige Gesicht und der feste Händedruck vermittelten Autorität und Durchsetzungskraft.

Die Wände des Büros waren mit großformatigen Fotos dekoriert. Eine Luftaufnahme zeigte offenbar das Firmengelände. In einem Schaukasten waren verschiedene Modelle, deren Einzelteile sowie optische und elektronische Bauelemente zu sehen.

»Schön haben Sie es hier«, sagte Flottmann.

In den Worten schwang ein wenig Neid mit. So ein geräumiges, helles Einzelbüro hätte auch ihm gefallen. Aber selbst in der Zeit als Leiter des Dezernats Tötungsdelikte in Bonn war ihm das nicht vergönnt gewesen. Und jetzt hatte man ihm auch noch den Hirsch vor die Nase gesetzt. Letztendlich hatte er es so gewollt: an einem Ort sein, an dem andere Urlaub machten, eine ruhige Kugel schieben, ohne Mord und Totschlag, keine Presse mehr im Nacken, um sechzehn Uhr Feierabend und sich am Wochenende am Strand die Sonne auf den Bauch scheinen lassen.

»Kaffee, Tee, Wasser? Bitte bedienen Sie sich. Sie kommen wegen der schrecklichen Sache in Husum?«

»Ja. Sie wissen, dass eines dieser Fluggeräte daran beteiligt war?«, fragte Flottmann.

»Ich hab davon gehört. Aber Copter können Sie überall kaufen, im Elektronikhandel, im Internet. Wie kommen Sie auf uns? Sie bringen uns doch nicht mit dem Verbrechen in Verbindung?«

»Keinesfalls. Aber vielleicht können Sie uns weiterhelfen.«

»Die Täter haben eine Drohne benutzt, die wohl eher für professionelle Anwendungen eingesetzt wird«, erklärte Hilgersen. »Sie kann zwei Kilogramm Nutzlast transportieren und wurde offenbar automatisch gesteuert, per GPS. Es gibt einige weitere Details, die dafür sprechen, dass es sich um kein Nullachtfünfzehn-Exemplar gehandelt hat.«

»Wenn Sie mir das Modell beschreiben, könnte ich Ihnen vielleicht weiterhelfen.«

»Leider sind die Angaben der Zeugen nicht besonders zuverlässig«, sagte Flottmann.

Er warf Hilgersen einen vorwurfsvollen Blick zu, als dieser sich die letzten Kekse in den Mund steckte. Entweder aß der Kollege nur, wenn er etwas umsonst bekam, oder er verbrannte die Kalorien auf geheimnisvolle Weise. Soweit er wusste, trieb Hilgersen keinen Sport, rauchte nicht und trank nach Feierabend gern mal ein Bierchen. Wie ungerecht die Welt sein konnte.

»Wir stellen in unserem Werk keine Copter her, die in den Handel gelangen. Wir entwickeln Spezialanfertigungen im Kundenauftrag. Dabei verwenden wir weitgehend Komponenten verschiedener Zulieferfirmen. Wir besitzen eine Entwicklungsabteilung, die die Wünsche unserer Auftraggeber umsetzt. Unsere Kunden kommen aus den verschiedensten Branchen. Sie glauben gar nicht, für welche Aufgaben man die Drohnentechnik einsetzen kann: Vermessung, Kartierung, Inspektion von Industrieanlagen und vieles mehr. Unsere Auftraggeber sind Universitäten, Forschungseinrichtungen der Industrie, aber auch kleinere Firmen, die sich mit der Begutachtung von Gebäudeschäden, Solaranlagen und Ähnlichem beschäftigen. Aktuell arbeiten wir mit dem geologischen Institut einer Universität zusammen, das Fundstellen anhand geologischer Messungen aufspüren will.«

»Könnten Sie uns Ihre Kundenliste zukommen lassen?«

»Hm. Ja. Kein Problem. Ich gehe davon aus, dass Sie die diskret behandeln.«

»Selbstverständlich. Danke. Wie viele Mitarbeiter haben Sie beschäftigt?«

»Etwa dreißig. Wir sind ein reiner Familienbetrieb. Bis vor Kurzem war mein Sohn noch mit von der Partie. Er hat jetzt seine eigene Firma, nicht weit von hier. JK-Sicherheitstechnik. Na ja, er will halt seine eigenen Wege gehen. Vielleicht schafft er es. Falls nicht, stehen ihm die Türen bei uns offen.«

»Danke, dass Sie sich Zeit für uns genommen haben«, sagte Flottmann, stand auf und legte eine Visitenkarte auf den Tisch. »Falls Sie, sozusagen als Insider der Branche, etwas hören, was für uns von Interesse sein könnte, informieren Sie uns bitte. Wir sind für jeden Hinweis dankbar. Und denken Sie bitte an die Kundenliste.«

Köhler nickte.

»Und jetzt?«, fragte Hilgersen, nachdem er den Motor angelassen hatte.

»JK-Sicherheitstechnik. Wo wir schon mal hier sind.« Flottmann nahm sein Handy aus der Jackentasche und telefonierte. Wenig später hatte er die Adresse. »Jens Köhler heißt der Sohn. Gib Marienthaler Straße ins Navi ein. Nein, fahr los. Ich mach das.«

»Kannst du das?«

Flottmann antwortete nicht. Er beugte sich vor und fummelte an den Bedienungselementen herum. Mehr oder weniger durch Zufall wählte er den Spracheingabemodus aus. »Eckernförde, Marienthaler Straße.«

»Bitte wiederholen Sie die Eingabe«, tönte es aus den Lautsprechern.

Nach zwei weiteren Versuchen gab er auf und schlug mit der Faust auf das Armaturenbrett.

»Scheißtechnik!«

»Sie funktioniert nur, wenn man sauberes Hochdeutsch spricht«, unkte Hilgersen, »sauber und akzentuiert, verstehst du? So wie wir hier im Norden reden. Aber mach dir nichts draus. Ich hab das Ziel auch so gefunden.« Er grinste triumphierend. »Weißt du, dass ich früher bei den Pfadfindern war?«

Flottmann schwieg und ärgerte sich.

»Okay. Ich hab mal zwei Jahre in dieser Stadt gewohnt. Ute, meine Ex, war hier Lehrerin.«

»Du bist geschieden?«

»Ja. Seit fünf Jahren. Zurzeit bin ich Single. Ich hab Chancen ohne Ende, aber bisher war nicht die Richtige dabei.«

»Verstehe.«

Flottmann wusste nur wenig über Hilgersen. Er hatte sich nie für das Privatleben seiner Mitarbeiter und Kollegen interessiert. Auch über sein eigenes hatte er nie gesprochen. Vielleicht war das ein Fehler gewesen. Während des endlosen Scheidungskrieges hätte er den einen oder anderen Rat gebrauchen können. Freunde hatte er keine, welche, die mit ihm durch dick und dünn gegangen wären, schon gar nicht. Er war von jeher zu bequem gewesen, um eine Freundschaft zu pflegen und aufrechtzuerhalten.

»Was war der Grund für die Scheidung?«, fragte Flottmann.

»Keine Ahnung.«

»Geht mich auch nichts an.«

»Ich weiß es wirklich nicht. Eigentlich war alles in Ordnung mit Ute und mir. Ich hab ihr alle zwei Jahre zum Hochzeitstag Blumen geschenkt, hab den Müll runtergetragen und den Hund ausgeführt.«

»Wieso alle zwei Jahre?«

»Was?«

»Wieso hast du deiner Frau alle *zwei* Jahre Blumen mitgebracht?«

»Rein statistisch. Manchmal hab ich halt den Hochzeitstag vergessen.«

»Ach so.«

»Und du? Was lief bei euch schief?«

»Muss wohl ähnlich gewesen sein wie bei dir.«

»Verstehe einer die Frauen.«

Hilgersen bremste den Wagen ab und zeigte auf das Firmenschild der JK-Sicherheitstechnik. »Voilà. Wir sind da. ›Voilà‹ ist französisch.«

»Echt? Ich dachte, es wäre plattdeutsch oder friesisch.«

Hilgersen steuerte den Wagen in die Einfahrt. Weder Schranke noch Pförtner verstellten den Weg. Auf dem Gelände befand sich nur ein Gebäude, eine heruntergekommene Industriehalle, vor der mehrere Pkws standen. Ein etwa Dreißigjähriger in Anzug und Krawatte öffnete den Kofferraum eines Jaguars, der direkt vor dem Eingang stand.

Hilgersen parkte den Ford-Kombi hinter der Nobelkarosse. Flottmann stieg als Erster aus und hielt dem Mann seinen Polizeiausweis vor die Nase.

»Sind Sie Jens Köhler?«

»Ja.«

»Haben Sie einen Moment Zeit für uns? Wir würden Ihnen gerne ein paar Fragen stellen.«

»Ich hab einen Termin.«

»Es wird nicht lange dauern. Wir haben bereits mit Ihrem Vater gesprochen.«

Köhler junior zog die Stirn in Falten. »Er schickt Sie?«

»Nein.«

»Gut. Gehen wir in mein Büro.«

Köhler legte den Laptop, den er in der Hand hielt, in den Kofferraum und schloss die Heckklappe. Über eine Metalltreppe gelangten sie in die Halle, die mit Tischen und Werkbänken vollgestopft war. Die Sonne schien durch die verschmutzten Lichtbänder im Dach und tauchte den Raum in diffuses Licht, als blickte man durch eine Nebelwand. Zwei Mitarbeiter saßen vor einem Terminal und diskutierten. In einer Ecke blitzte ein Lichtbogen auf.

Das Büro bestand aus einem Container, der in der Raummitte aufgestellt war.

»Unsere Firma steckt noch in den Anfängen«, erklärte Köhler, nachdem alle an einem Schreibtisch Platz genommen hatten. »Demnächst werden wir in komfortablere Räume umziehen.«

»Die Geschäfte laufen gut?«

»Wir sehen optimistisch in die Zukunft.«

»Ihr Vater schien zu bedauern, dass Sie aus dem Familienunternehmen ausgeschieden sind.«

»Ich muss mein eigenes Ding machen. Vater und Sohn, das funktioniert einfach nicht. Es sind die üblichen Konflikte, die wohl überall auftreten.«

»Aber Ihr Vater unterstützt Sie? Ich meine, finanziell?«

»Nein. Dafür besteht auch keine Notwendigkeit. Weshalb sind Sie zu mir gekommen?«

»Es geht um den Entführungsfall in Husum. Sie haben sicher davon gehört.«

»Die junge Frau. Ja, schrecklich. Ich hab davon in der Presse gelesen. Aber was hat das mit mir zu tun?«

»Natürlich nichts. Aber die Täter haben eine Drohne für die Geldübergabe benutzt, vermutlich keine handelsübliche. Wir versuchen, die Herkunft zu ermitteln. Sie haben sicher eine Kundenkartei.«

»Nein. Wir stecken noch in der Entwicklungsphase. Anders als Wolters Messsysteme wollen wir fertige Applikationen für einzelne Branchen liefern, keine Individuallösungen. Das ist aufwendig, braucht Zeit und setzt eine genaue Abstimmung mit den späteren Anwendern voraus.« Köhler sah auf die Uhr. »Mein Termin.«

»Danke, wir sind fertig.«

13

Flottmann musste an Monika denken. Sie hatte in der Endphase der Ehe darauf bestanden, dass sie gemeinsam eine Psychologin aufsuchten. Bereits beim ersten Termin stellte er fest, dass er an allem schuld war. Von Anfang an hatte er den Verdacht gehabt, dass die Sitzung lediglich dazu diente, ihm alle Verfehlungen der letzten sechs Jahre an den Kopf zu werfen, ohne dass er ins Büro oder in seine Stammkneipe flüchten konnte. Die Paartherapeutin schien ihr Geld mit Schweigen und gelegentlichem Kopfnicken zu verdienen. Beides setzte sie nach Flottmanns Empfinden keineswegs unparteiisch ein. Er merkte schnell, dass er, statistisch signifikant, bei seinen Erzählungen das Schweigen und Monika bei ihren Ausführungen das Kopfnicken erntete.

Er meinte sogar, ein süffisantes Grinsen auf dem Gesicht der Seelenklempnerin entdeckt zu haben, als Monika die Sache mit Jako, dem Nachbarhund, erzählte. Die Mischung aus Border Collie und irgendetwas hatte ihn minutenlang angekläfft. Er hatte nach dem Tier getreten. Der Tritt war im Grunde genommen nur angedeutet gewesen und hatte das Ziel verfehlt. Die Bestie hatte zugebissen, nicht angedeutet, sondern schmerzhaft, und hatte eine böse Wunde hinterlassen.

Im Gespräch mit der Therapeutin bezeichnete Monika ihn, wie bei anderen Gelegenheiten zuvor, als herzlosen Tierquäler. Bedauernde Worte über seine Verletzung hatte sie auch diesmal nicht gefunden.

Er liebte Tiere und war nicht einmal abgeneigt, sich einen Hund anzuschaffen, einen treuen Gefährten, der ihn so nahm, wie er war, und nicht, wie er sein sollte. Er hatte noch nie davon gehört, dass eine Katze oder ein Hund das Herrchen oder Frauchen ablehnte, weil es ein paar Kilogramm zu viel auf den Rippen hatte. Platz genug hatte er in der Drei-Zimmer-Wohnung mit Balkon, die sich ganz in der Nähe der Polizeidirektion befand.

Vielleicht hätte er den Hund sogar Jako genannt, um zu zeigen, dass er nicht nachtragend war. Nach reiflicher Überlegung entschied er sich jedoch für eine Katze. Als Kind hatte er eine Katze mit Namen Mollie gehabt. Die Kleinanzeigen waren voll mit braunen, schwarzen, weißen, gestreiften und gefleckten Stubentigern, die ein neues Heim suchten. Aber Flottmann las absichtlich nur die Angebote ohne Bilder. Das Äußere durfte seiner Ansicht nach kein Entscheidungskriterium sein. Auf die inneren Werte kam es an. Der Text »Anschmiegsame, gut erzogene Katze, kastriert, geimpft und entwurmt, wegen Todesfall abzugeben« gefiel ihm. Dazu kam das gute Gefühl, einem Waisenkind ein neues Zuhause zu geben.

Zwei Tage später machte ihm ein übergewichtiger schwarzer Kater den Platz auf der Couch streitig. Kurz dachte er daran, das Tier »Dickerchen« zu nennen, aber so hatte seine Ex ihn manchmal gerufen (wenn sie ihm wohlgesonnen war). Er nannte den Kater Bogomil. Das Wort war ihm spontan eingefallen, ohne zu wissen, aus welcher Ecke des Gedächtnisses es stammte. Aus einem Kinderbuch oder einem Film, nahm er an.

Bogomil war acht Katzenjahre alt und damit über den Daumen gepeilt ebenso alt wie er in Menschenjahren. Das Tier war anschmiegsam und verschmust. Aber gut erzogen? Es musste eine antiautoritäre Erziehung genossen haben. Anders war sein Verhalten nicht zu erklären. Innerhalb weniger Tage hatte es jeden erreichbaren Ort in der Wohnung in Besitz genommen, das Bett eingeschlossen. Es kratzte an Polstern und Tapeten und spielte mit seiner Fossiliensammlung. Als der Pterodactylus kochi zu Bruch ging, leitete er Gegenmaßnahmen ein: Sämtliche Exponate landeten hinter Glas, die Zimmerecken wurden mit Aluminiumprofilen verkleidet, und die Schlafzimmertür blieb geschlossen. Letzteres ließ sich allerdings nicht lange durchhalten. Das Gejaule vor der Tür raubte Flottmann den Schlaf. Das schnurrende Monster auf seiner Bettdecke erwies sich als das kleinere Übel.

Vielleicht sollte er Monika ein Foto von Bogomil schicken, damit sie sehen konnte, wie tierlieb er war. Aber im Grunde spielte es keine Rolle mehr, was sie von ihm dachte, und er war froh, dass auch sie jeglichen Kontakt mit ihm mied. Hätten sie Kinder gehabt, hätte es ständig Berührungspunkte gegeben. Aber aus irgendwelchen Gründen hatte es nicht funktioniert, und der

Kinderwunsch war bei beiden nicht groß genug gewesen, um irgendwelche technischen Maßnahmen zu ergreifen.

Vielleicht hatte sie ja inzwischen einen Neuen, dem sie Vorhaltungen machen und die Schuld geben konnte, wenn ihr Leben nicht so verlief, wie sie es sich vorstellte. Der arme Kerl würde es erst merken, wenn es zu spät war, denn sie konnte nett und verführerisch sein. Auch mit ihren zweiundvierzig Jahren gelang es ihr noch, ihre weiblichen Reize zweckdienlich einzusetzen. Darauf war auch er hereingefallen. Im Verlauf der Ehe hatte sie die erotischen Waffen durch verbale Attacken ersetzt. Der Wechsel verlief schleichend, und er war sich heute nicht ganz sicher, ob er nicht auch einen Beitrag zu dieser Entwicklung geleistet hatte. Ganz sicher hatte er sich zu wenig um die alltäglichen Probleme gekümmert. Einkaufen, Gartenarbeit und Steuererklärung waren nicht so wichtig gewesen, wie einen Mörder zu fangen. Vielleicht würde er heute die Prioritäten anders setzen. Aber das war alles Schnee von gestern. Die Schuldfrage würde nie geklärt werden. Wichtig war nur, dass ihm niemand mehr Vorhaltungen machte, seine Ex nicht, die Psycho-Tussi nicht und er selbst auch nicht. Ein Gefühl von Freiheit überkam ihn, wenn er darüber nachdachte.

14

Flottmann war nicht abergläubisch. Weder hatte er Angst vor einer schwarzen Katze, die ihm über den Weg lief (ob das Prinzip auch für schwarze Kater galt, wusste er nicht), noch glaubte er, dass ein Schornsteinfeger Glück brachte. Auch Freitag, der 13., war für ihn ein ganz normaler Tag. Dass Bogomil an diesem 13. herausfand, wie man den Kühlschrank öffnete, und dass er beim Angeln nach den Mortadellascheiben das Marmeladenglas zerbrach, musste reiner Zufall gewesen sein. Gleiches galt für die Uhr, die Flottmann in die Kloschüssel fiel, weil er das Armband nicht richtig geschlossen hatte. Das hätte ebenso an einem Montag oder Mittwoch passieren können.

Im Büro stellte er fest, dass Hilgersen die letzte Dosenmilch aufgebraucht hatte, und auf dem Computerbildschirm meldete sich ein Schädling mit »I'm the creeper, catch me if you can!«. Alles Zufall. Aber der Tag hielt noch etwas ganz anderes für ihn bereit.

Hilgersen stürzte ins Büro. »Wo bleibst du? Wir müssen los. Eine männliche Leiche an der Halbmondwehle. Und halt dich fest: Ihr fehlt ein Finger an der linken Hand. Das K1 ist informiert.«

Okay, Freitag, der 13. Vielleicht war doch etwas dran. Flottmann hetzte Hilgersen hinterher. Dieser hatte mit seinem Fliegengewicht einen klaren Vorteil in solchen Situationen.

»Wieso schon wieder die Halbmondwehle?«, keuchte Flottmann, als sie abfuhren.

»So schlecht ist der Ort nicht, um ein Opfer auszusetzen oder eine Leiche abzulegen. Er liegt direkt an der Straße, und es ist ziemlich einsam dort. Geringes Entdeckungsrisiko. Weißt du eigentlich, was eine Wehle ist?«

»Klar«, log Flottmann. Er hasste es, wenn Hilgersen seinen Heimvorteil ausspielte und so tat, als wäre Nordfriesland der Mittelpunkt der Welt, über den jeder Bescheid zu wissen hatte.

Das Gebiet war bereits abgesperrt. Der gesamte Husumer Polizeifuhrpark schien sich am Fundort versammelt zu haben. Ein Uniformierter kam auf sie zu.

»Peter Fink. Die Leitstelle hat uns informiert. Der Rettungswagen war vor uns da. Die Zeugin sitzt dort drüben im Wagen.« Er zeigte auf einen Transporter, dessen Seitentür offen stand. »Wisst ihr schon etwas über die Identität des Toten?«

»Laut Ausweis, den er bei sich hatte: Klas Petersen, wohnhaft in Struckum. Die Zeugin, die ihn gefunden hat, heißt Heike Friedmann, zweiundvierzig Jahre alt, wohnt in Finkhaushallig und war mit dem Fahrrad auf dem Weg nach Hause. Sie ist Krankenschwester und kam von der Nachtschicht.«

»Wir kümmern uns gleich um sie.«

Flottmann kletterte die Böschung einige Meter seitlich des Fundortes hinunter, um möglichst keine Spuren zu zerstören, soweit sie nicht bereits durch die Zeugin und die Sanitäter verwischt worden waren. Sein Kollege folgte ihm auf demselben Pfad. Vor dem Opfer kniete ein Arzt. Als er die Männer sah, stand er auf.

»Hauptkommissar Flottmann, mein Kollege Hilgersen.«

»Ach, Herr Hilgersen. Wir kennen uns bereits. Die Wasserleiche vor zwei Jahren. Ich bin Dr. Kessel.«

»Ja. Ich erinnere mich noch gut. Der Fall damals hat sich als Unfall herausgestellt«, erklärte Hilgersen. »Der Mann war hackevoll und fiel ins Hafenbecken. Seine beiden Saufkumpane zogen weiter. Sie bemerkten nicht einmal, dass er verschwunden war. Zum Glück war Ebbe, und der Mann landete relativ weich im Schlick. Er hatte nur leichte Verletzungen. Zu seinem Unglück war auflaufendes Wasser. Eine dunkle Novembernacht. Niemand hat ihn gesehen. Er wurde am nächsten Tag in der Nähe der Schleuse gefunden.«

»Aber jetzt haben wir einen Mord«, sagte Kessel. »Vermutlich wurde das Opfer aus einem fahrenden Auto gestoßen. Das passt zu den Spuren im Schilf.« Er wies mit dem Zeigefinger auf die umgeknickten Halme, die von der Böschungskante bis zur Leiche führten. »Die Abschürfungen an Armen und Gesicht sind eindeutig postmortal entstanden. Der Mann war bereits tot, als er hier hinunterrollte.«

»Die Todesursache?«, fragte Flottmann, obwohl er die kreisrunde Wunde am Hinterkopf sah.

»Kopfschuss aus nächster Nähe. Von hinten. Das Projektil ist über dem linken Auge ausgetreten. Sieht wie eine Hinrichtung aus. Wollen Sie sehen?«

»Äh – nein, nicht notwendig. Können Sie schon etwas über den Todeszeitpunkt sagen?«

»Das überlasse ich den Kollegen der Rechtsmedizin. Wie es aussieht, wurde der Ringfinger mit einer nicht besonders scharfen Klinge abgetrennt – nicht gerade fachmännisch. Ich denke, dass sich die Art des Werkzeugs bestimmen lässt.«

»Ein Bolzenschneider?«

»Das wäre möglich. Soweit ich feststellen konnte, gibt es keine weiteren Folterspuren. Allerdings muss der Mann gefesselt gewesen sein. An den Handgelenken habe ich blutige Einschnürungen entdeckt. Ich stelle den Totenschein aus. Mehr kann ich hier nicht tun.«

»Danke, Doktor.«

Kessel nickte und ging.

»Wenn das Opfer aus einem fahrenden Auto geworfen wurde, wird die Spurensicherung hier nichts finden«, sagte Hilgersen.

»Schafft man das allein? Ich meine, kann man während der Fahrt die Tür öffnen und eine schwere Person hinausstoßen?«

»Ist nicht einfach, aber machbar. Falls es zwei Täter waren, hat der zweite vermutlich mit dem Toten im Fond gesessen.«

Flottmann nahm den längeren, aber bequemeren Weg zurück zum Transporter. Hilgersen hatte die Abkürzung über die Böschung gewählt und wartete auf ihn.

»Ik bün al dor«, sagte er und grinste. »Kennst du die Geschichte vom Hasen und dem Igel?«

Flottmann ignorierte ihn und stieg in den Transporter. Er nahm auf der Sitzbank gegenüber der Zeugin Platz. Die Frau sah müde aus. Das zerzauste dunkelblonde Haar hing ihr in Strähnen ins Gesicht.

»Sind Sie in Ordnung?«, fragte er mit einem freundlichen Lächeln.

»Ja. Aber das war schon ein Schock in der Morgenstunde.«

»Das kann ich mir vorstellen. Mein Name ist Hauptkommissar Flottmann. Ich leite die Untersuchungen.«

»Der Mann ist keines natürlichen Todes gestorben, nicht wahr? Die Wunde am Kopf ... Ich hab seinen Puls geprüft. Haben Sie gesehen, dass ihm ein Finger an der linken Hand fehlt?«

»Ja. Kennen Sie den Toten?«

Die Krankenschwester schüttelte den Kopf. »Nein. Allerdings hab ich ihn mir nicht so genau angeschaut, und die Schusswunde und die Abschürfungen im Gesicht ...« Sie stockte. »Ein Mord, hier, in unserer Stadt. Das ist entsetzlich. Ich glaube, ich werde ab morgen lieber mit dem Auto zur Arbeit fahren.«

»Ja, das sollten Sie tun. Wann haben Sie den Toten entdeckt?«

»Um kurz nach sechs Uhr. So zehn nach sechs muss es gewesen sein. Ich hab nicht gleich erkannt, dass dort ein Mensch lag. Zuerst dachte ich, dort hätte jemand seinen Müll abgeladen. Dann sah ich den grauen Haarschopf und bin die Böschung hinuntergeklettert. Als mir klar wurde, dass ich nicht helfen konnte, hab ich die 112 angerufen. Ich würde jetzt gerne nach Hause fahren.«

»Selbstverständlich. Ihre Personalien ...«

»... hat der Polizist schon aufgenommen.«

»Gut. Sie können gehen. Erholen Sie sich erst einmal von dem Schock.«

»Ich bin ja einiges gewohnt. Aber ein Mord – und der abgetrennte Finger. Das hat mich doch arg mitgenommen.«

Flottmann nickte. »Ja. Das ist eine böse Sache. Ich bitte Sie, nicht mit der Presse zu reden.«

»Einen Teufel werde ich tun.«

»Danke. Und, bitte, erzählen Sie auch niemandem von der Verletzung an der Hand.«

Er stieg aus und winkte Hilgersen herbei. »Spurensicherung und Staatsanwaltschaft sind benachrichtigt?«

»Klar. Das K1 muss jede Minute hier sein. Die Flensburger werden übernehmen.«

»Was meinst du zu der Sauerei hier?«

»Unsere Entführer schrecken nicht vor einem Mord zurück. Vielleicht hat niemand für den Toten zahlen wollen.«

»Oder das Opfer hat seine Entführer erkannt. Deshalb müssen wir in seinem Umfeld ermitteln.«

»Wir? Die Kollegen aus Flensburg kommen gerade. Vielleicht dürfen wir für sie den Kaffee kochen.«

»Wenn, dann bist du dafür zuständig. Heute ist übrigens Freitag, der 13.«

»Ja, und?«

»Ach, nur so.«

Der Auftritt der Mordkommission war durchaus filmreif. Zwei Daimler mit Blaulicht rauschten auf der L 244 heran und bremsten kurz vor der Brücke ab. Dem ersten Wagen entstiegen die Oberstaatsanwältin Dr. Stephanie Friedrichsen und der Leiter des K1, Dirk Hofmann. Die Kriminaltechnik rückte mit drei Personen an. Die Husumer setzten die Flensburger auf den aktuellen Stand. Hilgersen war mit allen außer der Staatsanwältin per Du und begann mit jedem einen Small Talk, während Flottmann es eilig hatte, den Ort zu verlassen. Sein Job dort war beendet. Er wurde nicht mehr gebraucht.

15

Tante Johanna war mit ihren zweiundachtzig Jahren noch topfit im Kopf. Sie umarmte Gerber wie einen verloren geglaubten Sohn. »Mien Jung, mien Jung«, sagte sie immer wieder und wollte ihn nicht loslassen.

Selbstverständlich hatte sie seinen Lieblingskuchen gebacken: Bienenstich, gefüllt mit Vanillecreme und süßer Mandeldecke. Er schmeckte wie früher. An seinem achten Geburtstag hatte er so viel davon gegessen, dass ihm schlecht geworden war, was aber seinen Appetit darauf nur kurzfristig beeinträchtigt hatte.

Für die zierliche alte Dame mit dem schneeweißen Haar und den wachen Augen hinter den runden Brillengläsern war Gerber mit seinen dreiunddreißig Jahren immer noch der Junge, den sie vor den Unwirtlichkeiten des Lebens schützen musste. Da das Ehepaar keine eigenen Kinder hatte, hatten ihn dessen ganze Liebe und Fürsorge getroffen. Sicher war das eine Ursache dafür, dass er bis heute nicht gelernt hatte, sich konsequent mit seinen Problemen auseinanderzusetzen und sich gegen Angriffe und Ungerechtigkeiten zu wehren. Niemals würde er seiner Tante deswegen Vorwürfe machen.

Tante Johanna erzählte die üblichen Geschichten aus seiner Kindheit, die er schon hundertmal gehört hatte. Es machte ihm nichts aus. Keine der Anekdoten spielte in den Zeiten vor dem Tod seiner Eltern. Es gab eine Zeit davor, mit eigenen bruchstückhaften, nebulösen Erinnerungen, und eine Zeit danach, mit klareren, wenn auch positiv verklärten Bildern. Gerber musste sich überwinden, sie auf die Ereignisse davor anzusprechen.

Er wusste, dass er sie damit in Bedrängnis brachte. Vielleicht hatte er selbst auch Angst vor der Wahrheit. Aber es musste sein.

»Tante Johanna«, begann er, »ich kann mich nur noch wenig an meine Schwester erinnern, erzähl mir bitte von ihr.«

Sie schwieg eine Weile. Dann glitt ein Lächeln über ihr Gesicht.

»Sarah war ein aufgewecktes Kind. Sie hat ihren großen Bruder angehimmelt. Aber sie verstand es, ihren Willen durchzusetzen.

Ich glaube, du hast bei solchen Gelegenheiten stets den Kürzeren gezogen. Du hast immer nachgegeben. Ich kann mich erinnern, dass du einmal wie am Spieß geschrien hast, weil sie dich geschlagen hatte. Du konntest dich nicht wehren. Du konntest dich nie wehren, Leon. Niemals hättest du ihr etwas antun können. Ihr wart ein Herz und eine Seele.«

»Wie ist sie gestorben? Ich kann mich nicht an die Zeit erinnern. Hat sie lange im Krankenhaus gelegen? Hab ich sie dort besucht?«

»Ach, Junge, lass doch. Es war alles so traurig. Ich möchte nicht darüber reden.« Sie nahm die Brille ab und wischte sich mit dem Handrücken Tränen aus den Augen.

»Meine Eltern muss der Tod meiner Schwester sehr mitgenommen haben.«

Sie nickte stumm und setzte die Brille wieder auf.

Auch Gerber schwieg. Sein Schweigen übte Druck auf sie aus.

»Deine Mutter ist völlig zusammengebrochen. Als dann noch die Staatsanwaltschaft ...« Sie verbarg ihr Gesicht in den Händen.

»Mein Gott«, stammelte sie.

»Staatsanwaltschaft?« Gerber versuchte, das Wort einzuordnen.

»Was hat die — meine Schwester ist nicht an Leukämie gestorben, nicht wahr? Ein Unfall?«

»Ja. Ein Unfall, Leon, ein schrecklicher Unfall.«

Es trat eine lange Pause ein. Gerber ließ ihr Zeit. Er hatte jahrelang mit einem Lügengebäude gelebt, sich damit abgefunden und nicht nach der Wahrheit geforscht. Jetzt gab es keinen Grund zur Eile. Aber er merkte, wie seine Anspannung stieg.

»Sarah ist vom Balkon gestürzt«, brach es aus Johanna heraus.

Die Worte klangen in seinem Kopf wie ein Echo nach und erzeugten zackenförmige Figuren in violetter Farbe. Sie ähnelten denen, die ihn in seinen Träumen heimsuchten. Er meinte auch diesen dumpfen Ton gehört zu haben, der ihm durch Mark und Bein ging. Sofort wurde ihm die Bedeutung des Geräuschs klar: ein Körper, der auf hartem Boden aufschlug.

»Ich bin dabei gewesen? Ich habe unten gestanden, als Sarah ...?«

Die alte Dame senkte den Kopf. Gerber hörte, wie Tränen

auf die Tischdecke tropften. Sie tat ihm leid. Er quälte sie, und er musste sie weiterquälen, denn sie hatte nur ein kleines Stück der Wahrheit preisgegeben. Er musste den ganzen Rest erfahren.

»Bitte erzähl mir, wie es passiert ist.«

»Sie ist auf einen Stuhl gestiegen, dann vermutlich auf den Tisch und hat sich über das Geländer gelehnt. Deine Mutter hat sie kurz aus den Augen gelassen. Sie war zum Telefon geeilt. Ich war es, die Ulrike angerufen hat. Sie hat noch gesehen, wie sich Sarah über die Brüstung beugte. Ulrikes Schrei verfolgt mich bis heute. Es ist so schrecklich, Leon. Ich kann nicht darüber reden.«

»Meine Mutter hat sich die Schuld gegeben?«

»Ja. Die Ermittlungen wurden eingestellt. Aber das hatte keine Bedeutung für sie. Sie fiel in tiefe Depressionen, und dein Vater musste seine Stellung bei der Bahn aufgeben. Erik und ich haben versucht zu helfen. Du hast einige Wochen bei uns gewohnt. Wir haben dir erzählt, Sarah sei erkrankt und schließlich gestorben. Du hast den Unfall gar nicht richtig mitbekommen. Vielleicht hatte der Schock deine Erinnerung ausgelöscht. Wir hätten dir die Wahrheit erzählen müssen, jedenfalls später, als du erwachsen warst. Aber es kam nie der richtige Zeitpunkt dafür. Du warst so sensibel. Wir haben es einfach nicht geschafft. Es tut mir so unendlich leid, Leon.«

Gerber ergriff ihre Hand und drückte sie kurz. Ihr angedeutetes Lächeln zeigte, dass sie die Geste verstand.

»Hätte ich doch nur nicht angerufen.«

»Du weißt, dass das Unsinn ist. Es gibt eine solche Verkettung unglücklicher Umstände. Niemand kann etwas dagegen tun.«

Gerber versuchte, sich nicht anmerken zu lassen, wie sehr ihn die Erzählung seiner Tante berührte. Für einen Moment wünschte er sich, er hätte die Vergangenheit ruhen lassen. In seinem tiefen Inneren war er ein Feigling, der Problemen immer noch auswich, sich nicht zur Wehr setzte und einer heilen, phantastischen Welt gegenüber der schmerzhaften Realität den Vorzug gab. Für diese Selbsterkenntnis benötigte er keinen Psychologen.

Er hatte noch viele Fragen. Wie viel konnte er der alten Frau noch zumuten? Vielleicht sollte er gehen und das Gespräch ein anderes Mal fortsetzen. Sie hätte das Thema wechseln können.

Aber jetzt wollte sie offenbar die Gelegenheit nutzen, um »reinen Tisch« zu machen.

»Da ist noch etwas, Leon«, begann sie. »Deine Mutter hat sich das Leben genommen. Sie hat Tabletten geschluckt. Du warst bei uns an jenem Wochenende. Dein Vater hat sie gefunden. Sie lag noch einige Tage im Krankenhaus, hat aber das Bewusstsein nicht wiedererlangt.«

Gerber erhob sich und ging zum Fenster. Er hatte genug von der Realität. Er wollte nichts mehr hören.

Zur Wohnung im Erdgeschoss gehörte ein kleiner Garten, den seine Tante mit viel Liebe zum Detail pflegte. Er sah die Amsel, die im Teich badete, sah die Katze, die auf der Bank hockte und die Beute beobachtete, sich aber nicht die Mühe machte, einen Angriff einzuleiten, die Blumen, einen Schmetterling, der sich auf eine Blüte setzte. So stellte er sich die Welt vor, friedlich und harmonisch wie der Klang eines Dur-Akkords.

»Lass gut sein, Tantchen«, sagte er, drehte sich um und ging zur Tür. »Ich danke dir. Du hast mir sehr geholfen. Es ist richtig, dass du mir alles erzählt hast.«

Sie stützte sich am Tisch ab und stand auf.

»Mien Jung«, sagte sie, während er sie an sich drückte.

Gerber war froh, als er wieder in seinem alten Daimler saß. Die Konfrontation mit der Vergangenheit hatte ihn mitgenommen. Auch während der Fahrt ließen ihn die Gedanken an die Geschehnisse seiner Kindheit nicht los. Innerhalb einer Stunde hatte er eine geballte Ladung Wirklichkeit abbekommen. Und er war sich nicht einmal sicher, dass seine Tante ihm alles erzählt hatte. Aus irgendeinem Grund fühlte er sich mitschuldig am Tod seiner Schwester und damit sogar am Selbstmord seiner Mutter. In seinem Unterbewusstsein hatte dieser schreckliche Gedanke vermutlich immer schon gelauert. Wenn er sich nur erinnern könnte, was damals genau geschehen war.

Er fuhr auf den nächsten Parkplatz und stellte den Motor ab. Jetzt, da er die Version seiner Tante kannte, war es vielleicht möglich, die Erinnerung aus seinem Gedächtnis hervorzukramen. Verdrängen funktionierte nicht mehr. Das dumpfe Geräusch beim Aufprall hörte er auch jetzt. Wie in einer Endlosschleife wiederholte es sich. Bei jedem Ton flammten die düsteren Figuren und Farben auf.

Plötzlich glaubte er, den Schrei seiner Mutter zu hören, und er hörte seine eigene Stimme. Sie rief irgendetwas. »Sarah!« Gerber schluckte mehrmals. Ein dicker Kloß hatte sich in seinem Hals festgesetzt. Sein Kopf schien zu glühen, die Hände krampften sich ums Steuer. Er hatte seine Schwester gerufen. War sie deshalb auf den Tisch geklettert? Hatte er sie in den Tod gelockt?

Hastig kramte er das Handy aus der Hosentasche und wählte die Nummer seiner Tante. Aber er legte sofort wieder auf. Nein, seine Tante wollte er nicht mit weiteren Fragen behelligen, jedenfalls nicht jetzt. Er würde die Wahrheit auch ohne sie herausbekommen.

Sicher hatte die Lokalpresse ausführlich über die Ereignisse berichtet. Auch wenn es lange her war, bestand doch die Chance, dass er entsprechende Artikel in alten Archiven fand. Vielleicht kam er auch an die Polizeiberichte von damals heran.

Gerber verharrte noch fast eine Stunde auf dem Parkplatz, bevor er seine Fahrt fortsetzte.

16

An seinem Lieblingsplatz, am Mühlenteich, einen Steinwurf vom Haus entfernt, konnte Gerber alle Probleme vergessen, zumindest für eine Zeit lang beiseiteschieben. Dem Ort wohnte ein fast magischer Klang inne, reichhaltig, harmonisch, aufregend. Er liebte ihn besonders bei Windstille. Zwar besaß er die Fähigkeit, gleich einer Schleiereule die Aufmerksamkeit auf bestimmte Geräuschereignisse zu lenken, aber der Wind sorgte nicht nur für ein gleichmäßiges Rauschen, sondern vertrieb auch einige Insektenarten und zerstörte die Vielfalt des Klangbildes.

An diesem Tag im September regt sich kein Halm. Er legt sich in das vom Morgentau noch feuchte Gras und schließt die Augen. Seinen Sehsinn braucht er jetzt nicht. Es dauert nur Sekunden, bis er in die Klangwelt eintaucht. Er kann das Knistern der Libelle hören, die sich einige Meter von ihm entfernt niederlässt. Wenig später wird das zarte Geräusch durch das tiefe Brummen einer Fliege verdrängt. Eine weitere stimmt in das Konzert ein, etwas leiser, heller im Ton. Sie fliegt weiter und überlässt dem Brummer das Feld.

Für kurze Zeit ist es still. Aus der Ferne sind Verkehrsgeräusche zu hören. Sie stören für einen Moment, aber dann blendet Gerbers Gehirn sie aus, löscht sie aus seinem Bewusstsein. Es funktioniert nur mit leisen, anonymen Geräuschen. Die Fliege mit der tiefen Stimme hebt ab, erhöht ihren Flügelschlag, erzeugt an- und abschwellende, schwebende Töne und verabschiedet sich schließlich mit einem Vorbeiflug. Jede Insektenart und jedes Individuum hat seinen eigenen Sound. Die Farben und Formen, die die Geräusche begleiten, dringen heute kaum in sein Bewusstsein. Die Klanglandschaft hat etwas Vollkommenes, das offenbar keiner synästhetischen Ergänzung bedarf.

Eine Mücke nähert sich mit dem Geräusch eines frisierten Mofas. Sie setzt sich auf Gerbers nackten Arm. Was will sie hier? Sie wird nicht stechen. Nur weibliche Exemplare saugen Blut, hat er gelesen. Das Summen ist eindeutig männlich, sechshundert Hertz, um fünfzig Hertz höher als das weibliche. Die Mücke kitzelt auf der Haut. Gerbers Aufmerksamkeit lässt nach. Seine Gedanken beschäftigen sich mit anderen Dingen.

Hatte er seine Schwester auf dem Gewissen? War sie seinetwegen ums Leben gekommen? War er schuld an ihrem Tod, am Tod der Mutter und vielleicht sogar seines Vaters? Wie hätte er als Kind damit leben sollen? Ihm war nur die Möglichkeit geblieben, alles zu verdrängen, die Erinnerung auszulöschen. Aber nichts wurde komplett gelöscht. Das Gehirn baute eine Blockade auf, einen Filter, der verhinderte, dass ins Bewusstsein gelangte, was nicht zu ertragen war. Das funktionierte jedoch nur unvollständig. Manchmal gelangten Bruchstücke hindurch, oft verschlüsselt, wie in seinen Alpträumen.

Gerber wollte die ganze Wahrheit wissen. Er wollte nicht mehr vor seiner Vergangenheit fortlaufen. In den nächsten Tagen würde er seine Nachforschungen beginnen.

Die Gedanken wanderten zu seinem Besuch bei Kristin und Michael. Michael hatte nie zu Stimmungsschwankungen geneigt. Solange Gerber ihn kannte, war sein Freund immer gut drauf gewesen, hatte sogar genug Energie gehabt, um seine Mitmenschen mitzureißen. Zwar hatte sich Michael an dem Abend bemüht, seine depressive Stimmung zu verbergen, aber es war ihm nur unvollständig gelungen. Ihn musste etwas Schwerwiegendes bedrücken, etwas, das er nicht einmal seiner Frau anvertrauen konnte. Gerber wollte ihn in den nächsten Tagen anrufen. Ein Gespräch unter Freunden war manchmal einfacher als unter Ehepartnern.

Michael war sechzehn Jahre älter als Gerber. Die beiden hatten sich in einem Hamburger Tonstudio kennengelernt. Ihre erste Begegnung war ganz und gar nicht harmonisch verlaufen. Er wäre fast ausgeflippt, als Gerber darauf bestand, einen Take mehrfach zu wiederholen. Bereits die erste Aufnahme sei perfekt gewesen. Damals konnte er nicht ahnen, welche inneren Kämpfe Gerber zu bewältigen hatte, um überhaupt ein Ende zu finden.

»Du hast das Tick-Syndrom«, hatte Michael einmal halb ernst, halb im Scherz gesagt und damit einen krankhaften Kontrollzwang gemeint, der Menschen dazu brachte, Handlungen wie Rituale ständig zu wiederholen.

Aber er irrte sich. Gerber hatte bei jedem Spiel eine genaue Vorstellung von dem, was er seiner Gitarre entlocken wollte. Wie ein Gemälde lag das Gesamtwerk vor ihm und wartete darauf, in ein Klangbild umgesetzt zu werden, Note für Note, Ton für Ton. Kleinste Abweichungen verschandelten das Bild wie ein falscher Pinselstrich. Niemandem konnte er das erklären, und niemand verstand, dass er darunter litt. Es gab Situationen, in denen er mit dem Gedanken spielte, die Musik aufzugeben.

Aber das war aussichtslos. Er hing an der Musik wie ein Heroinsüchtiger an der Nadel. Michael hatte es mit seiner lockeren Art und seinem Optimismus immer verstanden, ihn aus einem Tief herauszuholen. Ein Anruf genügte, und er ließ alles stehen und liegen, kam mit seiner Gitarre und einer Flasche Wein vorbei. Manchmal spielten sie bis tief in die Nacht, improvisierten endlos um eine Melodie und erfanden sinnlose Verse.

Gerber fühlte sich in solchen Momenten vollständig befreit von jeglichem Zwang nach Perfektion. Die Harmonien entstanden spontan und waren danach für alle Zeiten verklungen. Einzig ein Gefühl blieb im Gedächtnis und die Gewissheit, dass jederzeit etwas Neues entstehen konnte, etwas Einmaliges, und dass sich allein aus diesem Grund die Teilnahme am Leben lohnte.

Jetzt brauchte Michael seine Hilfe.

Eine Feldmaus raschelt im Gras und reißt Gerber aus seinen Gedanken. Es beginnt zu regnen. Die Klanglandschaft ändert sich von einem Moment zum anderen. Tropfen trommeln auf die Schilfblätter. Der Rhythmus erhöht sich. Wind kommt auf. Wie ein Flüstern überdeckt das Rauschen das Orchester der Natur. Nur der Gesang eines Buchfinken kann sich noch durchsetzen.

Gerber spürte die Gänsehaut auf seinen Armen. Er stand auf, säuberte seine Jeans mit der Hand und schlenderte durch das nasse Gras heimwärts. Er warf seine Kleidung über einen Stuhl im Wohnzimmer und zog eine trockene Jeans und ein T-Shirt an.

Dann ging er ins Tonstudio, legte die CD seines Freundes in das Laufwerk und setzte den Kopfhörer auf.

Zunächst spielte er die Titel kurz an. Sie waren völlig anders als die Musik, die er bisher von Michael gehört hatte: traurig und schön zugleich. Den Song »Spuren, die verblassen« hörte er sich mehrmals in voller Länge an. Zuerst konzentrierte er sich auf das eigene Gitarrenspiel, dann schaffte er es, die vollständige Aufnahme auf sich wirken zu lassen. In dem Lied ging es um die Frage, was von einem Menschen bleibt, wenn er die Welt verlässt. Hinterlässt jeder eine Spur, die bis in die ferne Zukunft reicht?

Gerber stolperte erneut über eine Textzeile. Sie hatte irgendetwas Besonderes. Obwohl er ahnte, was sie bedeuten sollte, waren die Worte doch geheimnisvoll und rätselhaft. Aber da war noch etwas.

Die Bilder in seinem Kopf transportierten etwas Bedrohliches. Nach mehrmaligem Anhören verblasste dieser Eindruck ein wenig. Er spielte den Ausschnitt noch einige Male ab. Schließlich war er sich sicher, dass Michael eine ganz bestimmte Aussage in der Strophe versteckt hatte.

Gerber wollte ihn darauf ansprechen, in den nächsten Tagen, bei einem persönlichen Treffen, einem Gespräch unter Freunden. Er nahm den Kopfhörer ab und schaltete den Computer aus.

17

Das Erste, was Corinna sah, war die fette Spinne an der Zimmerdecke. Das allein hätte sie unter normalen Umständen in Panik versetzt. Aber sie benötigte nur Sekunden, um sich ihrer tatsächlichen Situation klar zu werden. Sie lag auf einer Pritsche, in einem nasskalten Raum, in dem es modrig roch. Corinna richtete sich auf. Die Neonlampe beleuchtete das Inventar: einen Tisch, zwei Stühle, ein Waschbecken, einen Eimer. Ihr Blick blieb an einem dreibeinigen Stativ hängen, wanderte dann weiter zu einer Stahltür, die von Rost zerfressen war, aber trotzdem massiv und unüberwindbar wirkte. Das war kein Ort, an dem sie freiwillig verweilen würde.

Allmählich kamen die Erinnerungen zurück: der Streit mit Günther, der Weg durch den Schlosspark, der Wasserturm, dieser süßliche Geruch. Kein Zweifel, sie war entführt worden. Sie stieß einen Schrei aus, rannte zur Tür, rüttelte an der Klinke, trommelte mit Fäusten und Füßen gegen das federnde Metall, bis sie erschöpft niedersank. Mit dem Rücken angelehnt saß sie auf dem kalten Boden. Wirre, angstgesteuerte Gedanken gingen ihr durch den Kopf. Sie dachte an die Presseberichte über das Mädchen, das man an der Halbmondwehle gefunden hatte. Von Lösegelderpressung war die Rede gewesen, von traumatischen Erlebnissen, seelischen und körperlichen Verletzungen. Hatte man es gequält, vergewaltigt?

Nein, Lösegeld würde niemand für sie zahlen. Es musste um etwas anderes gehen. Corinnas Eltern kamen mit ihrer Rente kaum über die Runden. Und Günther? Der lebte von Gelegenheitsjobs und von ihrem Einkommen. Wo war er jetzt? Jetzt, verdammt noch mal, brauchte sie ihn mehr denn je. Würde er sie nach dem Streit überhaupt vermissen, würde er die Polizei benachrichtigen? Die Handtasche, das Handy. Das Handy hatte sie zu Hause liegen gelassen. Das Schwein, das sie gefangen hielt, hätte es ihr sowieso abgenommen, ebenso wie die Handtasche. Nicht einmal zwanzig Euro hatte sie dabeigehabt, Papiere, Ausweis, Führerschein, aber nichts, womit der Entführer etwas anfangen konnte.

Corinnas Blick fiel erneut auf das Stativ. Panik breitete sich über ihren gesamten Körper aus. Fotos, Filme, perverse Quälereien, alles, was ihr zu diesem Gegenstand einfiel, versetzte sie in Angst und Schrecken. Sie stand auf und atmete tief durch. Langsam gewann Wut die Oberhand über ihre Gefühle. Wut war besser als lähmende Panik.

Das Stativ war der einzige Gegenstand, der ihr als Waffe dienen konnte. Sie stand auf und betrachtete es genauer. Die Befestigungsschrauben ließen sich leicht lösen. Sie nahm die zwei Meter lange Mittelsäule heraus. Der schwere Kopf am Ende der Stange könnte für die notwendige Wucht sorgen. Sie schwang die Waffe wie einen Golfschläger beim Abschlag. Ein pfeifendes Geräusch durchtrennte die Luft. So würde sie ihren Gegner außer Gefecht setzen.

Plötzlich fühlte sie sich stark. Sollte er kommen. Sie war vorbereitet. Corinna setzte sich auf die Pritsche und wartete, die Tür fest im Blick. Sobald jemand sie öffnete, würde sie aufspringen und zuschlagen. Aber war sie dazu überhaupt fähig? Konnte sie auf einen Menschen losgehen, ihn verletzen oder gar töten?

Sie versuchte, sich die Situation vorzustellen, versuchte, den Bewegungsablauf in Gedanken durchzuspielen. Allein das bereitete ihr Schwierigkeiten. Sie stellte sich vor, wie das Nasenbein krachte, das Blut spritzte, der Mann auf die Knie sank und ihr Gelegenheit gab, erneut zuzuschlagen. Sie zitterte am ganzen Körper. Kalter Schweiß bildete sich auf ihrer Stirn. Die Aluminiumstange in ihrer Rechten fühlte sich feucht und glitschig an. Sie wischte sich die Hände an der Jeans ab.

War es eine gute Idee, sich zu wehren? Vielleicht sollte sie einfach alles über sich ergehen lassen. Vielleicht würde es nicht so schlimm kommen, wie sie es sich vorgestellt hatte. Oder es lag wirklich eine Verwechslung vor, und sie war nur irrtümlich entführt worden.

Sie zuckte zusammen, als sie dumpfe Stimmen vernahm. Also hatte sie es mit mindestens zwei Männern zu tun. Die Chancen für eine Flucht sanken. Aber wenn sie einen außer Gefecht setzen würde, könnte es gelingen, dem anderen zu entwischen. Der Überraschungseffekt würde ihr zu Hilfe kommen. Gebannt starrte sie auf die Tür. Ein Schlüssel wurde im Schloss umgedreht. Jetzt hätte sie aufspringen müssen. Aber sie hatte ihren Plan geändert, blieb auf der Pritsche sitzen und ließ den Schläger unter die Wolldecke gleiten. Eine vermummte Gestalt schob sich durch den Türschlitz. Nur Augen und der Mund waren hinter der Maske zu sehen. Hätten die Entführer die Absicht, sie zu töten, hätten sie sich zu erkennen geben können. Für einen Moment konnte sie sich mit dieser Vorstellung beruhigen. Aber im nächsten Augenblick meldete sich ihre Phantasie zurück. In Sekundenbruchteilen schossen ihr Bilder aus Psychothrillern durch den Kopf.

Angst und Wut kamen zur rechten Zeit und sorgten für die notwendige Kraft. Der Mann, der ihr jetzt in etwa zwei Metern Entfernung gegenüberstand, war schmächtig und nur wenig größer als sie. Blitzschnell sprang sie auf, die Waffe in der rechten Hand. Die Linke drüberfassen! Schwung holen! Zuschlagen! Das Ganze war wie ein einziger antrainierter Bewegungsablauf. Doch irgendetwas lief nicht nach Plan. Sie hatte die feste Absicht gehabt, den Schädel des Mannes zu treffen, aber ihr Unbewusstsein schien sich dagegen zu sträuben. Der Kugelkopf des Stativs schlug gegen das Knie des Schurken. Die Stange fiel scheppernd zu Boden. Mit einem grellen Schrei brach der Entführer zusammen. Jetzt hätte sie das zweite Mal zuschlagen müssen. Eine Sekunde stierte sie auf die Stativstange. Dann lief Corinna los. Sie hörte noch sein Wimmern, als sie die Tür aufriss.

Plötzlich befand sie sich in einer riesigen Halle. Sie benötigte einige Sekunden, um sich in der ungewohnten Umgebung zu orientieren. Verdammt, wo war der Ausgang? Endlich erkannte sie ein Rolltor, daneben eine graue Stahltür, ein grünes Schild mit einem weißen Pfeil wies ihr den Weg in die Freiheit. Sie rannte um ihr Leben. Endlich hatte sie den Ausgang erreicht, drückte die Klinke – nein, das durfte nicht sein! Der Fluchtweg war versperrt. Fluchtwege durften nicht abgesperrt sein! Das Tor. Es musste einen Schalter geben, der das Rolltor öffnete. Sie wandte sich um und blickte in feindselige Augen, die zu einem Riesenkerl mit hässlicher Fratze gehörten. Der erste Schlag traf sie in die Magengegend, ein weiterer im Genick.

18

Günther Seiler hockte auf dem Sofa und zappte mit der Fernbedienung durch das nächtliche Fernsehprogramm. Er hatte den Ton leise gestellt, damit er hörte, wenn sie zurückkam. Sein Unmut über die Auseinandersetzung wich allmählich der Sorge. Noch nie war Corinna so lange fortgeblieben. Spätestens nach einer Stunde war sie immer wieder aufgetaucht, hatte ihm einen Kuss gegeben und so getan, als wäre nichts gewesen.

Vielleicht hatte er sie diesmal zu sehr verletzt, und sie hatte endgültig genug von ihm, übernachtete bei ihrer Freundin und würde am nächsten Tag ihre Sachen holen. Nicht einmal ihr Handy hatte sie mitgenommen. Es lag auf dem Küchentisch. Doch wenn ihr wirklich etwas passiert war ...

Er hielt es nicht mehr aus, zog Schuhe und Jacke an und machte sich auf den Weg. Er kannte die Strecke, die sie gewöhnlich ging, wenn sie sich »abreagieren« musste, wie sie es einmal ausgedrückt hatte.

Nach wenigen Minuten erreichte er den Park. Es war gespenstisch dunkel und menschenleer. Nur das Schloss wurde mit künstlichem Licht angestrahlt. Er folgte den verschlungenen Sandwegen, durch das Portal, am Brunnen vorbei Richtung Wasserturm. Durch die hohen Bäume lugte ab und zu der Mond hervor und spendete etwas Licht. Seilers Blick wanderte nach rechts und links über die Rasenflächen, auf denen im Frühjahr Millionen Krokusse blühten. Manchmal huschten Schatten über das fahle Grün, schienen vor ihm zu fliehen oder ihn zu verfolgen. Der Schlosspark entfaltete in der Nacht sein geheimnisvolles Eigenleben.

Einmal glaubte er, Corinna auf einer Bank sitzend entdeckt zu haben. Als er erneut hinsah, war sie verschwunden. Die Angst, ihr könnte etwas passiert sein, wurde übermächtig und vernebelte seine Sinne. Könnte er doch nur die Uhr zurückdrehen! Nur ein paar Stunden. Er würde einige Worte nicht sagen, die er ihr an den Kopf geworfen hatte. Vielleicht würde er ihr sogar »Ich liebe dich«

sagen. Diesen einfachen Satz hatte er noch nie über die Lippen gebracht.

Jetzt stand er vor dem Wasserturm. Auch hier keine Spur von Corinna.

Eine weitere Stunde irrte er durch den Park. Dann kehrte er zurück in die Wohnung. Von dort wollte er die Polizei anrufen, auch wenn die vermutlich nichts unternehmen würde. Als er die Tür öffnete, klingelte das Telefon. Er hatte sich bereits Worte zurechtgelegt, um sie um Verzeihung zu bitten. Hektisch nahm er den Hörer ab.

»Sie sind ein Angehöriger von Corinna Dierksen?«

»Sie ist meine Verlobte. Wo ist Sie?«

Seiler dachte, er hätte die Polizei oder ein Krankenhaus am Apparat. Aber wieso klang die Stimme verzerrt?

»Wir haben Frau Dierksen in unserer Gewalt. Keine Polizei. Sie erhalten weitere Instruktionen.«

»Was? Wer sind Sie?«

Keine Antwort. Der Anrufer hatte aufgelegt.

Seilers schlimmste Befürchtungen hatten sich bewahrheitet. Er lief wie ein Tiger im Käfig in der Wohnung auf und ab. Nachdenken, Überlegen und Planen waren nicht seine Stärken. Anpacken konnte er. Damals auf dem Bau hatte er einen guten Job gemacht. Aber er hatte keine Entscheidungen treffen müssen, sondern auf Anweisung des Vorarbeiters und des Poliers gehandelt. Sollte er die Polizei einschalten? Wenn die Kidnapper Wind davon bekämen, wäre er schuld, falls ihr etwas zustoßen würde.

Er könnte Corinnas Eltern anrufen. Vielleicht wussten sie, was zu tun war. Weshalb hatte man Corinna überhaupt entführt? Weder ihre Eltern noch er hatten Geld. Sein Onkel war vermögend. Glaubten die Entführer, dass er von ihm Lösegeld erhalten würde?

Die Gedanken kreisten immer schneller in seinem Kopf und erzeugten Übelkeit und Brechreiz. Er ging ins Bad, drehte den Wasserhahn auf und schleuderte sich einen Schwall kaltes Wasser ins Gesicht. Es half nicht. Die Gedanken wurden nicht klarer. Er durfte jetzt auf keinen Fall versagen. Sie brauchte seine Hilfe.

Jetzt hatte er die Chance, etwas für sie zu tun, und sei es nur, die richtige Entscheidung zu treffen. Die Entführer wollten sich wieder melden. Er musste ihre Anweisungen befolgen, sie sicherheitshalber aufschreiben, damit er sie nicht in Panik vergaß.

Oder sollte er doch die Polizei rufen?

19

Flottmann traf erst um kurz nach zehn Uhr im Büro ein. Bogomil hatte ihn fast die ganze Nacht wach gehalten. Nachdem das Tier ständig faul auf dem Sofa gelegen hatte, war er auf die Idee gekommen, ihm ein Baldriankissen zu schenken. Nach einem Tipp aus dem Internet sollte es anregend wirken und gleichzeitig den Appetit zügeln. Das Teil kam tatsächlich gut bei Bogomil an. Nach wenigen Stunden hatte es der Kater bis zur Unkenntlichkeit verunstaltet und dabei vermutlich eine Überdosis des Rauschmittels zu sich genommen. Die ganze Nacht war er durch die Wohnung getobt, Phantomen nachgejagt und hatte dabei außerirdische Laute von sich gegeben. Am Morgen landete das Kissen im Mülleimer.

»Was riecht hier so komisch?« Hilgersen sog die Luft geräuschvoll durch die Nase ein.

Flottmann schnupperte an seiner Kleidung. »Baldrian.«

»Du nimmst Baldrian?«

»Es wirkt beruhigend. Soll meine Hyperaktivität zügeln.«

»Ach, wirklich? Und du reibst dich damit ein?«

»Quatsch.«

Flottmann schaltete seinen PC ein und rief wie jeden Morgen zunächst seine E-Mails ab. »Der Bericht der IT-Forensiker ist da. Sie haben die ENF im Entführungsfall Jacob Feddersen ausgewertet.«

»EN-was?«

»Elektrische Netzfrequenz. Sag bloß, du weißt nicht, was das ist?«

»Nein. Dafür weiß ich andere Dinge.«

»Wenn in der Nähe der Kamera irgendwelche Geräte, Lampen zum Beispiel, am Stromnetz betrieben wurden, erhält man ein Brummen auf der Aufnahme. Aus den Schwankungen kann man ableiten, wann das Video entstanden ist. Auf die Sekunde genau. Man kann sogar den ungefähren Ort herausfinden.«

»An so etwas glaubst du?«

»Das ist keine Glaubenssache. Das ist Wissenschaft. Das Video entstand am 4. April um ein Uhr dreiundzwanzig, und zwar auf Nordstrand.«

»Ort, Straße, Hausnummer?«

»Nun werd nicht unbescheiden. Gibt es bei dir etwas Neues?«

»Der Hirsch war hier, hat alle begrüßt und nach dir gefragt. Ich hab ihm gesagt, dass du in der Cannabissache unterwegs bist. Um vierzehn Uhr ist übrigens das Treffen der Soko Halbmondwehle.«

»Hab schon die Mail gesehen. Lothar Hirsch bleibt Leiter der Gruppe. Ich dachte, Hofmann vom K1 würde übernehmen. Unser Hirsch scheint ein fähiger Mann zu sein.«

»Oder jemand da oben denkt, dass er es ist.«

Gegen Mittag rief Leon Gerber an. »Konnten Sie etwas mit meinen Informationen anfangen, Herr Hauptkommissar?«

»Sicher. Unsere Experten sind allerdings nicht zu den gleichen Ergebnissen gekommen wie Sie. Aber vielleicht sind sie wirklich zu sehr auf ihre Technik fixiert. In jedem Fall haben Sie uns wichtige Anhaltspunkte geliefert. Wir werden alle Hinweise beachten.«

»Ich sagte Ihnen, dass ich keine Außengeräusche auf der letzten Aufnahme feststellen konnte. Vielleicht habe ich mich geirrt. Am Ende des Videos ist eine kurze Geräuschspitze zu hören. Dafür kommt nur ein sehr lautes und nahes Ereignis in Frage. Haben Ihre Fachleute das ebenfalls festgestellt?«

»Ja. Aber sie haben keine Erklärung geliefert. Haben Sie etwas?«

»Nein. Vielleicht ein Skateboard.«

»Ein Skateboard? Wie kommen Sie auf die Idee?«

»Ich bilde mir ein, zwei Impulse zu hören, einen lauten und einen leiseren, in einem kurzen zeitlichen Abstand, als wenn nach einem Sprung erst die hinteren Räder und dann die Vorderräder aufschlügen. Vielleicht auf eine Holzrampe. Aber vermutlich irre ich mich. Trotzdem wollte ich es nicht für mich behalten.«

»Hm. Eine Skateboardbahn auf Nordstrand. Das müsste sich prüfen lassen.«

»Nordstrand?«

»Äh. Die Sache mit der Netzschwankung. Unsere IT-Forensiker haben das Gebiet tatsächlich einkreisen können. Aber vergessen Sie das direkt wieder. Das hätte ich Ihnen gar nicht erzählen dürfen. Vielen Dank für Ihren Anruf, Herr Gerber. Wenn alles vorbei ist, werde ich mich erkenntlich zeigen.«

Hilgersen konnte es nicht lassen. Er drehte sich zu Flottmann um. »Es heißt nicht *Nord*strand, sondern Nordstrand. Beide Silben werden gleich betont, verstehst du?«

»Du nervst, Gustl.«

Eine Viertelstunde vor dem Termin machten sich Flottmann und Hilgersen zu Fuß auf den Weg zum Rathaus. In einem Saal im Erdgeschoss sollte die erste Sitzung der Soko stattfinden. Flottmann, der Schwierigkeiten hatte, mit dem etwas jüngeren und wesentlich leichtgewichtigeren Kollegen Schritt zu halten, stoppte ab und zu, um sich irgendwelche Sehenswürdigkeiten anzuschauen, wie er behauptete. Am Hafen stand er vor dem Poller, an dem die Hochwassermarken der verschiedenen Sturmfluten angebracht waren. »Sehr interessant«, japste er. »16.01.1362 Grote Mandränke ... erschreckend hoch ...« Er las die darüberliegenden Gravuren laut vor: »11.10.1634 NN + 4,8 – 03.02.1825 NN + 5,10.«

»Soll ich dich heute Abend hier abholen?«, frotzelte Hilgersen.

Flottmann las den letzten und höchsten Wasserstand vor: »03.01.1976 NN + 5,66. Wenn der Meeresspiegel weiter steigt, werdet ihr hier bald sang- und klanglos untergehen.«

»Drüben ist die Schleuse oder, genauer gesagt, das Sperrwerk.« Hilgersen zeigte Richtung Außenhafen. »Das wird uns noch beschützen, wenn Holland schon längst abgesoffen ist. Wenn jemand etwas vom Hochwasserschutz versteht, dann sind es wir Nordfriesen.«

»Das habt ihr doch von den Holländern gelernt, wenn ich mich recht erinnere.«

Hilgersen antwortete nicht. Flottmann konnte ein triumphierendes Grinsen nicht unterlassen. Vor einigen Tagen hatte er im Nissenhaus, dem Nordsee-Museum, einen ganzen Nachmittag verbracht und sich ein wenig über die Geschichte Norddeutschlands, über Land und Leute, das Wattenmeer und auch den Deichbau informiert. Natürlich hatte er niemandem davon erzählt. Die Nordlichter und speziell das Nordlicht Hilgersen sollten sich nur nichts auf ihre kalte Heimat einbilden.

Der Saal hätte Platz für etwa dreißig Leute geboten. Die Sonderkommission »Halbmondwehle« bestand aus elf Personen, inklusive der Staatsanwältin Dr. Stephanie Friedrichsen. Zwei uniformierte Beamte waren dabei, Hofmann und weitere Kollegen des K1 sowie Flottmann, Hilgersen und Lohmeyer, der IT-Semiprofi der Husumer Dienststelle.

Kriminaloberrat Lothar Hirsch war der einzige Krawattenträger im Raum. Seine dunkelblonden Stoppelhaare standen wie die Stacheln eines Igels vom kantigen Schädel ab. Die Höckernase und eine Narbe auf der Wange, die von der Mitgliedschaft in einer schlagenden Verbindung hätte stammen können, verliehen ihm ein energisches Aussehen. Er stand vor einem Laptop mit Beamer und wartete ungeduldig, bis der Letzte des zukünftigen Teams eingetroffen war. Er räusperte sich mehrmals, bis Ruhe im Saal eintrat.

»Frontalunterricht«, flüsterte Flottmann, der bei solchen Besprechungen Pinnwand und Flipcharts bevorzugte. Eine lockere Runde, in der jeder spontan sagen konnte, was er dachte, führte seiner Meinung nach zu den besten Ergebnissen. Brainstorming ohne hierarchische Rücksichten.

»Meine Dame, meine Herren«, begann Hirsch mit sonorer Stimme, »man hat mich mit der Leitung der Sonderkommission Halbmondwehle beauftragt. Ich hab mir die Mühe gemacht, die bisherigen Erkenntnisse etwas aufzubereiten.«

Das erste Diagramm, das er aufrief, zeigte die Entführungsopfer sowie Personen aus deren Umfeld.

Nur für den Toten existierte ein Foto, das mit einem Kreuz versehen war. Bei den anderen Opfern wurden stattdessen Symbole angezeigt, aus denen lediglich das Geschlecht zu erkennen war. »Wir haben drei Geschädigte«, begann Hirsch. »Jacob Feddersen, Katrin Lehrbach und Klas Petersen. Jacob Feddersen, der Fischer, war nach bisherigen Erkenntnissen das erste Opfer, Katrin Lehrbach, siebzehn Jahre alt, das zweite. Schließlich haben wir Klas Petersen, die Leiche von der Halbmondwehle. Das sind die uns bekannten Fälle. Vermutlich gibt es eine Dunkelziffer. Wie aus der Vernehmung der Familie Feddersen hervorgeht, scheuen sich die Geschädigten und die Angehörigen unter Umständen auch nach der Tat, die Polizei einzuschalten. Wir kennen den genauen Ort, an dem Katrin Lehrbach gefangen gehalten wurde. Ein Industriegebäude in der Nähe von Bredstedt. Jacob Feddersens Gefängnis liegt irgendwo auf Nordstrand. Wo genau, wissen wir nicht. Und zu Klas Petersens Aufenthaltsort während der Entführung, an dem er vermutlich auch getötet wurde, gibt es bisher keinerlei Erkenntnisse. Die Spurensicherung hat aber keine Fingerabdrücke und DNA von Feddersen und Petersen am Ort gefunden, an dem Katrin Lehrbach festgehalten wurde. Wir gehen davon aus, dass wir es mit mindestens zwei Tätern zu tun haben. Die Aussage von Katrin Lehrbach deutet darauf hin, dass sie die Opfer mit dem Narkosemittel Halothan betäuben. Sie hatte einen süßlichen Geruch wahrgenommen, als ihr das Tuch an den Mund gepresst wurde. Der Geruch ist typisch für dieses Mittel. Die Chemikalie konnte an Klas Petersens Leiche nicht festgestellt werden. Das ist allerdings nicht verwunderlich, da sie bereits nach vierundzwanzig Stunden nicht mehr nachweisbar ist.«

Kriminaloberrat Lothar Hirsch rief die nächste Grafik auf. Sie zeigte das gleiche Bild, ergänzt durch die Personen, die das Lösegeld aufgebracht hatten. »Ich habe mir die Vernehmungsprotokolle der Angehörigen angesehen. Da vermisse ich eine gewisse Gründlichkeit der Befragung. Hier müssen wir nachbessern.«

»Arsch«, kommentierte Hilgersen ein wenig zu laut und zog einige Blicke auf sich.

Bernd Ostermann, ein junger Mitarbeiter des K1, der vor ihm saß, drehte sich um und grinste. Hilgersen wusste nicht, ob der Kollege Schadenfreude ausdrückte oder Zustimmung zum Kraftausdruck.

»Meine Dame, meine Herren, der Fall, mit dem wir es zu tun haben, ist in mehrfacher Hinsicht recht ungewöhnlich. Ich möchte die bisherigen Erkenntnisse kurz zusammenfassen.« Hirsch drückte auf den Knopf der Fernbedienung.

»Erstens. Soweit wir bisher ermitteln konnten, sind die Angehörigen, von denen das Geld erpresst wurde, nicht vermögend. Die Täter scheinen sozusagen mehr auf Quantität zu setzen als auf Qualität.« Er lachte über seinen Scherz und sah dabei in die Runde. Aber niemand lachte mit ihm.

»Zweitens. Wir stehen offenbar am Beginn einer Serie. Ich muss wohl nicht betonen, dass wir alles daransetzen müssen, um sie zu beenden. Spätestens jetzt, nachdem es einen Toten gegeben hat, haben wir nicht nur die lokale Presse am Hals. Das Interesse der Öffentlichkeit an diesem ungewöhnlichen Fall ist immens. Das ist auch einer der Gründe, warum man mich mit der Leitung der Sonderkommission beauftragt hat.«

Hilgersen stieß einen leisen Pfiff aus. Flottmann sah ihn an und grinste.

Lothar Hirsch musste den Pfiff gehört haben. »Ich meine«, sagte er, »Frau Dr. Friedrichsen, das K1, die Husumer Kripo und meine Wenigkeit bilden ein schlagkräftiges Team. Und uns wird es gelingen, die Täter zu fassen.«

»Da hat er gerade noch die Kurve gekriegt«, flüsterte Hilgersen.

»Drittens. Die Täter müssen über sehr gute Kenntnisse in der Elektronik verfügen. Das ganze Szenario der Geldübergabe mit einer Drohne beziehungsweise mit sogenannten Multicoptern lässt zumindest auf ein gewisses technisches Know-how schließen. Viertens.« Er zog mit dem Laserpointer einen Kringel auf der weißen Tafel um die entsprechende Textzeile. »Viertens die Auswahl der Opfer. Nach allem, was wir bisher wissen, stehen sie in keiner Beziehung zueinander. Auch weisen sie keine Gemeinsamkeiten auf. Wir haben eine siebzehnjährige Schülerin, die bei ihren Eltern wohnt, einen achtundsiebzigjährigen ehemaligen Fischer und einen zweiundsechzigjährigen Toten, der einen eigenen Hof bewirtschaftete.«

»Vielleicht gibt es doch Gemeinsamkeiten, die man diskutieren sollte.« Flottmanns erster Versuch, den Monolog des Soko-Leiters zu unterbrechen.

»Die da wären?« Hirschs Stimme klang unwirsch.

Flottmann wippte lässig mit dem Stuhl. Um ein Haar hätte er das Gleichgewicht verloren.

»Die Opfer führen ein weitgehend eigenständiges Leben. Niemand wird sie unbedingt bereits nach einigen Stunden vermissen. Eine fast Volljährige kann schon mal eine Nacht wegbleiben, ohne dass man die Polizei ruft. Für Erwachsene gilt das ebenfalls, solange sie nicht ein gewisses Alter überschritten haben. Bei einem Kind wäre das anders. Die Eltern würden in der Regel bereits nach Stunden Himmel und Hölle in Bewegung setzen und die Polizei informieren. Die Täter brauchen aber Zeit, um die Angehörigen zu ermitteln und um den Film zu erstellen. Das Schockvideo soll sie davon abhalten, uns einzuschalten. Gleichzeitig erzeugt es den notwendigen Druck, das Geld zu beschaffen.«

»Durchaus eine interessante These. Wir diskutieren das später. Fünftens. Dass wir den genauen Ort ermitteln konnten, an dem Katrin Lehrbach festgehalten wurde, haben wir der hervorragenden Arbeit der Spezialisten vom LKA und der Husumer Kollegen zu verdanken.«

»Hat er uns gerade gelobt, oder hab ich mich verhört?«, raunte Hilgersen.

»Wir haben die DNA von zwei männlichen Personen sicherstellen können. Leider gibt es keine Treffer in der Datenbank. Sowohl der Vergleich mit den Personen-Datensätzen als auch mit den Spuren-Datensätzen fiel negativ aus. Allerdings gibt es eine Übereinstimmung mit der DNA auf dem Briefumschlag, der der Familie Lehrbach zugeschickt wurde. Wie Sie wissen, befand sich darin das Erpresservideo. Sechstens. Wir können davon ausgehen, dass wir es mit ein und derselben Tätergruppe zu tun haben, die aus mindestens zwei Personen besteht. Trittbrettfahrer können wir ausschließen. Abgesehen davon, dass, wie bereits dargelegt, sehr viel technisches Wissen für die Durchführung solch einer Tat erforderlich ist, müsste ein Trittbrettfahrer über entsprechendes Täterwissen verfügen. Bisher konnte verhindert werden, dass die Sache mit dem abgetrennten Finger an die Öffentlichkeit geriet. Natürlich ist nicht gänzlich auszuschließen, dass über die Angehörigen etwas darüber nach außen gedrungen ist. Allerdings hätte ein Nachahmungstäter wissen müssen, dass jeweils der Ringfinger der linken Hand betroffen war und welches Werkzeug verwendet wurde. In allen Fällen handelte es sich offenbar um einen herkömmlichen Bolzenschneider.«

Hirsch rief ein Foto eines Vergleichsstücks auf. »Es gibt leider keine Möglichkeit mehr, zu ermitteln, ob es sich jedes Mal um ein und dasselbe Exemplar gehandelt hat. Aber bei dem Toten wurden an der Wunde geringe Spuren einer roten Farbe festgestellt, und auch die Bolzenschneider auf den Videos sind rot. Damit möchte ich schließen und erwarte Ihre Vorschläge und Diskussionsbeiträge.«

Die Oberstaatsanwältin Dr. Friedrichsen ergriff das Wort. Sie saß etwas abseits der Gruppe. Schon dadurch setzte sie sich vom gemeinen Volk der Ermittler und Uniformträger ab. Sie trug einen engen dunkelblauen Rock und eine weiße Bluse, die einen minimalen Einblick auf den schön geformten Busen gewährte, gerade weit genug, damit die männlichen Kollegen den verborgenen Anteil mit ihrer Phantasie ergänzen konnten. Sie hatte kurze blonde Haare und eine leichte Höckernase, die aber ihrer Attraktivität keinen Abbruch tat.

»Bisher hat sich die Presse sehr zurückgehalten«, sagte sie. »Nach meinen Erfahrungen wird sich die Situation sehr bald ändern. Wir haben jetzt einen Mordfall. Ein Tötungsdelikt, die Entführungen, der Einsatz einer Drohne für die Geldübergabe und natürlich die Tatsache, dass wir es mit Serientätern zu tun haben, sind ein gefundenes Fressen, um die Auflagen zu steigern. Ich bitte Sie, jegliche Äußerung gegenüber den Medien zu unterlassen. Zu gegebener Zeit werden wir eine Pressekonferenz abhalten, um das öffentliche Interesse zu befriedigen. Je mehr belastbare Informationen wir dann liefern können, umso besser. Selbstverständlich müssen wir genau abwägen, welche Erkenntnisse wir herausgeben.«

Dirk Hofmann, der Leiter vom K1, meldete sich zu Wort. »Wir haben inzwischen mit dem Sohn des Toten gesprochen. Er war nur begrenzt vernehmungsfähig. Seine Angaben passen zu unseren bisherigen Ermittlungsergebnissen. Auch er wurde angerufen. Allerdings existiert kein Erpresservideo. Offenbar ist die Entführung nicht nach Plan verlaufen. Was genau vorgefallen ist, wissen wir nicht. Vielleicht hat das Opfer einen der Täter erkannt. In der weiteren Befragung muss unter anderem der Bekanntenkreis des Toten abgeklärt werden. Und noch etwas: Wir sollten ein besonderes Augenmerk auf das uns bekannte Versteck legen, in dem Katrin Lehrbach festgehalten wurde. Es ist nicht gänzlich auszuschließen, dass die Täter dieses erneut benutzen.«

»Für eine durchgehende Observierung fehlt uns das Personal«, bemerkte einer der uniformierten Anwesenden. »Ich werde entsprechende Leute anfordern«, wischte Hirsch die Bedenken vom Tisch. »Die Ergebnisse der Obduktion.« Er drückte erneut den Knopf der Fernbedienung. Auf der Tafel erschienen Textauszüge aus dem Gutachten, die er frei interpretierte: »Relativer Nahschuss, zirka zehn Zentimeter Abstand, Kurzwaffe Kaliber 7,65, Eintritt fünf Zentimeter oberhalb des ersten Halswirbels, Austritt über dem linken Auge, sofortiger Exitus, der Tod ist am Donnerstag, dem 12. September, zwischen zwanzig und vierundzwanzig Uhr eingetreten.«

Anschließend ging Hirsch auf die Ergebnisse der Videoauswertung ein.

»Übrigens möchte ich nicht, dass irgendwelche externen Fachleute ohne meine Zustimmung eingebunden werden«, sagte er mit erhobener Stimme. »Bei den NSU-Ermittlungen hat man sogar einen Geisterbeschwörer eingeschaltet, der Kontakt mit einem der Ermordeten aufnehmen sollte. So einen Humbug will ich hier nicht haben.«

Die letzten Worte sprach er eindeutig in Richtung Flottmann. Der drehte sich demonstrativ um, um zu sehen, wer gemeint sein konnte.

»Der meint uns«, sagte Hilgersen.

»Arsch«, sagte Flottmann.

Die Soko tagte noch eine weitere Stunde. Hofmann versuchte, eine Art Täterprofil zu erstellen: beide männlich, dreißig bis fünfunddreißig Jahre alt, unverheiratet, zumindest einer davon gebildet, abgebrochenes Studium im technischen Bereich, deutsche Staatsangehörigkeit. Es folgten weitere Hinweise, die zum Teil aus der Zeugenaussage Katrin Lehrbachs stammten.

Zurück in der Polizeiinspektion rief Kriminaloberrat Hirsch Flottmann zu sich. Hirsch hatte einen Büroraum am Ende des Flurs bezogen, in dem zuvor Aktenordner aufbewahrt worden waren. Diese hatte er in den Keller verbannt. Einerseits sei die dortige Unterbringung ein Beitrag zur Fitness der Mitarbeiter, andererseits sei es sowieso nur eine Frage der Zeit, bis die elektronische

Aktenführung vollständig umgesetzt sei. Seine Aktion stellte nach Flottmanns Meinung eine eindeutige Kompetenzüberschreitung dar.

In Hirschs Büro war nichts von der Digitalisierung zu bemerken. Vielleicht sollte das heillose Durcheinander auf seinem Schreibtisch Aktivität vortäuschen, was auf elektronische Weise kaum zu bewerkstelligen gewesen wäre. Der Leiter der Soko hatte sich das größte Zimmer der Inspektion unter den Nagel gerissen. Kein schlechter Coup, dachte Flottmann.

Er malte sich aus, wie er das Zimmer für sich einrichten würde, sobald sich die Soko aufgelöst hatte und Hirsch nach Kiel zurückgekehrt war. Zunächst müsste er die Maler bestellen, die die Dübellöcher beseitigten und den Wänden ein dezentes Cremeweiß verpassten. Neue Büromöbel müssten auch her. Den Schrank mit den Schiebetüren könnte man lassen. Der schien relativ neu zu sein und besaß ein verglastes Element, hinter dem einige seiner Exponate gut zur Geltung kommen würden.

»Setzen Sie sich bitte«, unterbrach der Kriminaloberrat seine Gedanken und wies auf einen unbequemen Holzstuhl.

Flottmann nahm Platz. Es kam ihm vor, als säße er auf der falschen Seite des Schreibtischs.

»Im Entführungsfall Katrin Lehrbach haben Sie gute Arbeit geleistet«, wiederholte Hirsch das Kompliment vom Morgen. »Wir wissen jetzt, wo die Täter das Opfer gefangen gehalten haben, und wir besitzen Fingerabdrücke und die DNA zweier Täter. Meine Anerkennung, auch wenn mir Ihre Methoden nicht gefallen.«

»Sie haben zum Ziel geführt.«

»Ich halte es mehr oder weniger für Zufall. Ich denke, dass unsere Kriminaltechnik das besser kann. Sie haben diesen«, er rückte seine Brille zurecht und nahm ein Papier in die Hand, »Leon Gerber erneut eingeschaltet?«

»Ja. Der Bericht liegt Ihnen vor.« Flottmann sah sich im Zimmer um. Ihm waren noch einige Möglichkeiten eingefallen, den Raum zu gestalten.

»Einer der Täter soll eine Lederjacke tragen und an Asthma leiden?«

»Das ist zwar keine gesicherte Erkenntnis, aber ...«

»Unsere Leute haben das Video erneut untersucht.« Hirsch betonte »unsere Leute«. »Ihr angebliches Knirschen der Lederjacke rührt vom Kugelkopf des Stativs her. Es entsteht durch Reibung an der Gelenkpfanne.«

»Aha.«

»Damit haben wir auch eine Erklärung, dass es gleichzeitig mit den Kameraschwenks auftritt.«

»Davon stand nichts im ersten Gutachten der Wiesbadener.«

»Die Kollegen hielten das vermutlich nicht für relevant. Nach deren Darstellung sind solche Geräusche völlig unspezifisch und lassen keine Rückschlüsse auf Hersteller oder Lieferanten zu. Und was das Asthma angeht: Die phonetische Analyse hat nichts Derartiges ergeben. Ihr Experte hört Flöhe husten. Aber Flöhe husten nicht, Herr Hauptkommissar.«

Flottmann überlegte, was er mit dieser Erkenntnis anfangen sollte. Der Pterodactylus kochi würde sich gut an der Wand neben der Eingangstür machen, war sein nächster Gedanke. Er hatte den Flugsaurier, den Bogomil demoliert hatte, selbst repariert. Die Klebestellen waren kaum zu sehen.

»Hören Sie mir überhaupt zu?«

»Ja. Natürlich. Der Floh. Sie haben völlig recht. Flöhe können nicht husten.«

Dem Kriminaloberrat stand der Mund offen. Er schnappte nach Luft wie ein Fisch auf dem Trockenen. Dann schluckte er Flottmanns Bemerkung hinunter, atmete tief durch und nahm eine lässige Haltung ein.

»Sie sollten unsere Ermittlungen ernst nehmen. Wir haben es mit Serientätern zu tun, die vermutlich bald wieder zuschlagen werden. Wir dürfen uns keine Nachlässigkeiten und Fehler leisten. Die Einschaltung dieses Gerber war ein solcher. Ich muss Ihnen nicht erklären, dass kein Täterwissen nach außen dringen darf. Wenn der Mann mit der Presse redet, haben wir ein echtes Problem.«

»Ich lege meine Hand für ihn ins Feuer.«

Hirsch lachte hämisch und schüttelte den Kopf. »Ich hoffe, Sie haben mich verstanden. Ich leite die Sonderkommission. Alle Informationen laufen bei mir zusammen. Ich trage die Verantwortung, und ich bestimme, wie der Hase läuft.«

So viele »Ichs« auf einmal, dachte Flottmann. Mit dieser gehörigen Portion Selbstbewusstsein und einem Schuss Vitamin B wird er sicher weiter die Karriereleiter hinaufsteigen. Flottmann erhob sich und ging.

»Wie war die Audienz?« Hilgersen grinste.

»Er spielt sich auf, als wäre er der Boss hier.«

»Nicht traurig sein, Chef.«

Flottmann strecke seinen Mittelfinger aus.

»Er ist ein dummes Arschloch«, tröstete Hilgersen.

»Nein, dumm ist er nicht.« Flottmann setzte sich an seinen Schreibtisch und schlug eine Mappe auf. Er brauchte Sekunden, um zu merken, dass die Blätter darin falsch herum lagen. Statt sie umzudrehen, klappte er den Deckel zu. »Ich mach Feierabend. Bogomil hat heute Geburtstag.«

Frische Seeluft wehte ihm entgegen, als er das Gebäude verließ. Er schmeckte und roch das Meer. Die untergehende Sonne ließ Husums rote Dächer erstrahlen. Flottmann durchfuhr ein wohliger Schauer. Er konnte wieder frei atmen. Der Ärger war wie weggeblasen. Er würde jetzt nach Hause spazieren, eine Pizza bestellen, sich auf den Balkon setzen und ein Glas Rotwein auf Bogomil trinken. Der Kater hatte sicher nichts dagegen, wenn sein Geburtstag auf den heutigen Tag festgelegt wurde.

20

Es hatte sich in der Fachwelt herumgesprochen, dass Gerber eine umfangreiche Geräuschedatenbank besaß. Nicht alle Hörspiel- oder Filmszenen konnte ein Geräuschemacher mit Studiomitteln simulieren, und die Originalaufnahmen enthielten oft keine verwendbaren Tonspuren. Gerber freute sich, wenn er helfen konnte und damit eine Art Bestätigung erfuhr, dass seine Sammelleidenschaft mehr als eine Marotte war.

Einmal bat ihn ein Professor der Universität um Hilfe. Der Archäologe Professor Dr. Arnold Winter war seit mehreren Jahren emeritiert, beschäftigte sich jedoch weiterhin mit seinem Spezialgebiet, der Erforschung historischer Klänge. Anhand schriftlicher Überlieferungen konnte man annähernd rekonstruieren, wie das Mittelalter geklungen hatte: die Rufe der Marktschreier, das Poltern von Wagenrädern auf Pflastersteinen, Tierlaute, das Hämmern eines Schmiedes und das Klappern einer Mühle.

Aber Originalgeräusche aus der damaligen oder einer früheren Zeit gab es nicht. Die Menschheitsgeschichte wurde ausschließlich visuell wahrgenommen. Der Professor war jedoch überzeugt, dass die Töne vergangener Jahrhunderte durchaus Spuren hinterlassen hatten. Seiner Ansicht nach konnten Schallwellen beim Töpfern in den weichen Lehm eingeprägt worden sein. Ähnlich wie bei Wachs- und Vinylschallplatten ließen sich die Töne wieder dem Material entlocken. Er hatte Gerber in seinem Institut eine Versuchsanordnung gezeigt, bei der Laser die Oberfläche einer antiken Vase abtasteten, um das Originalgeräusch zu reproduzieren. Trotz aller Mühe hatte Gerber das Ergebnis nur als Rumpeln und Rauschen wahrgenommen. Lediglich Winter und dessen junger Assistent glaubten, griechische Worte aus dem Klanggemisch herauszuhören.

Gerbers neuestes Projekt jenseits seiner Studioarbeit warf sogar ein wenig Geld ab, das er gut für die Instandhaltung seines Hauses verwenden konnte. Vor einigen Wochen hatte er zum wiederholten Male Geräuschaufnahmen am Husumer Außenhafen durchgeführt. Er hatte vor den Getreide- und Futtermittelsilos gestanden, den höchsten Bauwerken der Stadt, als er von einem Mitarbeiter der Betreiberfirma angesprochen wurde. Gerber war es gewohnt, dass seine Aktivitäten Anlass für neugierige Fragen boten. Das war lästig und störte seine Aufzeichnungen. Aber der Mann hatte echtes Interesse gezeigt. Er hatte von einem Forschungsvorhaben berichtet, bei dem es um Schädlingsbekämpfung ging und die Akustik eine entscheidende Rolle spielte.

Würmer, Käfer und andere Insekten verrieten sich durch spezifische Geräusche beim Krabbeln, Fressen und bei Paarungen. Aus Charakteristik und Lautstärke der Geräusche ließen sich Schlussfolgerungen auf Art und Anzahl der Schädlinge ziehen. Zumindest funktionierte das prinzipiell. Ziel der Forschungen war die Entwicklung einer automatischen Analysemethode, deren Ergebnisse die Temperatur im Silo und die Zugabe von Insektiziden steuern sollten.

Jetzt standen die meterhohen, zylinderförmigen Glasgefäße in Gerbers Tonstudio, gefüllt mit unterschiedlichen Getreidekörnern, an denen sich Schaben, Bohnen- und Mehlkäfer zu schaffen machten. Gerber hatte keine Mühe, die Tiere bei ihrem Treiben herauszuhören. Als Sophia ihn endlich wieder einmal besuchte, blieb sie fasziniert vor den Zylindern stehen.

»Was ist das?« In ihrer kurzen Frage steckte die gesamte Wissbegier eines neugierigen Kindes. Sicher würde gleich ein »Warum« folgen.

»Sieh genau hin«, sagte Gerber. »Am Rand kannst du Käfer erkennen.« Er ging in die Hocke und tippte mit dem Zeigefinger gegen die Gefäßwand. »Hier und hier. Die fressen Getreidekörner.«

»Du fütterst sie?«

»Ich beobachte, welche Geräusche sie beim Krabbeln und Fressen machen.«

Sophia sah ihn an und bemühte sich, die Stirn in Falten zu legen. Dann entspannte sich ihr Gesicht.

»Ich verstehe«, sagte sie in abgeklärtem Tonfall. »Und warum? Für deine Sammlung?«

»Ich will lernen, wie man sie nur mit dem Gehör unterscheiden kann.«

»Jedes Tier schmatzt anders.« Sie kicherte.

»Genau.« Gerber stand auf.

»Mach die Augen zu. Ich will sehen, ob du das kannst«, sagte sie. »Nein: Ich verbinde dir die Augen wie bei einer blinden Kuh. Hast du einen Schal oder so was?«

»Nein. Das hier tut's auch.« Er nahm den Pullover, der über einem Stuhl hing, ergriff beide Ärmel und ließ das Kleidungsstück rotieren, bis es sich zu einem Strick aufgewickelt hatte. Dann band er diesen um den Kopf. Er konnte tatsächlich nichts mehr sehen.

»Okay«, sagte sie, nahm ihn an der Hand und führte ihn an eines der Gefäße. »Und nicht mogeln.«

Gerber ertastete den Rand des Zylinders, ging in die Hocke und legte ein Ohr an die Wandung. »Mehlkäfer. Sie fressen Gerste«, sagte er. »Auf dem Etikett steht ein großes D.«

»Stimmt. Noch mal.« Sie zog ihn mit ihrer kleinen Hand zur nächsten Probe.

»Mehlkäfer. Sie verspeisen laut schmatzend Weizenkörner. Auf dem Etikett steht der Buchstabe F.«

»Und du hast nicht gemogelt?«

»Nein. Mein Ehrenwort.« Gerber nahm die Binde ab.

Sophias Anwesenheit war das Highlight der letzten Tage gewesen. Mit welcher Offenheit sie an die Dinge heranging, erstaunte ihn immer wieder aufs Neue. Sie mochte ihn für seltsam und ein wenig verrückt halten, aber sie verband das nicht mit einer Wertung. Sie nahm ihn, wie er war. Er wünschte sich, dass sie ihre Unvoreingenommenheit behalten würde.

Am Nachmittag des folgenden Tages klingelte es an der Haustür. Gerber war überrascht, als Sophia und ihre Mutter vor ihm standen.

»Hallo, Leon«, grüßte Laura, während Sophia sich bereits an ihm vorbeigeschoben hatte.

»Hallo, ihr beiden. Kommt rein. Aber es sieht schrecklich bei mir aus. Ich …«

»Sophia hat sich nie beschwert«, lachte Laura. »Entschuldige, wenn ich dich einfach so überfalle, aber sie hat mir von den

Käfern erzählt. Ich soll sie mir unbedingt ansehen. Ich weiß zwar nicht, ob ich ihre Begeisterung teilen werde, aber sie ließ mir keine Wahl.«

»Wo bleibt ihr denn?«, hörten sie Sophia rufen.

Die Tür zum Tonstudio stand offen, und Sophia hockte bereits vor den Zylindern.

»Ich hab schon einen entdeckt. Das ist ein Mehlkäfer, stimmt's?« Sie strich mit ihrem Zeigefinger über das Glas.

»Gut geraten«, sagte Gerber.

»Ich hab nicht geraten. Ich hab es gehört«, flunkerte sie.

»Okay. Du hast den Käfer am Schmatzen erkannt.«

»Also stimmt es, was Sophia mir erzählt hat? Du versuchst, die Schädlinge an den Geräuschen zu erkennen?«, fragte Laura.

»Das ist ein ernsthaftes Forschungsprojekt. Das ist keine Spinnerei von mir. Ich meine ...« Gerber stockte. Wieso versuchte er sich zu rechtfertigen für das, was er tat?

»Sophia hat mir auch von Fledermäusen erzählt und von Unterwassergeräuschen. Ich finde das sehr interessant. Du musst mir bei Gelegenheit einmal alles zeigen.«

Gerber ging zu einer der Glasröhren und erklärte das Prinzip. »Die Insekten erzeugen ganz spezifische Fress-, Krabbel- und Paarungsgeräusche. Damit kann man ihre Art und Anzahl bestimmen. Das ist wichtig für die Schädlingsbekämpfung in einem Getreidespeicher. Erkennt man rechtzeitig das Ausmaß des Befalls, kann man mit geringen Mitteln die Verbreitung einschränken.«

Gerber sprach nicht weiter. Ihn beschlich das Gefühl, dass Laura ihm nur aus Höflichkeit zuhörte.

Sophia saß noch immer auf dem Boden und beobachtete das Treiben im Glaszylinder.

»Der hier heißt Julius«, taufte sie einen der Käfer, als wäre das eine abgemachte Sache. Jedes Tier brauchte einen Namen, sobald man zu ihm eine Beziehung aufgebaut hatte.

»Heute Nacht kann man bei uns Polarlichter beobachten«, wechselte Gerber das Thema. »Ein seltenes Schauspiel in unseren Breiten.«

»Ich hab noch nie welche gesehen.« Laura lächelte.

»Ich werde nach Lüttmoorsiel fahren. Dort wird es nachts

stockdunkel. Wir haben Neumond, und die Wetteraussichten sind gut. Wenn ihr Lust habt, mitzukommen …«

»Au ja!« Sophia war begeistert. »Was sind das für Lichter?«

»Der Himmel leuchtet in bunten Farben.«

»Ehrlich? Warum?«

»Die Sonne schickt uns geladene Teilchen auf die Erde, den Sonnenwind. Der ist für das Leuchten verantwortlich.«

Sophia schwieg. Sie kniff die Augen zusammen und zog die Stirn so gut sie konnte in Falten. Ein sicheres Anzeichen dafür, dass sie nachdachte.

»Du hast die Antwort gehört«, sagte Laura. »Wir kommen mit und vertrauen uns deiner Führung an.«

Gerber fuhr oft nach Lüttmoorsiel. Die von Touristen gern fotografierte Lorenbahn führte von dort durch das Watt nach Nordstrandischmoor, der jüngsten aller Halligen. Nordstrandischmoor, im Volksmund auch Lüttmoor genannt, war ein Überbleibsel der 1634 bei der großen Sturmflut zerbrochenen Insel Strande, zu der auch Nordstrand und Pellworm gehörten.

An Tagen, an denen die Badestelle verwaist war, weil das Wetter nicht mitspielte, war es ursprünglich und still in Lüttmoorsiel. Hier gab es die schönsten Sonnenuntergänge und in klaren Nächten eine überwältigende Sicht auf den Sternenhimmel, wie sie nur einem Seefahrer auf offenem Meer dargeboten wurde. Der Blick auf das Milchstraßenband, auf die Heimatgalaxie mit über hundert Milliarden Sternen, zu denen vermutlich genauso viele Planeten gehörten, zwang jeden Beobachter zu Demut und Bescheidenheit.

Manchmal saß Gerber nachts auf der Bank, die auf der Deichkrone stand, und beobachtete den Himmel, sah Satelliten und die Raumstation ihre Bahnen ziehen und versuchte die Planeten Venus, Jupiter und Saturn auszumachen. Einige Sternbilder konnte er benennen: Leier, Schwan, Adler und natürlich den Großen Bären, dessen hellste Sterne jedes Kind als »Großen Wagen« kannte.

Wenn die Bedingungen stimmten, konnte er sogar eine fremde Galaxie, den Andromedanebel, mit bloßem Auge erkennen. Sie umfasste mehr Sterne als unsere heimische Milchstraße. Andere mochten sich in solchen Momenten einsam fühlen. Gerber spürte das Gegenteil. Er war Teil eines großen Ganzen, ein winziges Teil zwar, aber, so fand er, doch nicht gänzlich ohne Bedeutung. Und im Anblick der gigantischen Dimensionen schrumpften Sorgen und Probleme auf Sandkorngröße zusammen.

Er freute sich auf den Abend mit Sophia und Laura. Es gab Berichte, dass Polarlichter von Geräuschen begleitet wurden, die manchmal auch am Boden zu hören waren. Sie entstanden in etwa siebzig Metern Höhe. Mit etwas Glück würde er sie einfangen können. Deshalb machte er die Aufnahmegeräte klar und packte sie in den Kofferraum. Vielleicht hätte er den Innenraum des Daimlers aufräumen und säubern sollen, aber es war zu spät. Eine Viertelstunde vor der vereinbarten Zeit klingelte Sophia Sturm.

Nach einer halben Stunde Fahrt erreichten sie den Beltringharder Koog, das größte Naturschutzgebiet des schleswig-holsteinischen Festlands. Tagsüber boten die Salz- und Süßwasserflächen, die Überschwemmungsgebiete und Sümpfe mit ihrer vielfältigen Tier- und Pflanzenwelt ein malerisches Bild. Zahlreichen Wasservögeln diente die Salzwasserlagune, in die zweimal täglich Meerwasser ein- und ausströmte, als Rast- und Brutstätte.

Sie fuhren über den Lüttmoordamm bis zum Parkplatz am Kiosk. Dort standen nur wenige Fahrzeuge. Gerber nahm eine Taschenlampe aus dem Handschuhfach und das Aufnahmegerät aus dem Kofferraum. Gemeinsam folgten die drei dem Licht der Lampe. Laura öffnete die schwere Holzpforte, die zur Steintreppe und auf den Deich führte. Nachdem Sophia und Gerber hindurchgegangen waren, ließ sie die Pforte zurückfallen.

Es gab einen lauten Knall, und Gerber zuckte zusammen. Ihm wurde bewusst, dass er das Geräusch nicht in seiner Datensammlung hatte. Wäre er allein gewesen, hätte er jetzt Aufnahmen bei verschiedenen Fallhöhen durchgeführt. Es kostete ihn Überwindung, davon abzusehen, und erzeugte fast körperliche Schmerzen. Aber zum Glück handelte es sich um reproduzierbare Töne, keine einmaligen, flüchtigen, die, hatte man sie verpasst, unwiederbringlich verloren waren.

Er freute sich, dass sein Lieblingsplatz, die Bank auf der Deichkrone, frei war. Laura breitete eine mitgebrachte Wolldecke als Sitzunterlage aus. Sophia setzte sich zwischen die beiden Erwachsenen und kuschelte sich mal an ihre Mutter und mal an Leon an. Während sie auf die Polarlichter warteten, erzählte Gerber, dass die Eskimos die Polarlichter für den Schein von Laternen hielten, mit denen Dämonen und Geister nach den Seelen der Verstorbenen suchten. Und er erzählte die Legende vom Greis, der zweitausend Jahre alt war und vor langer Zeit drei Strahlen eines Nordlichts in einer Flasche eingefangen hatte. Es waren die Seelen dreier Verstorbener, die nicht zurück zum Polarlicht wollten, weil dort oben alles gut und harmonisch war, sie aber weiterhin Böses verüben wollten. Sie versprachen dem Alten, ihm zu helfen, seinen Körper gegen den eines Jünglings auszutauschen.

Bevor Gerber die Geschichte beenden konnte, flackerten die ersten Farben am Himmel auf. Es war eine ideale Nacht für die Beobachtung des Naturphänomens. Nur wenig Fremdlicht drang vom Festland, von Nordstrandischmoor und Pellworm herüber. Grüne, rote und purpurfarbene Streifen erschienen, die sich langsam bewegten und an einem ruhenden grünen Bogen über dem Watt endeten. In Anbetracht des mystischen Phänomens war es kein Wunder, dass die nordischen Vorfahren zahlreiche Legenden erfunden hatten, um das Phänomen zu erklären.

Das Schauspiel dauerte über eine Stunde. Gerber konnte das angebliche Rauschen oder Knistern während des Leuchtens nicht wahrnehmen, was nicht nur an Sophias begeisterten Ausrufen lag. Vielleicht waren die Geräusche nur in Nähe des Polarkreises zu hören.

Es war nach Mitternacht, als sie ihren Heimweg antraten. Sophia schlief im Auto ein und wachte erst auf, als sie in Rosendahl ankamen.

»Wollt ihr noch mit reinkommen?«

Es war mehr eine Höflichkeitsfloskel als eine Frage, und Gerber war erstaunt, dass Sophia und Laura sein Angebot annahmen.

Sophia schlief sofort wieder auf dem Sofa ein. Als Gerber seine Geräte ins Tonstudio brachte, folgte Laura ihm.

»Darf ich?« Sie ließ sich auf den Schreibtischstuhl fallen, ohne eine Antwort abzuwarten. »Die Technik, die Instrumente. Ich finde es sehr aufregend«, sagte sie, während sie eine Runde drehte. »Hier lebst du deine Kreativität aus? Du komponierst, machst eigene Musik?«

Gerber nickte. Da der Stuhl am Mischpult besetzt war, nahm er auf den Hocker neben dem Mikrofonstativ und dem Gitarrenständer Platz.

»Spielst du etwas für mich?«

»Willst du nicht lieber ein Glas Wein ...«

»Erst spielst du etwas für mich.« Ihr Lächeln zauberte spontan Schweißperlen auf seine Stirn.

»Sophia ist nebenan. Die Tür ist offen.«

Laura lachte. »Sie schläft fest und träumt von Geistern mit Laternen. Du wirst sie nicht wach bekommen. Ein Stück von dir, bitte.«

Wieso konnte er nicht locker sein und einfach ein paar Takte spielen? Weshalb fühlte er sich bedrängt und unwohl in dieser Situation? Er griff zu seiner Akustikgitarre. Ohne sie zu stimmen, begann er zu spielen, was ihm gerade einfiel, etwas, das zu der Nacht in Lüttmoorsiel passte.

Sie hatte sich zurückgelehnt und lauschte mit geschlossenen Augen. Als er aufhörte, schwieg sie einen Moment. »Das ist ...«

»Tut mir leid. Ich bin nicht in Form.«

»Das ist phantastisch, Leon, absolut phantastisch. Das ist von dir? Wie heißt das Stück?«

»Es hat keinen Namen – es ist gerade entstanden. Ich hab mich von unserem Ausflug inspirieren lassen.«

»Du hast es soeben erschaffen?«

Er nickte und legte die Gitarre zurück in den Ständer.

»Das ist unglaublich. Du hättest es aufnehmen sollen.« Sie lächelte und schüttelte gleichzeitig den Kopf. Er verstand ihre Geste nicht.

»Das Stück heißt Nordlicht«, sagte sie in bestimmtem Ton. »Und du musst es auf deine nächste CD bringen. Arbeitest du an einer neuen CD?«

»Ich veröffentliche meine Lieder nicht.«

Sie sah ihn an. Er konnte ihrem Blick nur wenige Sekunden standhalten.

»Du spinnst«, sagte sie.

Er stand auf und wandte sich von ihr ab. Meinte sie es wörtlich? Hielt sie ihn tatsächlich für einen Spinner wie so viele andere? Das Wort »Spinner« hatte er seit seiner Kindheit allzu oft gehört. Es hatte ihn stets gekränkt. Sein Leben lang hatte er dafür gekämpft, normal zu sein, von seiner Umwelt als unauffällig und durchschnittlich wahrgenommen zu werden. Gleichzeitig hatte er versucht, seine Empfindlichkeit gegen Lärm in den Griff zu bekommen.

»Was ist mit dir?« Laura war aufgestanden.

Sie fasste um seine Taille und legte ihren Kopf auf seine Schulter. Für einen Augenblick spürte er ihre warme Haut auf seiner Wange. Dann löste sie sich von ihm und ging ins Wohnzimmer.

Sie strich ihrer Tochter über die Haare. »Schatz, wir müssen gehen. Es ist sehr spät.«

An der Tür bedankte sie sich für den Abend.

»Du musst mir mehr von deiner Musik vorspielen«, sagte sie. »Und du solltest sie veröffentlichen. Unbedingt.«

21

Corinna spürte die Schmerzen im Genick und das rhythmische Pochen in ihrem Schädel. Als sie die Augen öffnete, blickte sie in das grelle Licht der Neonlampe. Sie schloss die Lider erneut und brachte ihren Kopf langsam in eine stabile Position. Sie wollte die Hand zum Nacken führen, um die schmerzhafte Stelle zu ertasten. Aber irgendetwas hinderte sie daran, grub sich in ihre Gelenke. Das Atmen fiel ihr schwer. Ein Klebeband verhinderte, dass sie durch den Mund atmen konnte. Panisch riss sie die Augen auf. Was sie sah, waren Bilder eines Alptraums: die Hände mit Kabelbinder gefesselt, das Folterwerkzeug auf dem Tisch, das Stativ mit der Filmkamera, ein Vermummter, dessen Augen sie hasserfüllt anstarrten.

Auch ihre Füße konnte sie nicht bewegen. Aufstehen war unmöglich. Sie erkannte den Maskenmann, den sie mit dem Stativ angegriffen hatte. Er saß vor ihr auf einem Stuhl, bewegte sich nicht, starrte sie nur an. Ab und zu wanderte sein Blick auf den Gegenstand, der vor ihr auf dem Tisch lag, um anschließend wieder den Blickkontakt mit ihr zu suchen. Er weidete sich an ihrer Angst. Sie befürchtete, er würde Rache für ihre Attacke nehmen. Warum hatte sie nicht auf den Kopf gezielt? Sein hässliches Grinsen wäre ihr erspart geblieben. Hätte sie jetzt eine zweite Chance, sie würde die Visage treffen, ihm den Kiefer zertrümmern und mit dem zweiten Schlag ...

»Weißt du, was das ist?« Er deutete auf den roten Gegenstand. »Ich werde dir damit die Finger abschneiden. Einen nach dem anderen. Und wenn ich Lust habe, kommen anschließend die Zehen dran. Wir werden das filmen. Dein Typ soll auch etwas davon haben. Seiler heißt er, nicht wahr? Vielleicht schicken wir ihm deine Einzelteile.«

Corinna versuchte, etwas zu erwidern, brachte aber nur unverständliche Laute hervor.

»Was sagst du? Ich versteh dich nicht. Ist auch egal.« Er beugte sich vor, um nach dem Bolzenschneider zu greifen, zog aber die

Hand zurück und fasste sich ans Knie. »Du hast mir das Knie zertrümmert, du Hure!«

Corinna zuckte zusammen. In der wütenden Beschimpfung lag die gesamte Aggressivität des Vermummten. Sie versuchte, ihre Hände aus den Fesseln zu befreien. Es war sinnlos. Das Plastikband grub sich tief ins Fleisch, aber sie spürte den Schmerz nicht. Wären ihre Füße nicht gefesselt, würde sie auf den Mann losgehen und gegen sein verletztes Knie treten. Jede winzige Chance, die sich ihr bot, wollte sie nutzen. Sie hatte nichts zu verlieren. Ihre Lage konnte sich nicht verschlechtern.

Jemand schlug dreimal von außen gegen die Stahltür. Daraufhin wurde sie geöffnet, und der Entführer, dessen Gesicht sie in der Halle gesehen hatte, kam herein. Sie glaubte ihn zu erkennen, obwohl auch er jetzt eine Wollmaske trug, die nur die Augen und den Mund freigaben.

Für einen Moment war Corinna froh, dass sie nicht mehr mit dem Folterer allein war. Doch schon im nächsten Augenblick verschwand das Gefühl der Erleichterung.

»Sie hat mein Gesicht gesehen«, sagte der Riesenkerl.

»Sie wird nichts mehr aussagen können, wenn ich mit ihr fertig bin. Du kannst sie getrost mir überlassen.«

»Alles läuft nach Plan, verstanden? Wir machen jetzt die Aufnahme. Danach sehen wir weiter.«

»Ich brauche einen Arzt. Ich halte die Schmerzen nicht mehr aus.«

»Jammer nicht rum. Du hast es dir selbst zuzuschreiben. Jeder Fehler wird in unserem Job bestraft. Du bist schuld, dass sie mich gesehen hat. Also reiß dich gefälligst zusammen. Wir ziehn das Programm jetzt durch. Nimm ihr das Klebeband ab.«

22

Auch dieser Tag fing für Hauptkommissar Flottmann nicht gut an. Neele Rasmussen von der Streife kam ins Büro und baute sich vor Flottmanns Schreibtisch auf.

»Es liegt eine Ordnungswidrigkeitsmeldung wegen Lärmbelästigung gegen Sie vor, Herr Flottmann. Das ist eine üble Sache, die mit einem Bußgeld bis tausend Euro geahndet werden kann.« Er benutzte das Sie, um seiner Anschuldigung einen offiziellen Anstrich zu geben. »Die Kollegen waren gerade vor Ort. Der Nachbar hat sich über laute Stimmen in deiner Wohnung beschwert. Geht da eine Party ab, bei der du nicht eingeladen bist?«

Rasmussen war der Einzige, der über seinen Scherz lachte. Hilgersen vollführte eine halbe Drehung mit dem Schreibtischstuhl und beobachtete die Szene neugierig.

»Quatsch. Ihr habt euch in der Hausnummer geirrt. Das ist bestimmt nicht der erste Einsatz, bei dem euch das passiert.« Flottmann beugte sich wieder über das Gutachten der KTU, um sein Desinteresse in der Angelegenheit zu demonstrieren.

»Noch haben die Kollegen nicht die Haustür aufgebrochen. Sie hielten es für eine gute Idee, dich vorher zu informieren.«

Flottmann blickte verärgert auf. »Außer Bogomil ist niemand in der Wohnung.«

»Also macht dein Sohn den Lärm. Bogomil? Darf man sein Kind so nennen?«

»Das ist mein Kater, verdammt noch mal, und der spricht nicht!«

»Okay. Dann ist es wohl doch nicht deine Wohnung. Ich sag den Kollegen Bescheid, dass sie die Tür öffnen sollen.«

»Warte. Ich seh mal nach. Vielleicht sind Einbrecher im Haus.«

»Soll ich mitkommen? Einbrecher, die sich laut unterhalten, können gefährlich sein.« Hilgersen konnte sich nun ein Lachen nicht verkneifen.

Wortlos ging Flottmann an den beiden Männern vorbei. Seine Miene erzählte einen ganzen Roman.

Obwohl er keine zehn Minuten zu Fuß vor sich hatte, nahm er den Dienstwagen. Nach einer guten halben Stunde kam er zurück, setzte sich an seinen Schreibtisch und vertiefte sich in die Arbeit. Als er keine Anstalten machte, den Vorfall zu erklären, begann Hilgersen: »Alles klar, Waldemar?«

»Alles klar.«

Hilgersen wartete. Aber es kam nichts.

»Es war nicht deine Wohnung?«

»Doch.«

»Bogomil?«

»Ja.«

»Was?«

Flottmann sah von seiner Lektüre auf. Er ahnte, dass Hilgersen keine Ruhe geben würde. »Der Kater hat mit der Fernbedienung gespielt. Hat sie völlig zerbissen. Der Fernseher war auf Stand-by. Das Viech hat die Kiste eingeschaltet und die Lautstärke auf Maximum getrimmt. Als ich ankam, lag Bogomil unterm Bett.«

Jetzt platzte es aus Hilgersen heraus. Er klopfte sich wie immer in solchen Situationen kräftig auf die Schenkel. »Es hat sich vor Schreck verkrochen, das arme Tier.« Er konnte sich kaum beruhigen und schnappte nach Luft.

»Für den Polizeieinsatz kriegst du eine Rechnung. Das wird teuer«, sagte er mit ernster Stimme, nachdem er sich wieder gefasst hatte.

»Quatsch. Schließlich war Gefahr im Verzug.«

»Ich glaub nicht, dass das durchgeht.«

»Was ist mit dem Sohn des Toten?«, beendete Flottmann das unangenehme Thema.

»Wir sollen ihn vernehmen.«

»Nach der Schelte über unsere Ermittlungsmethoden wundert mich das.«

»Vermutlich hat der Hirsch an meine Sprachkenntnisse gedacht. Auf dem Land schnackt man Platt.«

»Als er den Wink mit dem Zaunpfahl gebracht hat, von wegen Geisterbeschwörer und so, hätte ich ihn abknallen können.«

»Die Schonzeit für Hirsche ist vorbei.«

»Was?«

»Dann Waidmannsheil. Die Jagdsaison hat am 1. September begonnen.«

»Echt? Woher weißt du das?«

»Ich hab einen Jagdschein.«

»Einen Jagdschein? Das hab ich mir doch gleich gedacht.«

»Wie meinst du das?«

Flottmann antwortete mit einem breiten Grinsen.

»Er wohnt südlich von Struckum, gleich hinter der Kömgrenze«, sagte Hilgersen während der Fahrt.

»Nördlich der Arlau, da, wo der gelbe Köm getrunken wird«, bemerkte Flottmann wie selbstverständlich.

Hilgersen blickte zu ihm hinüber. Fast hätte er den Bordstein traktiert, lenkte jedoch mit einer hektischen Bewegung gegen.

Flottmann hatte vor der Abfahrt auf Google Maps nachgesehen, wo der Ort Struckum lag, hatte ein wenig im Internet gesurft und war auf den Begriff »Kömgrenze« gestoßen. Sofort war ihm klar geworden, dass das Thema ein gefundenes Fressen für Hilgersen sein würde, um ihn ein weiteres Mal über die wichtigsten lokalen Gegebenheiten zu belehren.

»Den gelben, den geelen Köm trinkt man nördlich der Arlau, den weißen, den witten Köm südlich davon«, legte Flottmann nach. »So etwas Beklopptes spricht sich bis nach Bonn rum. Als wenn wir nicht genug Grenzen hätten.«

Hilgersen schwieg. Der Punkt ging eindeutig an den Kollegen.

»Der Sohn heißt Frank«, sagte er nach einer Weile, »unverheiratet, achtundzwanzig Jahre alt, arbeitet auf dem Hof des Alten und wohnt auch dort. Ich hab unseren Besuch angekündigt.«

Gegen elf Uhr erreichten sie ihr Ziel. Der Himmel war fast wolkenlos, die Sonne brannte heiß. Gleichzeitig kühlte ein leichter Wind und erzeugte ein Prickeln auf der Haut. Es wäre ein idealer Tag gewesen, um sich am Strand zu aalen, bevor die kalte Jahreszeit begann, dachte Flottmann.

Das reetgedeckte Haus mit rotem Mauerwerk, niedrigen Türen, in Rot und Weiß gestrichen, und kleinen Sprossenfenstern hätte als Motiv für eine kitschige Ansichtskarte herhalten können.

Die Geräusche aus den Stallungen bewiesen, dass hier noch Landwirtschaft betrieben wurde.

Frank Petersen lehnte am Hinterrad eines modernen Traktors. Er hatte beide Hände in den Taschen seines Overalls vergraben. In seinem Mundwinkel steckte eine selbst gedrehte Zigarette. Als die beiden Kommissare näher kamen, stellte er sich aufrecht und streckte den Männern die Hand entgegen.

»Frank Petersen. Ich hatte bereits vor einigen Tagen Besuch von Ihren Kollegen«, sagte Petersen in perfektem Hochdeutsch, ohne den Glimmstängel aus dem Mund zu nehmen.

Es schien so, als könnte Hilgersen seine Sprachkenntnisse nicht anwenden.

»Gustav Hilgersen. Wir haben telefoniert. Hauptkommissar Flottmann leitet die Untersuchung.«

»Ich denke, ein Herr Hofmann ...?«

»Ja, der auch.«

»Können wir uns irgendwo hinsetzen?«, fragte Flottmann.

»Drinnen ist es ungemütlich. Setzen wir uns auf die Bank?« Petersen nickte mit dem Kopf in Richtung des Eingangs, neben dem eine verzierte, weiß gestrichene Holzbank stand. Die drei Männer setzten sich nebeneinander. Hilgersen legte den Kopf in den Nacken und genoss die Sonnenstrahlen.

»Wie geht es Ihnen?«, begann Flottmann.

Petersen nahm einen kräftigen Zug und schnipste den Zigarettenstummel in weitem Bogen von sich. »Der Alte fehlt mir.«

»Sie haben sich gut verstanden?«

»Nicht immer. Wir hatten verschiedene Vorstellungen, was den Betrieb angeht. Ich denke, das ist normal. Er sträubte sich gegen jegliche Veränderung, wollte von Bio nichts wissen und schon gar nichts von Ferien auf dem Bauernhof und so ’m Gedöns, wie er immer sagte. Aber der Betrieb wirft kaum noch was ab. Zu den üblichen wetterbedingten Risiken macht uns seit Jahren der zunehmende Gänsefraß zu schaffen. Die Graugänse, Nonnengänse und Ringelgänse sind zu einer echten Plage geworden. Auch in diesem Jahr haben sie uns die komplette Wintergerste weggefressen. Mein Vater hat sich aus lauter Verzweiflung sogar eine aufblasbare Vogelscheuche aufschwatzen lassen, die per Gebläse in die Höhe schnellt und einen schrillen Ton von sich gibt. Alles sinnlos. Die Biester stört das gar nicht. Sie fressen nicht nur den Acker leer, sondern hinterlassen auch auf den Grünflächen so viel Dreck, dass unser Vieh dort nicht mehr weiden kann. Es ist eine Katastrophe. Entschädigungen gibt es bisher auch nicht dafür. Aber jetzt ist ohnehin alles ohne Bedeutung. Ich werde den Hof wohl aufgeben. Allein schaffe ich das alles nicht. Zur Erntezeit beschäftigen wir Aushilfen aus Polen. Aber bezahlbare Kräfte, die sich ganzjährig mit Landwirtschaft und Viehzucht auskennen, bekommt man nicht.«

»Sie sind nicht verheiratet?«

»Nein. Eine Frau zu finden, die das Leben hier mitmacht, ist noch schwieriger. Ich weiß einfach nicht, wie alles weitergehen soll. Ich hab nichts anderes gelernt als das hier.«

»Erzählen Sie uns bitte, was passiert ist«, bat Flottmann, der neben Petersen saß und seinen Kopf drehen musste, um dessen Mimik zu beobachten. In Befragungen saß er seinen Gesprächspartnern lieber gegenüber, um deren emotionale Regungen besser studieren zu können.

»Mein Vater war an jenem Donnerstag in der Stadt. Donnerstags ist Wochenmarkt in Husum. Ich könnte an einer Hand abzählen, wie oft er in den letzten Jahrzehnten diesen Termin nicht wahrgenommen hat.«

»Wo waren Sie?«

»Hier auf dem Hof natürlich. Auch den ganzen nächsten Tag.«

»Gibt es Zeugen dafür?«

»Nein. Ich war allein. Zurzeit beschäftigen wir keine Hilfskräfte.«

»Fuhr Ihr Vater mit dem Auto nach Husum?«

»Nein. Er nahm grundsätzlich den Bus. Bis zur Haltestelle ging er zu Fuß. Meistens kam er erst abends zurück. Nach dem Wochenmarkt hat er gerne noch ein paar Biere am Hafen getrunken. Als er um acht noch nicht zurück war, hab ich mir Sorgen gemacht. Zuerst dachte ich, er habe den Bus verpasst. Noch in der Nacht hab ich bei der Polizei angerufen. Ich hab auch die Krankenhäuser abtelefoniert. Mir wurde klar, dass etwas passiert sein musste. Aber dass ...« Petersen senkte den Kopf. »Am nächsten Morgen erhielt ich einen Anruf. Ein Mann mit verzerrter Stimme sagte, ich solle keine Polizei einschalten und ich würde weitere Anweisungen erhalten. Aber die Entführer haben sich nicht wieder gemeldet. Und dann kam die Nachricht, dass man ihn gefunden hat. Verdammt noch mal, weshalb haben sie ihn umgebracht? Ich hätte jeden Betrag bezahlt.«

»Wären Sie in der Lage gewesen, das Geld aufzubringen?«

»Ich mache die Buchführung und den ganzen Papierkram. Ich hab Zugang zu den Konten. Mein Vater besitzt kein Vermögen. Aber das Haus ist einiges wert. Die Bank hätte mir sicher das Geld gegeben.«

»Hat man Ihnen ein Video zugeschickt?«

»Ein Video? Nein, wieso?«

»Ist nicht wichtig.«

»Kann ich meinen Vater sehen?«

»Die Staatsanwaltschaft hat eine Obduktion angeordnet. Wir wissen noch nicht, wann er freigegeben wird. Wir sagen Ihnen aber Bescheid.«

»Mir wurde mitgeteilt, dass mein Vater erschossen wurde.«

»Das ist richtig. Aber die genauen Umstände kennen wir noch nicht. Es besteht der Verdacht, dass er einen der Täter erkannt hat. Deshalb müssen wir wissen, mit wem Ihr Vater Umgang hatte.«

»Er war ein Eigenbrötler. Im Dorf kennen ihn zumindest die älteren Leute noch. Sicher hat er auch in Husum mit dem einen oder anderen Kontakt gehabt. Aber da kann ich Ihnen nicht weiterhelfen. Er hat wenig erzählt. Ich muss mich jetzt dringend um das Vieh kümmern.«

»Ja, natürlich. Wir sind fertig, Herr Petersen. Falls noch Fragen auftauchen, werden wir Sie anrufen.«

Petersen nickte. Er stand auf und ging ohne ein weiteres Wort in Richtung der Stallungen.

»Er scheint echt fertig zu sein«, sagte Hilgersen, nachdem sie vom Hof gefahren waren.

»Ja. Kann man verstehen. Hattest du keine Fragen mehr?«

»Nee. Ich finde, du hast das gut gemacht. Einen Dolmetscher

brauchtest du ja leider nicht. Gehst du immer noch von der Theorie aus, dass der alte Petersen die Entführer erkannt hat?«

Flottmann zuckte mit den Schultern. »Für Theorien sind wir nicht mehr zuständig. Aber wenn Petersen jeden Donnerstag den Wochenmarkt in Husum besucht hat, kennt er wahrscheinlich alle Gemüsehändler dort. Der Kreis derjenigen, die ihn gesehen haben könnten, wäre schon von daher ziemlich groß.«

»Du warst wohl noch nie auf dem Markt?«

»Nein.«

»Das ist ein Fehler. Es ist der größte Wochenmarkt Nordfrieslands. Da gibt es nicht nur Gemüse und Fisch. Da kannst du Blumen kaufen, Gewürze, Fleisch und Käse. Hast du schon mal den Backensholzer Deichkäse probiert?«

»Nein.«

»Mann, dann weißt du gar nicht, was dich später im Paradies erwartet.«

»Ich bin Atheist. Ich komme in die Hölle. Da gibt es keinen Käse, nur Alkohol und lasterhafte Frauen, hab ich gehört. In jedem Fall sollten wir die Händler interviewen, ob Klas Petersen am fraglichen Tag gesehen wurde. Das machst du. Ich frag in den Hafenkneipen nach. Wie weit bist du eigentlich mit der Drohnensache?«

»Der Köhler von Wolters Messsystemen hat die Kundenliste geschickt. Soweit ich es einschätzen kann, gibt es hier in Norddeutschland sechs Abnehmer, die in unserem Fall in Frage kommen. Einer sitzt in Flensburg, Tobias Gersten GmbH, einer in Schleswig, drei in Kiel. Die Namen hab ich vergessen. Und einer in Bredstedt. Maler oder Mehler heißt die Firma.«

»Mehler? Jemand mit diesem Namen hat mich vor einiger Zeit angerufen. Der Geschäftsführer behauptete, er könne mir helfen, den Drohnentyp zu bestimmen, wenn ich ihm entsprechende Informationen an die Hand gäbe. Er wollte das Gewicht wissen, das damit transportiert wurde, die vermutliche Reichweite und einiges mehr. Er hat mir dann verschiedene Modelle genannt, die in unserem Fall in Frage kämen.«

»Du hast ihm Details über den Ablauf der Geldübergabe erzählt?« Hilgersen sah mit offenem Mund zu Flottmann hinüber.

»Irgendwelche Nachahmer oder Trittbrettfahrer können wir bestimmt nicht gebrauchen.«

»Ich war vorsichtig.«

»Na ja. Das Ganze ist sowieso nicht mehr unsere Sache«, sagte Hilgersen. »Das K1 kümmert sich jetzt um das Thema. Man hält uns vermutlich nicht für kompetent genug für diese technischen Dinge.«

»Stimmt ja auch. Ich besitze kein iPad, keine Mikrowelle und nicht einmal eine elektrische Zahnbürste.«

»Dafür einen Hightech-Fernseher, den sogar deine Katze bedienen kann.« Hilgersen lachte und grunzte dabei wie ein Schwein.

23

Am nächsten Morgen führte Hilgersen die Befragung der Händler auf dem Wochenmarkt durch. Tatsächlich kannten viele von ihnen Klas Petersen. Es hatte sich bereits herumgesprochen, dass er der Tote von der Halbmondwehle war. Die Presse hatte ausführlich darüber berichtet, ohne den Namen des Opfers zu nennen. Niemand hatte Petersen am Tag seines Verschwindens gesehen. Einige Händler bestätigten, dass er stets vorbeigeschaut und ein paar Worte mit ihnen gewechselt hatte. Hilgersen konnte somit schon bald ausschließen, dass Petersen auf dem Wochenmarkt gewesen war.

Er fand einen freien Platz vor dem Eiscafé Cortina und beobachtete das Treiben. Es gehörte eindeutig zu seinen dienstlichen Aufgaben, die Gewohnheiten und die Umwelt des Mordopfers zu studieren. Er bestellte ein großes Eis und einen Latte macchiato.

Auf dem Wochenmarkt traf sich ein repräsentativer Querschnitt der Bevölkerung, die Hausfrau mit schweren Einkaufstaschen, der Banker mit Schlips und Kragen, Rentner, die nach Sonderangeboten Ausschau hielten, und Touristen, die die einmalige Atmosphäre einatmeten. Ab und zu schnappte Hilgersen ein paar Worte aus dem Stimmengewirr auf, das sich aus Hoch- und Plattdeutsch sowie Dänisch und vereinzelt friesischen Dialekten zusammensetzte.

Er traute seinen Augen kaum. Gerade hatte er bezahlt, als er Flottmann in der vorbeiströmenden Menge erblickte. Er war sich sicher, dass er den Hauptkommissar mit einer Plastiktüte in der Hand gesehen hatte. In Höhe der Marienkirche holte Hilgersen ihn ein.

»Moin, Waldemar. Was treibst du hier? Dein Einsatz ist doch erst heute Nachmittag.«

»Mitarbeiter beobachten, aufpassen, dass sie nicht vor Eisdielen rumhocken und den lieben Gott einen guten Mann sein lassen.«

»Verstehe. Und du gehst während der Dienstzeit einkaufen?«

»Unsinn. Hab nur …«

»Lass mal gucken.«

Ehe Flottmann sich versah, griff Hilgersen nach der Plastiktüte. »Das gibt's doch nicht. Ein ganzer Laib Deichkäse vom Backensholzer Hof.«

»Ein Geschenk. Ich hab gehört, dass der gut sein soll.« Hilgersen grinste, sparte sich aber einen ironischen Kommentar. »Und was ist da noch drin?«

»Sag mal, spinnst du?« Flottmann riss ihm die Tüte aus der Hand. »Macht man das hier so, dass man anderen Leuten in die Einkaufstasche guckt?«

»Ja. Das ist eine alte norddeutsche Sitte. Wusstest du das nicht?«

»Könnte zu euch Fischköppen passen.«

»Sag mal.« Hilgersen kratzte sich am Kopf. »Bei den Recherchen in der Husumer Kneipenszene könntest du sicher einen Dolmetscher gebrauchen.«

»Nö. Ich hab herausgefunden, dass man hier ganz gut mit Hochdeutsch durchkommt.«

»Hm. Aber meine Lokalkenntnisse im doppelten Sinn des Wortes wären von unschätzbarem Wert für dich.«

Flottmanns grimmige Miene entspannte sich, und ein mildes Lächeln zeichnete sich ab. Er wiegte nachdenklich den Kopf. »In Ordnung.«

Der Himmel hatte sich auf typisch norddeutsche Weise innerhalb kurzer Zeit zugezogen, und Regentropfen fielen, als sie das erste Lokal am Hafen ansteuerten.

Hilgersen schaute mit fachmännischem Blick nach oben. »Das gibt nicht viel. Wir können uns unter die Sonnenschirme setzen.«

»Ein norddeutsches Urgestein wie du kennt sich natürlich auch mit dem Wetter aus.«

»Klar. Im Zweifelsfall helfen unsere Bauernregeln: ›Rieselt nur ein kurzer Schauer, ist der Regen nicht von Dauer.‹«

»Wirklich sehr hilfreich.«

Die beiden setzten sich und bestellten jeder ein Flensburger Pils. Flottmann zog ein Foto aus der Gesäßtasche und zeigte es der Bedienung.

»Kennen Sie diesen Mann?«

Die Blondine nahm das Foto in die Hand. »Seinen Namen kenne ich nicht. Aber gesehen habe ich ihn oft hier. Er trank meistens nur ein Bier. Gegessen hat er nie etwas.«

»War er allein? Hat er sich mit anderen Gästen unterhalten?«

»Er saß meistens allein am Tisch. Ob er mit anderen gesprochen hat, weiß ich nicht.« Sie legte das Bild auf den Tisch.

»Wissen Sie, ob er letzten Donnerstag hier war?«

»Ich kann mich nicht erinnern. Sie sehen ja, was hier los ist«, erwiderte sie und ging.

Das nächste Lokal lag keine zehn Schritte entfernt. Auch hier bestellten sie ein Flensburger.

»Meinst du, dass wir die Zeche als Spesen abrechnen können?«, fragte Hilgersen.

»Kannst es ja versuchen«, lachte Flottmann und ließ das kühle Bier durch die Kehle rinnen.

Er blickte zum Binnenhafen. Es war Hochwasser, und das historische Segelschiff »Ronja« wartete darauf, dass die Fußgängerbrücke hochgezogen wurde. Plötzlich erhielt er einen Schlag auf die Schulter.

»Mensch, Waldemar. Wo geiht?« Kein anderer als Winfried Paulsen war an den Tisch herangetreten.

»Hallo, Winfried. Was macht der Ischias?«

»Gestern hat's mich wieder so richtig erwischt. Ich ...«

Flottmann unterbrach ihn. Er hatte die Frage aus reiner Höflichkeit gestellt. »Winnie«, sagte er in vertrautem Tonfall. »Wir müssen leider los. Wir sehen uns demnächst mal wieder abends zu einem Schnack beim Bier. Okay?«

»Okay.« Winfried Paulsen verabschiedete sich mit einem Handzeichen und trottete davon.

»Du scheinst ja langsam in Norddeutschland anzukommen. Der Deichkäse, eine Kneipenfreundschaft mit einem Husumer Original, und demnächst kommt vielleicht ein Sprachkurs in Plattdeutsch oder Friesisch.«

»Rein berufliches Interesse. Ich muss mich in die Mentalität der Fischköppe hineinversetzen können.«

»Verstehe.«

»Was hat er mit ›Wo geiht‹ gemeint?«

»Das ist die Kurzform von ›Wo geiht di dat?‹, ›Wie geht es dir?‹. Du weißt ja, dass wir uns hier im Norden gerne kurz und präzise ausdrücken und keine Büttenreden halten.«

Hilgersen hatte recht behalten. Die Regenwolken waren vom Wind vertrieben worden, und die Sonne schien als wäre nichts gewesen.

Die Befragung wurde von Lokal zu Lokal anstrengender. An die vielen Kilokalorien mochte Flottmann gar nicht denken. Immerhin waren sich die beiden gegen Abend sicher, dass Klas Petersen am Tage seines Verschwindens weder auf dem Wochenmarkt noch am Hafen gesehen worden war. Vermutlich war er bereits auf dem Weg zur Bushaltestelle entführt worden.

Sie schlenderten Richtung Rathaus, wo sich ihre Wege trennten.

»Sag schon, was noch drin ist.« Hilgersen zeigte auf den Einkaufsbeutel. Die Folgen der »Lokal-Recherche« waren ihm anzumerken. »Ich muss das wissen. Sonst kann ich heute Nacht nicht schlafen.«

»Gebäck«, antwortete Flottmann, damit der Kollege Ruhe gab. »Kannst ein Teilchen als Proviant mitnehmen.« Er brachte eine Papiertüte hervor, entnahm ein Exemplar und überreichte es Hilgersen. »Sehen wie geschrumpfte Berliner aus.«

»Mensch, dat glöv ik nich. Dat sünd ja Futjes – um diese Jahreszeit. Die haben wir als Kinder immer beim Rummelpottlaufen zu Silvester gekriegt.« Er verschlang das Geschenk in einem Stück und nahm sich sofort eine weitere mit Puderzucker bestäubte Kugel. »Wir haben uns dann verkleidet und sind von Haustür zu Haustür gezogen. Da gab es Futjes und Süßigkeiten, und die Erwachsenen bekamen einen Schnaps. Den Brauch gibt es heute noch in einigen Gegenden. Unser größter Spaß an Silvester war, wenn wir in der Nachbarschaft die Gartenpforten aushakten und vertauschten. Das sorgte am nächsten Tag für ein reges Treiben in der Straße. Mann, is dat lang her.«

Hilgersen griff ein weiteres Mal in die Tüte. Dann klopfte er Flottmann zum Abschied auf die Schulter und steuerte laut singend heimwärts. Noch hinter dem Schifffahrtsmuseum war er zu hören:

»Rummel, rummel, ruttje, kreg ik noch en Futtje? Kreg ik een, so blev ik stohn, kreg ik twee, so will ik gohn. Kreg ik dree, so wünsch ik Glück, dat de Osche mit de Futtjes dür de Schosteen flüch. Dat ole Johr, dat nie Johr, Mudder, wann sünd de Futtjes gor? Een Hus wider, dor wohnt de Schnider, een Hus davör wohnt de Frisör, een Hus achter ...«

24

Als Kristin anrief, wusste Gerber sofort, dass etwas Schreckliches passiert war. Vielleicht verrieten es ihm die etwas zu lange Pause nach dem Abheben, ihre Atemgeräusche oder einfach nur ein unbegründbares Gefühl. »Michael ist tot«, waren ihre ersten Worte. Danach war es still. Jedenfalls hörte er nichts mehr. Sein Gehirn schien für Sekunden sämtliche äußeren Signale auszublenden, und sein Verstand weigerte sich, den Sinn der Worte zu erfassen. »Leon.« Ihre Stimme klang fremd, wie aus einer anderen Welt. Fast hätte er den Hörer aufgelegt. Die Nachricht war absurd. Sie war falsch und musste gelöscht werden, wie eine fehlerhafte Verszeile.

»Das ist nicht wahr«, raunte er.

»Ein Autounfall. Die Polizei ...«

»Ich komme zu dir.«

»Nein, Leon. Mein Bruder und Robert sind bei mir. Sicher brauche ich später deine Hilfe. Ich ruf dich an.« Sie legte auf.

Gerber sank in seinem Schreibtischstuhl zusammen. Die LEDs des Mischpults verschwammen. Lange bunte Schlieren bewegten sich auf ihn zu. Mit dem Handrücken wischte er sich die Tränen aus den Augen. »Mikel ist tot. Mikel ist tot.« Er musste es aussprechen, damit es in sein Bewusstsein vordringen konnte. Am liebsten hätte er es hinausgeschrien. Die Traurigkeit wandelte sich in Wut. Wut auf die Ungerechtigkeiten dieser Welt, das Schicksal – auf sich selbst. Er hatte fest vorgehabt, mit seinem Freund zu reden, bei nächster Gelegenheit. Er hatte ihn nicht bedrängen wollen, wollte auf einen günstigen Zeitpunkt warten. Jetzt war es zu spät.

Er wusste nicht, wie lange er die Schieberegler des Mischpults traktiert hatte, als könne er damit etwas korrigieren. Aber das Geschehene ließ sich nicht umgestalten, nicht im Nachhinein verbessern. Für das Leben gab es keinen Equalizer. Es spielte sich in Echtzeit ab, und jeder Fehler pflanzte sich in die Zukunft fort. Gnadenlos.

»Spuren, die verblassen«. Die Platte lag vor ihm auf der Lautsprecherbox. Der Titel erhielt nun eine besondere Bedeutung, vielleicht die, die Michael vorgesehen hatte. Gerber setzte sich und schob die CD ins Laufwerk. Mehr als ein Dutzend Mal hatte er sie bereits gehört.

Die Musik wirkte jetzt, als würde sein toter Freund zu ihm sprechen. Erneut stolperte Gerber über die geheimnisvolle Textzeile. War eine Nachricht darin versteckt, eine Botschaft oder gar eine Prophezeiung dessen, was jetzt passiert war? Nein. Das war unmöglich. Niemand konnte seinen eigenen Tod vorhersehen, jedenfalls nicht, wenn er durch einen Verkehrsunfall verursacht wurde. Aber wenn Michael ... Gerber verdrängte den Gedanken, der sich in seinem Kopf festsetzen wollte.

Die nächsten Tage verbrachte er mit sinnlosen Dingen und Routinearbeiten. Er strich den Gartenzaun, räumte den Keller auf und bastelte an seinem Daimler herum. An kreatives Arbeiten war nicht zu denken. Einen Termin im Hamburger Tonstudio sagte er ab.

Zwei Tage vor der Beerdigung rief Kristin ihn wieder an. Ihre Stimme klang fest, so als habe sie ihre Gefühle im Griff. Aber ihn konnte sie nicht täuschen.

»Ich habe eine große Bitte, Leon. Ich möchte, dass du auf der Beerdigung etwas auf der Gitarre spielst, für Michael, für Robert und mich und für die Trauergäste. Wie du weißt, hielt Michael nichts von Religion und Kirche. Wir haben auch keinen Trauerredner bestellt. Ich bin sicher, dass du mit deiner Gitarre die richtigen Worte finden wirst. Willst du das für uns tun?«

»Ich weiß nicht, ob ich das kann.«

»Du bist der Einzige, der dafür in Frage kommt, Leon. Und du kannst es.«

Gerber schluckte. Ihm war klar, dass er Kristin diesen Wunsch nicht abschlagen konnte.

»Ja. Natürlich mach ich das.«

Als das Gespräch beendet war, ging Gerber ins Tonstudio. Er hatte das Gefühl, er müsste etwas ganz Besonderes für seinen Freund komponieren. Aber sosehr er sich auch bemühte, er fand nicht die richtigen Worte und nicht die passende Melodie. Am nächsten Tag unternahm er einen weiteren vergeblichen Versuch. Nichts wollte gelingen.

Michael hatte Kristin gegenüber einmal davon gesprochen, dass er nach seinem Tod in einem Wald begraben werden wollte. Sie und ihr Sohn Robert hatten in Begleitung des Försters eine Grabstelle im Ostenfelder Eichen- und Buchenwald ausgesucht. Vor der Beisetzung versammelten sich die Gäste an einer Andachtsstätte, einer Lichtung, auf der vier rustikale Holzbänke standen. Auf Kristins Wunsch trug niemand von ihnen Trauerkleidung, und die Herbstsonne spendete etwas Wärme und Zuversicht.

Gerber kannte nur wenige der etwa zwanzig Freunde und Verwandten. Nachdem alle Platz genommen hatten, nahm er seine Gitarre zur Hand. Er hatte sich lediglich eine ungefähre Harmoniefolge überlegt. Einen Text hatte er nicht. Die Stille, die Natur und die Stimmung bestimmten ohne sein Zutun das Spiel und transportierten, was er empfand und was er zu sagen hatte. Die Saiten verschwammen vor seinen Augen. Nur noch die inneren Bilder und der Klang der Gitarre drangen ins Bewusstsein. Er hatte plötzlich das Gefühl, Michael ganz nahe zu sein, glaubte für einen Moment eine Resonanz mit einer transzendenten Ebene zu spüren, in der sein Freund anwesend war.

Nachdem der letzte Ton verklungen war, stand Gerber auf und packte die Gitarre in den Koffer. Kristin kam auf ihn zu und umarmte ihn. Sie brauchten keine Worte zu wechseln. Sie verstand, dass er jetzt gehen musste. Auch Robert Mehler drückte ihn kurz und herzlich.

»Danke«, sagte er leise. »Ein größeres Abschiedsgeschenk konntest du ihm und uns nicht bereiten.«

Einige Tage später meldete sich Kristin und bat ihn, zu kommen. Nun könne sie seine Hilfe brauchen. Er fuhr sofort los.

Bootsmann begrüßte ihn überschwänglich.

»Er vermisst Michael«, sagte Kristin, während sie Gerber umarmte. »*Wir* vermissen ihn«, korrigierte sie.

Sie hatte den Tisch im Esszimmer gedeckt. Ein selbst gebackener Kuchen, Kaffee und kunstvoll gefaltete Servietten verrieten den Versuch, ein Stück Normalität herzustellen. Ein vergeblicher Versuch nach solch kurzer Zeit.

»Dein Bruder und Robert?«

»Sie haben sich um mich gekümmert, besonders Robert. Gestern hab ich beide weggeschickt. Ich muss versuchen, allein klarzukommen. Aber sie sind da, wenn ich sie brauche.«

»Genauso wie ich, Kristin.«

»Ich weiß.« Ein Lächeln glitt über ihre Lippen. Sie goss Kaffee ein und verteilte Streuselkuchen auf die Teller. »Michael war auf dem Weg nach Kiel. Er hatte dort am Abend einen Auftritt. Kurz vor Eckernförde ist es passiert. In einer Kurve hat er die Kontrolle über den Wagen verloren. Er fuhr zu schnell und war nicht angeschnallt. Das passt überhaupt nicht zu ihm. Das Konzert sollte erst um halb neun anfangen. Er hatte überhaupt keinen Grund zur Eile, und er hat sich immer angeschnallt. Ich verstehe das nicht. Nach Angaben der Polizei war niemand anders am Unfall beteiligt.« Sie schüttelte den Kopf und versuchte ihre Tränen zu unterdrücken. »Er war so anders in den letzten Monaten. Du hast es ja selbst erlebt. Glaubst du, dass er …?«

»Dass er absichtlich …?« Auch Gerber wagte den Satz nicht zu beenden. »Nein. – Hattet ihr finanzielle Probleme?«

»Ja. Immer mal wieder. Michael hat versucht, das vor mir zu verbergen. Ich hab mich nie um unsere Geldangelegenheiten gekümmert. Die waren sein Part unserer Arbeitsteilung. Immer, wenn ich nachfragte, hat er behauptet, es sei alles in Ordnung. Außerdem würden die Tantiemen für seine neue CD bald eintreffen. Ich solle mir keine Sorgen machen. Hab ich aber doch. Und ich hab darauf gewartet, dass er mit mir redet, verdammt noch mal.« Bei den letzten Worten wurde sie laut, als wollte sie, dass Michael ihren Vorwurf hörte.

»Dann waren Geldsorgen die Ursache für seine Stimmungsschwankungen?«

»Ich wüsste keinen anderen Grund. Mit unserer Ehe war alles in Ordnung. Natürlich gab es ab und zu ein paar Streitereien über unwichtige Dinge. Sachen, die mir jetzt gänzlich belanglos erscheinen. Weißt du, hinterher fällt einem das Wichtige ein, das man noch sagen wollte. Immer glaubt man, man könne das morgen tun oder bei einer passenden Gelegenheit. Das macht mir jetzt, da es zu spät ist, besonders zu schaffen.«

Gerber wusste nur zu gut, was Kristin meinte. Er selbst kam nicht mit der Vorstellung klar, dass er die Katastrophe vielleicht hätte verhindern können, wenn er rechtzeitig mit Michael geredet hätte. Er hoffte, dass sich herausstellen würde, dass sein Tod ein Unfall war. Das wäre für Kristin und für ihn eine Erleichterung. Ein Unfall hatte etwas von Schicksal, das man nicht beeinflussen konnte und woran niemand Schuld hatte.

»Wirst du einigermaßen klarkommen? Ich meine, finanziell.«

»Robert hat angeboten, mir zu helfen. Seine Geschäfte laufen gut. Aber ich will das nicht. Michael und ich hatten eine Lebensversicherung auf Gegenseitigkeit. Wir mussten sie damals abschließen, als wir das Haus bauten. Ich hoffe, dass die Versicherung zahlen wird. Sonst weiß ich nicht, wie alles weitergehen soll. Ich müsste das Haus verkaufen. Aber vielleicht wäre es sowieso besser. Hier erinnert mich alles an ihn. Leon, seit dem Unfall bin ich nicht im Tonstudio gewesen. Das war sein Reich. Dort war er glücklich. Könntest du bitte einmal im Keller nachsehen? Vielleicht gibt es dort irgendetwas, das mit seiner Musik zu tun hat und was noch zu erledigen ist, Verträge, Rechnungen oder Sachen, mit denen du etwas anfangen kannst, CDs, Noten, Aufnahmen, was auch immer.«

Gerber nickte. »Klar. Mach ich. Im Keller befinden sich einige Wertsachen. Wenn du willst, kann ich grob abschätzen, was ein Verkauf bringen würde.«

»Das wäre lieb, Leon. Die Sachen haben jetzt keine Bedeutung mehr.«

Sie kniff die Augen zusammen, und Tränen quollen unter den Lidern hervor.

Es fiel Gerber schwer, die Kellerräume zu betreten. Das Tonstudio wirkte, als hätte Michael nur kurz den Raum verlassen, um eine Zigarette zu rauchen oder einen Kaffee zu kochen. Lediglich ein verwaister Gitarrenständer wies darauf hin, dass der Künstler unterwegs war, vielleicht zu einem Konzert in einer Kirche oder einer Kneipe. Gerber setzte sich auf den Drehstuhl vor dem Mischpult. Von hier aus war der Rollladenschrank zu erreichen, in dem Michael seine Unterlagen aufbewahrt hatte. In den beiden oberen Fächern befanden sich Kästen mit Master-CDs, Sicherungskopien und Rohlingen, in den mittleren Elektronikzubehör, Kabel, Stecker, Mikrofone.

Auf der untersten Etage standen einige Ordner mit der Beschriftung »Steuer« und einer Jahreszahl. Daneben stapelten sich Papiere und verschiedenfarbige Mappen. Gerber war es unangenehm, in den Sachen seines Freundes zu kramen. Er nahm die obersten Schriftstücke in die Hand und las quer über Absender und Inhalt. Er fand nichts, was noch auf eine Erledigung wartete. Als Nächstes nahm er sich die Inhalte der Mappen vor. Es handelte sich um Rechnungen, die mit »bezahlt« markiert waren, Schriftverkehr mit seinem Produzenten, mit einer Bank, bei der es um einen Dispokredit ging, sowie handschriftliche Notizen und Ideenskizzen.

Als Gerber einen der Leitz-Ordner herauszog, fielen mehrere Hundert-Euro-Scheine zu Boden. Nachdem er alle Ordner ausgeräumt hatte, entdeckte er weitere Geldscheine. Insgesamt zählte er dreitausendzweihundert Euro. Er fand einen A4-Briefumschlag, packte alles hinein und verließ das Tonstudio. Kristin saß am Esstisch. Gerber setzte sich zu ihr.

»Keine unbezahlten Rechnungen und nichts anderes, was erledigt werden muss. Aber das hier hab ich gefunden.« Er legte den Umschlag auf den Tisch. »Da sind etwas über dreitausend Euro drin. Sie lagen in einem Schrank, hinter Aktenordnern.«

Sie schüttelte den Kopf. »So viel Bargeld? Woher kommt das? Ich verstehe das nicht. Glaubst du, dass Michael in irgendwelche krummen Geschäfte verwickelt war?«

»Nein, Kristin. Das traue ich ihm absolut nicht zu. Ich könnte mir höchstens vorstellen, dass er das Honorar für den einen oder anderen Auftritt an der Steuer vorbei bar kassiert hat. So mancher Kneipenwirt führt eine schwarze Kasse, mit der er gerne solche Ausgaben bezahlt. Natürlich ist das ungesetzlich. Aber darüber würde ich mir keine Gedanken machen.«

»Michael hat Geheimnisse vor mir gehabt. Das ist es, was mich beschäftigt und kränkt.«

Gerber nickte verständnisvoll.

»Ich habe grob überschlagen, was Michaels Instrumente und das Equipment einbringen könnten. Ich denke, das Ganze wird zwanzig- bis fünfundzwanzigtausend Euro auf dem Gebrauchtmarkt wert sein. Manche Sachen wie der Computer lassen sich allerdings nur schwer verkaufen beziehungsweise bringen kaum etwas ein.«

»Würdest du das für mich erledigen?«

»Ja, natürlich.«

»Ich könnte auch Robert bitten. Aber du weißt am besten, was die Sachen wert sind und wie man Interessenten findet.«

»Ich werde mich darum kümmern.«

»Es hat Zeit, Leon. Ich käme mir sowieso im Moment schäbig vor, wenn ich seine Gitarren, die ihm so viel bedeutet haben, verscherbeln würde.«

25

Als Gerber zu Hause angekommen war, spielte er Michaels CD zum x-ten Mal ab. Michael hatte es wie kaum ein anderer verstanden, die Gefühle des Hörers anzusprechen. Vielleicht interpretierte Gerber die Musik in seiner jetzigen Stimmung auf ganz besondere Weise. Wieder stolperte er über die spezielle Textzeile im Titelsong.

»Backmasking!«, schoss es ihm plötzlich durch den Kopf. Er sprang auf und lief einige Male im Studio auf und ab, als müsste er sich beruhigen. Warum war er nicht früher darauf gekommen? Er setzte sich wieder ans Mischpult, startete den Audioeditor und importierte die Musikdatei in das Programm. Er erinnerte sich, dass er einmal mit Michael über das Phänomen der Rückwärtsbotschaften diskutiert hatte.

John Lennon galt als Erfinder der Methode. Spielte man den Song »Rain« der Beatles rückwärts ab, so hörte man John singen: »When the rain comes, they run and hide their heads.« Neben solchen beabsichtigten Einspielungen gab es zahlreiche, von Verschwörungstheoretikern aufgedeckte angebliche Botschaften wie in »Stairway to Heaven« von Led Zeppelin oder in »Hotel California« von The Eagles.

Hatte Michael ebenfalls eine Nachricht in seinem Song versteckt? Zuzutrauen wäre es ihm. Dann ergäbe die merkwürdige Textzeile, deren Bedeutung Gerber nicht verstand, vielleicht einen Sinn. Gerbers Puls fing an zu rasen. Zunächst war beim Rückwärtsabspielen nur ein unverständliches Kauderwelsch zu hören. Doch am Ende der zweiten Strophe folgten Worte, die ihm den Boden unter den Füßen wegrissen: »Das sind meine letzten Spuren. Ich muss gehen, lieber Freund.«

Gerber musste die Passage nicht ein zweites Mal abspielen, um zu verstehen. Michaels Nachricht war eindeutig an ihn gerichtet. Sein Freund hatte genau gewusst, dass niemand anders sie finden und verstehen würde. Er hatte sogar damit rechnen müssen, dass sie ewig unentdeckt bleiben könnte. Allein das Verfassen der Botschaft musste ihm Erleichterung verschafft haben. Gerber glaubte, das zu verstehen. Vielleicht hätte er in Michaels Situation den gleichen Weg gewählt. Es gab einen Unterschied, ob man etwas für sich behielt oder es der Nachwelt hinterließ, wenn auch in verschlüsselter Form.

Am selben Tag rief Kristin an. Gerber hatte größte Schwierigkeiten, sich nichts anmerken zu lassen. Keinesfalls durfte sie erfahren, was er herausgefunden hatte. Sie würde keinen weiteren Kummer verkraften können.

»Hallo, Kristin. Wie geht es dir?«

»Mal schlecht, mal besser, Leon. Meinst du, dass die Zeit alle Wunden heilt?«

»Nein. Das glaube ich nicht.«

»Ich auch nicht.«

»Aber man lernt, mit den Wunden zu leben.«

»Ja. Vielleicht. Ich rufe dich an, weil ich noch einmal deine Hilfe brauche. Ich habe den Computer im Keller eingeschaltet und Michaels E-Mails gelesen, um einigen Absendern mitzuteilen, dass ... dass er nicht mehr erreichbar ist. Es hätten ja wichtige Termine anliegen können. Dabei bin ich auf einen Ordner gestoßen, der merkwürdige technische Skizzen und Tabellen enthält. Könntest du sie dir einmal ansehen?«

»Natürlich. Kannst du sie mir als Anhang schicken?«

»Weißt du, ich verstehe nichts von solchen Dingen, und ich habe auch keine Energie, um mich damit zu beschäftigen. Wäre es möglich, dass ich dir den Computer vorbeibringe? Auf der Festplatte sind sicher viele Sachen, die mit seiner Musik zu tun haben. Es wäre mir lieb, wenn du sie einmal durchsehen würdest.«

»Kein Problem, ich hole den Rechner bei dir ab.«

»Ich bring ihn dir vorbei. Es tut mir gut, wenn ich mal rauskomme. Passt es dir heute?«

»Klar. Komm, wann du willst. Ich bin zu Hause.«

»Dann mache ich mich sofort auf den Weg. Bis gleich, Leon.« Sie legte auf.

Eine halbe Stunde später stand Kristin mit dem Computer in der Tür. Sie hatte ihn in eine Reisetasche gepackt.

»Das Ding ist schwerer, als ich dachte«, sagte sie, stellte die Tasche im Flur ab und schob sie mit dem Fuß zur Seite.

Gerber bemerkte bereits während der Umarmung, dass es ihm schwer werden würde, sich Kristin gegenüber unvoreingenommen zu verhalten. Er war ein miserabler Lügner und konnte seine Gefühle nur schwer verbergen. Dazu kam, dass er ihr Vertrauen nicht missbrauchen wollte.

»Ich hab deine kleine Freundin draußen getroffen«, sagte Kristin, als sie im Wohnzimmer Platz genommen hatten. »Sie hat mich gefragt, wer ich bin.«

»Das war Sophia, nehme ich an.«

»Ja. Sie hat mir ihren Namen genannt. Ich glaube, sie ist eifersüchtig.«

Gerber lachte. »Sie ist die Tochter einer Nachbarin und ist tatsächlich meine kleine Freundin.«

»Leon. Es wäre wirklich eine große Erleichterung für mich, wenn du den Computer durchforsten könntest. Außer Robert und dir habe ich niemanden, den ich darum bitten könnte und dem ich vollständig vertraue.«

Gerber nickte. Er hatte keine Ahnung, was die Zeichnungen und Tabellen, die Kristin erwähnt hatte, bedeuten könnten, hoffte aber, dass sie nichts mit der versteckten Botschaft zu tun hatten. Wäre das doch der Fall, könnte er ihr nicht länger verheimlichen, dass Michael seinen Tod vorausgesehen oder womöglich selbst herbeigeführt hatte.

»Die Tastatur, den Bildschirm und die Maus habe ich nicht mitgebracht.«

»Das ist kein Problem. Ich werde ein paar Tage brauchen, um die ganze Festplatte durchzuforsten.«

»Es eilt nicht. Nichts eilt mehr.«

Er ergriff ihre Hand und drückte sie fest. »Du schaffst das. Was du jetzt noch für Michael tun kannst, ist, dass du ins Leben zurückkehrst.«

Gerber ertappte sich dabei, dass er wie ein trostspendender Pastor redete. Er hatte nicht gelernt, mit solchen Situationen umzugehen und über Probleme zu reden, über eigene schon gar nicht. Deshalb war er froh, als sich Kristin verabschiedete.

Vielleicht hatte sie seine Unsicherheit und sein Unwohlsein bemerkt.

»Ich melde mich«, versprach er zum Abschied.

So schnell wächst kein Gras, dachte Gerber, als er den Motormäher des Nachbarn vernahm. Es waren erst gefühlte zwei Tage seit dem letzten Schnitt vergangen. Der eigene Rasen, der zugegebenermaßen weitgehend aus Moos bestand, verlangte maximal einmal im Monat nach einer Behandlung mit einem Elektromäher.

Gerber hatte Michaels Rechner im Arbeitszimmer aufgebaut. Den kleinen Raum, dessen Fenster zur Straßenseite zeigte, nutzte er nur selten, lediglich für gelegentliche Schreibarbeiten oder die jährliche Steuererklärung. Für solche Zwecke benutzte er einen ausrangierten Computer, der für die anspruchsvolle Audiobearbeitung nicht mehr einsatzfähig war. Bildschirm, Maus und Tastatur schloss er an Michaels Rechner an und startete das Gerät.

Das Betriebssystem verlangte nach einem Passwort. Kurz überlegte er, ob er Kristin anrufen sollte, tippte aber stattdessen ihren Namen ein, was prompt zum Erfolg führte. Systematisch durchforstete er einen Dateiordner nach dem anderen, um sich einen Überblick zu verschaffen. Anschließend wollte er sich die Dokumente genauer ansehen.

Es dauerte nicht lange, bis er auf den Ordner stieß, den Kristin gemeint haben musste. Die technischen Zeichnungen zeigten Details unterschiedlicher Quadrocopter-Modelle und waren mit handschriftlichen Bemerkungen versehen, die nur zum Teil lesbar waren und nicht von Michael stammen konnten. Gerber kannte die Handschrift seines Freundes. Sie sah völlig anders aus.

Aber was hatte Michael mit diesen Drohnen zu tun? Gerber musste unwillkürlich an die Entführungsfälle denken. Die Presse hatte über die ungewöhnliche Geldübergabe berichtet. Er dachte an das Bargeld im Keller – Unsinn! Er musste über sich selbst lachen. Ein Zusammenhang war völlig absurd. Er rief eine Tabelle auf, die im selben Verzeichnis abgelegt war. Was die zeigte, brachte ihn ins Grübeln. In der linken Spalte gab es Einträge: maximale Nutzlast, Flugzeit, Flugradius, Windstabilität, Akkulaufzeit, Autopilot, GPS, Kompass, offene Schnittstelle, SDK (Software Development Kit) …

In weiteren Spalten wurden die zugehörigen Daten aufgeführt. Offensichtlich sollte das Ganze ein Vergleich zwischen verschiedenen Modellen darstellen. Merkwürdigerweise waren diese im Tabellenkopf lediglich mit A und B benannt. Gerber hatte keine Ahnung, was das alles zu bedeuten hatte. Bevor er den Computer ausschaltete, rief er den Papierkorb auf und sortierte den Inhalt nach dem Datum.

Ein Dokument erregte sofort seine Aufmerksamkeit. Es war zwei Wochen vor Michaels Tod angelegt worden und bestand aus mehreren Links, die auf verschiedene Pressemeldungen verwiesen. Alle handelten von der Entführung des jungen Mädchens, das an der Halbmondwehle aufgefunden worden war. Gerber klickte die Adressen nacheinander an. Die Artikel berichteten unter anderem über die Geldübergabe mit der Drohne und über eine »Misshandlung« der Geisel, verschwiegen jedoch Einzelheiten. Auch das Erpresservideo wurde nicht erwähnt. Gerber fiel nur ein Grund ein, warum Michael die Pressemeldungen gesammelt haben könnte.

26

Gerber musste unbedingt mit Robert Mehler sprechen, bevor er
die Polizei einschaltete. Er hoffte, dass es eine harmlose Erklärung
für alles gab. Er kannte ihn seit dessen Kindheit. Niemals hätte sich
Mehlers Sohn an solch brutalen Verbrechen beteiligt.

Seine Softwarefirma, die er direkt nach dem Abschluss des
Ingenieurstudiums gegründet hatte, befand sich in einem Haus
am Rande der Kleinstadt Bredstedt. Es machte zwar von außen
einen renovierungsbedürftigen Eindruck, aber das Büro war pas-
sabel eingerichtet. Die privaten Räume, die sich im Ostflügel
des L-förmigen Gebäudes befanden, kannte Gerber nicht. Dort
wohnte Mehler zusammen mit einer Lebensgefährtin, die bei
einem Versicherungsunternehmen beschäftigt war. Für 'nen Appel
und 'n Ei habe er das Haus mit dem Fast-Tausend-Quadratmeter-
Grundstück erworben, hatte Robert Mehler einmal erzählt. Vermutlich hatten sich seine Eltern an der Finanzierung beteiligt,
bevor Michael seinen Job verloren hatte. Dass Michael zum Schluss
auf die Unterstützung seines Sohnes angewiesen war, musste ihm
so peinlich gewesen sein, dass er es vor Kristin verheimlicht hatte.
Gerber hatte Mehler angerufen und seinen Besuch angekündigt.
Er wolle ein paar Einzelheiten mit ihm besprechen, wegen der
Sachen im Keller, die er verkaufen sollte, und anderer Dinge.

Am Eingang prangte ein Messingschild mit der Aufschrift
»RMS – Robert Mehler Software«. Die Tür führte direkt in einen
Raum, der mit einem Dutzend Rechnern ausgestattet war. An
einem Bildschirm saß ein junger Typ in Jeans und einem T-Shirt
mit der Aufschrift »warning: hacker inside«. Er beachtete Gerber
nicht. Seine Finger hasteten geräuschvoll über die Tastatur. Ab
und zu strich er sich über den Bürstenschnitt und murmelte etwas
Unverständliches.

»Moin«, grüßte Gerber.

Als er keine Antwort erhielt, ging er weiter Richtung Mehlers
Büroraum.

»Ist nicht da, kommt gleich.« Der Mitarbeiter hatte aufgehört, die Tastatur zu bearbeiten, und starrte gebannt auf den Bildschirm. Dabei hatte er die Hände gefaltet, als würde er beten. »Wow!«, rief er plötzlich aus und lehnte sich zufrieden zurück. »Guck dir das an!« Die Aufforderung nahm Gerber wörtlich und setzte sich dazu. »Leon«, stellte er sich vor.

»John.«

Gerber sah nichts weiter als Zahlenreihen über den Bildschirm laufen und hatte keine Ahnung, was so faszinierend daran sein sollte.

»Bis fünfzehn Komma zwei Meter pro Sekunde absolut stabil.«

»Was ist stabil?«

»Die Flugeigenschaften. Selbst bei solchen Windgeschwindigkeiten.«

»Flugeigenschaften von was?«

»Von unserem Modellcopter natürlich. Das ist ein Simulationsprogramm, um das Flugverhalten in Abhängigkeit verschiedener Parameter, zum Beispiel Windstärke und -richtung, zu testen. Der Wind wird mit Hilfe des Simplex-Noise-Algorithmus nachgebildet. Man kann mit dem Programm Propelleranzahl, Neigungswinkel und so weiter optimieren. Pass auf.« Er stoppte die Zahlenkolonne und klickte durch einige Menüs, bis eine dreidimensionale Grafik erschien. »Festhalten. Wir heben ab.«

Auf dem Bildschirm war eine Landschaft mit Häusern, Bäumen, die sich im Wind bogen, und Bergen zu sehen. Der Copter, an dessen Unterseite ein torpedoförmiger Körper befestigt war, hob vom Boden ab und flog dicht über die Hindernisse auf ein Ziel zu, das mit einem Kreis markiert war. Die passenden Geräusche zu der Szene kamen aus einem Lautsprecher. Nach etwa einer halben Minute landete das Fluggerät auf der Markierung.

»Geil, oder?« Es war das erste Mal, dass er Gerber ansah.

»Ja. Nicht schlecht. Und was soll das Ganze?«

»Was das soll? Mann, wir entwickeln eine Hammersteuerung für eine Drohne, die nichts aus der Bahn werfen kann.«

Gerber wollte dem Freak weitere Fragen stellen, aber Robert Mehler war eingetreten. Er begrüßte Gerber mit Handschlag. »Entschuldige, Leon. Ich hatte noch einen Termin und stand im Stau. Ich hätte angerufen, wenn es noch länger gedauert hätte.«

»Ich hab's«, funkte John dazwischen. »Fünfzehn Komma zwei Meter pro Sekunde sind kein Problem. Vielleicht kommen wir auch noch darüber, wenn wir den Neigungswinkel dynamisch steuern.«

Mehler klopfte ihm auf die Schulter. »Du bist ein Genie, John.«

»Ich weiß.«

Mehler führte Gerber in sein Büro und schloss die Tür. »Setz dich. Einen Kaffee?«

»Gerne.«

Mehler ging zu einer kleinen Kochecke hinüber und füllte Kaffeepulver und Wasser in den Automaten. »Ich hab leider keine Sekretärin, die das für mich macht«, sagte er lachend, »und John ist mir zu wertvoll für solche Tätigkeiten. Außerdem bin ich mir nicht sicher, ob er Kaffee kochen kann. Ich freue mich, dass du gekommen bist. Wie lange ist es her, dass du hier warst?«

»Fast zwei Jahre. Die Geschäfte laufen gut?«

»Ich kann nicht klagen.« Mehler setzte sich auf seinen Schreibtischstuhl. »Ich hatte einen Durchhänger, wie du verstehen wirst, aber irgendwie muss es ja weitergehen. John ist zwar eine große Hilfe, was die Software-Entwicklung angeht, aber von den geschäftlichen Dingen versteht er nichts.«

»Er hat mir gezeigt, woran ihr gerade arbeitet.«

»Das ist nur eins unserer Projekte.«

»Eine Drohnensteuerung?«

»Ja. Systemsoftware für eine Mikrodrohne. Das ist ein interessanter Auftrag.«

»Ein militärisches Projekt?«

Mehler lachte. »Nein. Klitschen, wie wir es sind, bekommen solche Aufträge nicht. Ich würde sowieso nicht für das Militär arbeiten wollen.«

»Und wer ist euer Auftraggeber?«

Mehler runzelte die Stirn. »Sag mal, wieso interessierst du dich dafür?«

»Ach, nur so. Die ganze Drohnensache scheint groß im Kommen zu sein.«

Mehler stand auf, ging zur Kaffeemaschine, nahm die Kanne und zwei Tassen. »Milch?«

»Nein danke.«

Er stellte die beiden Tassen auf den Schreibtisch und goss den Kaffee ein. »Unser Auftraggeber will einen Paketservice für die Inseln und Halligen einrichten. Für Post, Medikamente und so weiter. Vielleicht ist das Vorhaben eine Schnapsidee. Aber der Auftrag ist lukrativ. Wir haben bereits vor einigen Monaten einen Prototyp ausgeliefert. Jetzt arbeiten wir an einigen Optimierungen. John hängt sich richtig rein. Vermutlich schlägt er sich auch heute wieder die Nacht um die Ohren. Wenn alles klappt, werde ich ihm einen Bonus zahlen, auch wenn das Geld nicht der Antrieb für sein Engagement ist. Wenn ich nicht aufpasse, vergisst er glatt das Essen. Aber du wolltest sicher nicht mit mir über meine Geschäfte reden.«

»Nein, natürlich nicht.« Gerber trank einen Schluck Kaffee. »Kristin hat mich gebeten, Michaels Equipment zu verkaufen. Wie viel dabei herausspringen wird, weiß ich nicht. Gebrauchte Sachen werden immer wesentlich unter Wert gehandelt.«

»Schon klar, Leon. Wir sind dir sehr dankbar, dass du das für uns erledigst. Mach es so, wie du es für richtig hältst. Ich hab keine Ahnung, was die Sachen wert sind. Ich muss mich sowieso noch mit meiner Mutter zusammensetzen, um ihre finanzielle Situation zu besprechen. Sie hat mich darum gebeten. Ich denke, sie könnte das Haus halten, falls die Lebensversicherung zahlt. Wenn sie es überhaupt will. Auch könnte ich vielleicht ein wenig beisteuern. Meine Eltern haben mir damals Geld für den Schuppen hier gegeben. Wenn ich kann, würde ich es gerne zurückzahlen.«

»Du hast deinem Vater in den letzten Monaten bereits Geld gegeben, nicht wahr? In bar.«

»Woher weißt du ...?«

»Ich hab Geld bei seinen Sachen gefunden.«

Mehler seufzte. »Ja. Meine Mutter sollte nichts davon erfahren. Papa hat darunter gelitten, dass er nicht mehr genug zum Auskommen beitragen konnte. Er hätte mit ihr reden müssen. Ich zermartere mir oft den Kopf, ob vielleicht alles anders gekommen wäre, wenn wir offener miteinander umgegangen wären. Jeder versuchte den anderen zu schützen, indem er die Probleme verheimlichte.«

»Robert. Darf ich dich etwas fragen?«

»Klar.«

»Warum hast du deinem Vater das Geld in bar gegeben und es nicht überwiesen?«

Mehler stand auf und wandte sich ab. Mit den Händen in der Hosentasche stand er eine Zeit lang schweigend vor dem Fenster und blickte auf den Innenhof. Dann drehte er sich um. »Mein Auftraggeber hat mir das Geld cash ausgehändigt. Eine großzügige Vorauszahlung für die Fortführung des Drohnenprojekts. Natürlich ist das unüblich. Vermutlich hat er es nicht versteuert. Und, um ehrlich zu sein, es ist auch bei uns nicht über die Bücher gelaufen. Ich weiß, dass das ungesetzlich ist. Aber – ach, verdammt, warum stellst du mir solche Fragen?«

»Sorry, Robert. Ich dachte nur, vielleicht solltest du reinen Tisch machen.«

»Ich werde in den nächsten Tagen alles mit meiner Mutter besprechen«, sagte Mehler bestimmt. »Was ist jetzt eigentlich der wahre Anlass für deinen Besuch?«

»Ich will mich nicht in deine Angelegenheiten einmischen. Ich wollte nur wissen, ob ich wirklich alles verkaufen soll oder ob du etwas von Michaels Sachen haben willst, den Computer zum Beispiel.«

»Von den Dingern haben wir hier genug.«

»Irgendwelche Dokumente, die auf Michaels Rechner sind?«

»Nein.«

»Okay. Das war's dann.« Gerber stand auf. »Tut mir leid, wenn ich dich mit meinen Fragen ...«

»Schon gut, Leon. Es ist alles so kompliziert und traurig. Dieser Unfall, die Umstände – ich pack das alles noch nicht so richtig. Aus dem Polizeibericht geht hervor, dass keine Bremsspuren gefunden wurden. Ich werde den Gedanken einfach nicht los, dass mein Vater sich das Leben genommen haben könnte. Aber finanzielle Sorgen sind doch kein Grund, so etwas zu tun.«

»Nein. Bestimmt nicht.«

»Natürlich hab ich bemerkt, dass er in letzter Zeit nicht gut drauf war. Vielleicht hat ihn noch etwas anderes bedrückt. Er rief mich kurz vor seinem Tod an. Er wollte irgendetwas mit mir besprechen. Es sei nichts Wichtiges. Da wir gerade etwas Zeitdruck mit einem Projekt hatten, hab ich ihn auf die nachfolgende Woche vertröstet. Nur weil er gesagt hatte, dass es nicht dringend sei. Sonst wäre ich natürlich sofort gekommen.« Mehler schüttelte den Kopf. »Vielleicht war es doch wichtig.«

»Du warst oft in Husum, nicht wahr?«

»Nicht oft. Aber ich hab noch mein Zimmer im Haus, und meine Eltern freuten sich immer, wenn ich kam, und Bootsmann natürlich. Der Vorteil an meinem Job ist, dass ich von überall aus arbeiten kann. Mein Laptop ist quasi mein Büro.«

Gerber stand auf. Er klopfte Mehler mit der Faust gegen die Schulter. »Ruf mich bitte an, wenn ihr meine Hilfe braucht. Michael war mein bester Freund – nein, mein bester und einziger Freund. Wenn ich etwas für Kristin oder dich tun kann, habe ich das Gefühl, etwas für ihn zu tun.«

Das Gespräch war anders verlaufen, als Gerber es sich vorgestellt hatte. Er war ungeschickt vorgegangen und hatte nicht den Mut gehabt, Mehler auf die Tabellen und Zeichnungen anzusprechen. Vielleicht war er mit seinen Fragen und Andeutungen bereits zu weit gegangen. Keinesfalls durfte er das Vertrauensverhältnis zwischen ihnen zerstören. Gerber war immer noch überzeugt, dass Mehler nichts mit den Entführungen zu tun hatte. Aber ein mulmiges Gefühl blieb und hatte sich sogar verstärkt.

Was war, wenn Michael geglaubt hatte, dass sein Sohn etwas mit den Verbrechen zu tun gehabt habe? Vielleicht hatte er die Dateien auf Roberts Laptop gefunden und einen verheerenden Schluss daraus gezogen. Die Link-Sammlung der Presseartikel könnte von ihm stammen. Vielleicht hatte er sogar geglaubt, Robert habe die Tat nur begangen, um der Familie aus der finanziellen Klemme zu helfen. Mit seinem Tod hatte er diesen Druck beseitigen wollen, bevor sich sein Sohn an weiteren Verbrechen beteiligte, und die Lebensversicherung würde die Geldprobleme lösen.

Während der Rückfahrt zermarterte sich Gerber das Hirn. Wie sollte er mit seinem Verdacht umgehen? Weder konnte er Kristin einweihen, noch konnte er Robert Mehler damit konfrontieren.

Und wenn dieser tatsächlich etwas mit den Entführungen zu tun hatte? Müsste er nicht die Polizei informieren? Gerber kam sich vor, als würde er auf einem Drahtseil tanzen. Jeder Schritt konnte in den Abgrund führen. Kristin war seit Michaels Tod zerbrechlich geworden. Egal, ob seine Überlegungen zutrafen oder nicht, solche Verdächtigungen würde sie nicht verkraften.

27

Flottmann las den Autopsiebericht ein weiteres Mal, konnte aber keine neuen Erkenntnisse aus dem zehnseitigen Papier gewinnen. Der Finger des Toten war zu Lebzeiten abgetrennt worden. Wie Hirsch vorgetragen hatte, hielt man es aufgrund der Schnittmerkmale für wahrscheinlich, dass dabei dasselbe Werkzeug benutzt worden war wie bei den anderen Entführungsopfern. Aber beweisen ließ sich das nicht.

Flottmann klappte die Mappe zu und griff zum Telefon. Nach einigen Anrufen konnte er den Busfahrer ausfindig machen. Er erreichte ihn zu Hause. Der Mann kannte Klas Petersen und bestätigte, dass dieser an jenem Donnerstag nicht mitgefahren war. Er habe sich darüber gewundert und sogar noch einige Minuten länger an der Haltestelle gewartet, für den Fall, dass sich Petersen verspätet hätte, was aber so gut wie nie vorgekommen sei.

»Da hätten wir uns die aufwendigen Recherchen gestern ersparen können«, sagte Flottmann.

»Aber schön war es doch«, meinte Hilgersen. »Außerdem konnten wir nicht gänzlich ausschließen, dass ihn jemand aus dem Dorf mitgenommen hat. Übrigens, wie hat eigentlich der Käse geschmeckt?«

»Nicht zu verachten.«

»Du hast also das Geschenk aufgegessen?«

»Äh – deine Verhörtechnik ist mies, Gustl. Spar sie für unsere Kunden auf, verdammt noch mal.«

In diesem Moment stürmte Neele Rasmussen ins Büro. »Die Soko kommt zusammen. Alle sofort rüber ins Rathaus. Wir haben einen neuen Entführungsfall!« Sekunden später hatte er den Raum wieder verlassen.

»Geh schon mal vor. Ich komme gleich nach. Ich hab noch etwas zu erledigen«, sagte Flottmann.

Da er keine Lust verspürte, hinter Hilgersen herzuhetzen, wollte er ihm einige Minuten Vorsprung geben. Wenn er erst einmal seine Diät beendet hatte und ein wenig Sport trieb, brauchte er solche Tricks nicht mehr anzuwenden.

Als Flottmann den Saal betrat, stand Kriminalrat Lothar Hirsch am Beamer und trommelte nervös mit dem Laserpointer auf das Gehäuse. Das Gerät war ausgeschaltet. Natürlich hatte Hirsch keine Zeit gehabt, um bunte Grafiken vorzubereiten. Seine Stimme vibrierte und ertönte noch lauter als beim letzten Mal.

»Die Flensburger und Verstärkung vom LKA sind unterwegs. Aber wir können nicht warten, bis alle hier sind. Da Hauptkommissar Flottmann jetzt auch eingetroffen ist, können wir beginnen. Die Lage: Ein Günther Seiler hat sich bei uns gemeldet. Seine Verlobte Corinna Dierksen ist entführt worden. Wir haben es offenbar mit unserer Tätergruppe zu tun. Die Entführer haben sich telefonisch gemeldet und angekündigt, dass Anweisungen folgen werden. Der Anruf wurde mit einem gestohlenen Mobiltelefon aus der Hamburger Gegend getätigt. Vermutlich wird alles nach dem bekannten Prinzip ablaufen, das Video, die Geldübergabe. Bei allen bisherigen Fällen gab es keinen weiteren Telefonkontakt und deshalb keine Möglichkeit, den Anschluss zurückzuverfolgen beziehungsweise die Einwahlstation zu bestimmen. Unsere einzige Chance ist deshalb die Geldübergabe.«

Ein Murmeln breitete sich im Saal aus.

»Meine Herren. Ich bitte um Ruhe. Natürlich hat das Leben der Geisel absolute Priorität. Wir und die Spezialisten vom LKA werden einen Plan entwickeln, der eine Gefährdung des Opfers ausschließt.«

»Wie soll das funktionieren?«, fragte Lohmeyer.

»Das wissen wir noch nicht genau. Aber irgendwo muss die Drohne landen. Wir haben eine grobe Beschreibung des Fluggeräts, die der Vater der entführten Katrin Lehrbach abgegeben hat. Seine Angaben wurden im Wesentlichen vom Sohn des ersten Entführungsopfers bestätigt. Die Drohne besitzt vier Propeller, ist also ein sogenannter Quadrocopter. Wir müssen davon ausgehen, dass es sich um eine Sonderanfertigung oder einen Eigenbau handelt, denn die Zeugen haben das Objekt auf den Bildern lieferbarer Copter nicht wiedererkannt. Natürlich besteht auch die Möglichkeit, dass die Täter die Optik absichtlich verfälscht haben. Etwa so hat das Gerät ausgesehen.« Hirsch hielt kurz ein Phantombild der Drohne in die Höhe.

»Ein moderner Quadrocopter kann fast eine Stunde in der Luft bleiben, viertausend Meter hochsteigen und hat einen Aktionsradius von fünfzig Kilometern«, sagte Hilgersen. »Sie werden ihn kaum auf Sicht verfolgen können. Außerdem wird das Ding eine Kamera an Bord haben. Damit können die Täter die Gegend genau beobachten.«

»Wie gesagt, die exakten Details der Vorgehensweise sind noch auszuarbeiten. Aber wir haben die Chance, die Entführer zu fassen, die Geisel zu befreien und weitere Taten zu verhindern.«

»Scheißplan«, sagte Flottmann so laut, dass alle Teilnehmer es hören konnten.

»Bitte?« Lothar Hirsch legte die Hand wie einen Trichter an das rechte Ohr und beugte sich vor. Eine ähnliche Geste kannte Flottmann von seinem ehemaligen Deutschlehrer, der die Schüler damit zwang, eine unsinnige Antwort vor der Klasse laut zu wiederholen.

»Ein weiser Plan«, sagte Flottmann, stand auf, fingerte sein Handy aus der Hosentasche, ging zu dem Tisch, auf dem das Phantombild lag, und fotografierte es. Lothar Hirsch unterbrach seine Rede und verfolgte die Aktion des Hauptkommissars mit missbilligenden Blicken. Flottmann verließ den Saal und wählte die Nummer von Wilhelm Köhler, dem Geschäftsführer der Wolters Messsysteme GmbH.

»Herr Dr. Köhler, ich brauche Ihren Rat.« Die Anrede mit dem Titel kostete nichts und konnte hilfreich sein. »Ich würde Ihnen gerne die Skizze eines Multicopters senden. Vielleicht fällt Ihnen etwas auf, das uns weiterhilft.«

»Gerne. Senden Sie mir die Zeichnung auf mein Handy. Ich gebe Ihnen meine Rufnummer.«

Nachdem Flottmann das Bild übermittelt hatte, meldete sich Köhler: »Nein, Herr Kommissar, der Typ ist mir völlig unbekannt. Allerdings ...«

»Allerdings?«

»Die Standfüße sehen aus wie bei einem Modell des Typs MDX

1412. Aber Farbe und Form passen nicht. Und der Kasten an der Unterseite muss nachträglich angebracht worden sein. Der Copter, von dem ich rede, hat eine große Reichweite und ganz brauchbare Nutzlast. Wir haben diese Bauart einige Male verwendet. Ich schicke Ihnen einen Link zum Hersteller, wenn Sie wollen.«

»Dafür wäre ich Ihnen dankbar.«

Wenig später erhielt Flottmann eine SMS mit dem Link zur Homepage der Firma.

»Ein Video gibt es noch nicht. Wir befürchten jedoch ...« Hirsch unterbrach sich, als Flottmann den Saal betrat. »Herr Hauptkommissar. Sie haben uns bestimmt Neuigkeiten zu erzählen.«

»Die Entführer haben einen Multicopter des Typs MDX 1412 verwendet«, sagte Flottmann und setzte sich. »Ich denke, dass diese Information wichtig ist. Der Hersteller sitzt in der Nähe von München.«

»Das ist großartig.«

Flottmann entdeckte einen ironischen Unterton in den Worten.

»Der mag dich nicht«, flüsterte Hilgersen grinsend.

»Damit kann ich leben. Hauptsache, Bogomil und du mögt mich.«

Hirsch hatte gerade wieder seine Stimme erhoben, als die Männer von der K1 und die Staatsanwältin hereinstürmten.

»Ich glaube, es geht auch ohne mich. Hör gut zu und informiere mich morgen über das, was hier ausgeheckt wird«, raunte Flottmann Hilgersen zu und nutzte die Gelegenheit, um sich aus dem Staub zu machen.

Er ging zurück zum Polizeirevier, schnappte sich den Dienst-Polo und fuhr zum Außenhafen. Am Fischmarkt stellte er den Wagen ab. Hinter dem Gebäude stand eine Bank mit Blick auf die Husumer Au, auf die Kutter und die Boote des Seglerhafens. Dort hatte Jacob Feddersen nach Beschreibung seines Sohnes und der Schwiegertochter oft bei Wind und Wetter gesessen.

Jetzt herrschte hier reges Treiben, aber die Entführung hatte an einem Wochenende stattgefunden. Es hatte geregnet, und die

Abenddämmerung hatte bereits eingesetzt. Es würden sich kaum Zeugen finden lassen, die das Geschehen aus der Nähe beobachtet hatten. Aber auf der anderen Seite des Hafenbeckens, hinter der Bahnlinie, die nach Sylt führte, standen mehrgeschossige Häuser. Die Bewohner mussten einen phantastischen Ausblick auf den Außenhafen und das Meer haben. Vielleicht hatte jemand von dort etwas beobachtet. Auch wenn es unwahrscheinlich war, galt es doch, jede noch so kleine Spur zu verfolgen.

Der Drohne aufzulauern und sie zu verfolgen, hielt Flottmann für keine gute Idee. Niemand wusste, wie die Entführer reagieren würden, wenn sie bemerkten, dass ihnen die Polizei auf der Spur war. Dass sie nicht einmal vor einem Mord zurückschreckten, hatten sie bewiesen. Solide Ermittlungsarbeit war gefragt, auch wenn die Zeit drängte.

Flottmann blieb noch eine Weile auf der Bank sitzen. Er versuchte, sich die Entführung des alten Fischers vorzustellen. Vermutlich war sie innerhalb weniger Sekunden abgelaufen. Auf der Suche nach einem zufälligen Opfer hatten die Täter den Alten entdeckt und ihren Wagen direkt vor der Bank abgestellt. Vielleicht hatten sie einen Lieferwagen benutzt, und einer der Entführer war im Laderaum gewesen, hatte die Tür geöffnet und den Mann ins Innere gezerrt. Vielleicht hatten sie ihn zuvor in ein Gespräch verwickelt, um ihn dann zum Fahrzeug zu locken. Und der Hund? Offenbar hatten sie den Münsterländer nicht als Risiko eingeschätzt.

Anders als im Fall Lehrbach hatten die Täter das Video nicht per Post geschickt. Da der Fischer abends entführt worden war, wäre es nicht am kommenden Tag beim Empfänger angekommen. Einer der Täter oder ein von ihnen Beauftragter hatte also den Brief in der Nacht gebracht. Die Chance, dafür einen Zeugen zu finden, tendierte vermutlich gegen null.

Flottmann sah erneut zu den Wohnhäusern hinüber. Wenige Minuten später stand er vor den Gebäuden »Am Binnenhafen«. Jemand pfiff die Melodie »La Paloma« in beachtlicher Lautstärke. Die Musik schien von der obersten Etage zu kommen. Flott-mann betätigte mehrere Klingelknöpfe, bevor sich die Eingangstür öffnete. Echt nordfriesisch, dachte er, als er im Fahrstuhl auf die

Sechs drücken musste, um den dritten Stock zu erreichen. Durch eine Tür gelangte er auf die Galerie, die zu den einzelnen Wohnungen führte.

»Döskopp«, empfing ihn eine krächzende Stimme.

»Selber Döskopp«, antwortete Flottmann, als er vor einem Käfig stand, in dem ein Graupapagei rhythmische Tanzbewegungen auf der Stange vollführte. Der Vogel würde seine Fragen nicht beantworten können. Dafür imitierte er eine Katze und stimmte erneut das La-Paloma-Lied an.

Flottmann läutete an der ersten Tür. Laut Keramikschild wohnte hier Wolfgang Meesenburg. Auch dieser wurde vom Papagei mit »Döskopp« begrüßt, als er die Tür öffnete.

»Ist das Ihrer?«, fragte Flottmann.

»Nein. Das ist Sammy. Er gehört der Nachbarin. Ist sozusagen die Seele des Hauses.«

»Er kann eins a ›La Paloma‹ pfeifen.«

»Ja. Für seine Auftritte müsste er eigentlich GEMA-Gebühren zahlen.«

Flottmann lachte. Der Mann gefiel ihm. Er mochte um die dreißig sein, ein schlanker, rotblonder Typ mit wachen Augen.

»Hauptkommissar Flottmann, Kripo Husum. Haben Sie einen Moment Zeit für mich?«

»Klar. Kommen Sie rein in meine Bude.«

Flottmanns erster Blick beim Betreten des Wohnzimmers fiel auf das Panorama, das die bodentiefen Fenster darboten. Die Kräne, Lagerhallen, Windkraftanlagen und Silos bestimmten einen Teil des Bildes, daneben die Fischkutter, Segelschiffe, in der Ferne der Deich und das Meer.

»Nett haben Sie es hier.« Flottmann setzte sich auf ein Handzeichen des Gastgebers in einen der Korbsessel, die um einen Glastisch gruppiert waren.

Meesenburg nahm ebenfalls Platz. »Die Aussicht inspiriert mich beim Schreiben.« Er zeigte auf den Computertisch, auf dem sich ein Laptop, einige Bücher und ein Bilderrahmen mit einem Familienfoto befanden. »Mein Hauptwohnsitz ist Hamburg. Ich komme regelmäßig hierher, um zu arbeiten. An Wochenenden fahre ich meistens nach Hause, und in den Schulferien verbringen wir regelmäßig unseren Urlaub in Husum, meine Frau, meine Tochter und ich.«

»Sie sind Schriftsteller?«

»Freier Redakteur und Schriftsteller. Zurzeit schreibe ich einen historischen Roman, der in der Zeit nach der Groten Mandränke von 1362 spielt, die Husum zu einer Küstenstadt machte.«

»Der Untergang von Rungholt.«

Meesenburg nickte. »In der Zeit danach wurde der Hafen errichtet, und innerhalb weniger Jahre wurde Husum zu einer bedeutenden Handelsstadt. Die Umwälzungen bieten eine Menge Stoff für ein Buch.«

»Können Sie sich erinnern, ob Sie im April dieses Jahres hier gewesen sind?«

»Ja. Den ganzen April bis Mitte Juni hab ich hier gearbeitet.«

»Auch am 3. April?«

»Wenn es kein Wochenende war ...«

»Es war ein Sonntag. Speziell interessiert mich die Zeit zwischen einundzwanzig und zweiundzwanzig Uhr. Es hat geregnet.«

Meesenburg lachte. »Das weiß ich beim besten Willen nicht. Aber ich könnte es herausfinden.« Er stand auf und setzte sich an den Computertisch.

»Ab achtzehn Uhr war ich in jedem Fall hier. Mein Schreibprogramm erstellt jede halbe Stunde ein Back-up. Im letzten Jahr ist mir bei einem Stromausfall die Arbeit einer ganzen Woche flöten gegangen. Danach hab ich die automatische Sicherung eingeschaltet. Aus Schaden wird man manchmal doch klug. Aber vielleicht erklären Sie mir, worum es eigentlich geht.«

»Wir suchen Zeugen. Sie haben einen perfekten Überblick über den Hafenbereich.« Flottmann stand auf und ging ans Fenster. »Vor dem grünen Gebäude dort drüben befindet sich eine Bank. Wir vermuten, dass dort eine Entführung stattgefunden hat.«

»Eine Entführung?« Meesenburg stellte sich neben ihn. »Dort drüben am Fischmarkt?«

Flottmann nickte. »Ein älterer Mann. Er hatte einen Hund dabei.«

»Hm. Ich hab mich schon gewundert, wo Hund und Herrchen geblieben sind.«

»Sie kennen die beiden?«

»Ich glaube, es verging kein Tag, an dem sie nicht dort waren. Aber irgendwann tauchten sie nicht mehr auf. Ich vermutete, der Hund sei gestorben oder der Alte.«

»Ab dem 3. April vielleicht?«

»Das kann ich nicht sagen. Aber es wäre durchaus möglich.«

Die beiden Männer setzten sich wieder.

»Denken Sie bitte nach, ob Sie den Mann und den Hund an jenem Abend gesehen haben.«

Meesenburg schlug sich mit der flachen Hand an die Stirn. »Verdammt – ja. Beim Schreiben und Nachdenken blicke ich ständig aus dem Fenster. Meistens erfasse ich gar nicht, was da draußen vor sich geht. Aber die Szene an diesem Tag hatte etwas Ungewöhnliches. Lassen Sie mich nachdenken.« Er beugte sich vor und kniff die Augen zusammen. »Richtig. Ein schwarzer Kleintransporter fuhr vor. Der Mann muss eingestiegen sein. Jedenfalls habe ich ihn nicht mehr gesehen. Das Fahrzeug setzte zurück und fuhr anschließend Richtung Silos. Ich weiß auch, was mich damals irritiert hat. Der alte Herr hat den Hund nicht mitgenommen. Niemand würde seinen Hund zurücklassen. Der ist noch eine Zeit lang dort herumgelaufen. Das passte einfach nicht ins Bild. Auf die Idee, dass ich Zeuge einer Entführung war, bin ich nicht gekommen. Da erfindet man sich als Schriftsteller die phantastischsten Geschichten, aber schätzt die Realität falsch ein. Das gibt mir zu denken.« Er schüttelte den Kopf.

»Können Sie mir etwas über das Fahrzeug sagen?«

»Wie gesagt, ein schwarzer Transporter, Mercedes älterer Bauart. Keine Aufschrift.«

»Haben Sie Personen gesehen, Fahrer, Beifahrer?«

»Nein. Der Fahrer ist nicht ausgestiegen. Was sich hinter dem Transporter abgespielt hat, konnte ich nicht sehen. Verdammt, hätte ich doch nur richtig geschaltet. Ich hätte die Polizei rufen müssen.«

»Machen Sie sich keine Gedanken. Niemand hätte Verdacht geschöpft. Schließlich rechnet man nicht damit, Zeuge eines Verbrechens zu werden.« Flottmann stand auf. »Rufen Sie mich an, falls Ihnen noch etwas einfällt. Und viel Erfolg bei Ihrem Buch.«

Er überreichte Meesenburg seine Visitenkarte und verabschiedete sich mit einem Handschlag.

»Jetzt schlafen«, sagte der Papagei, als Flottmann die Galerie betrat.

»Gute Idee. Aber mir ist es noch ein wenig zu früh.«

»Döskopp.«

Flottmann suchte weitere Bewohner des Hauses auf, aber niemand hatte etwas gesehen, das ihm weiterhelfen konnte. Anschließend fuhr er zu dem Ort, an dem Katrin Lehrbach überfallen worden war. Die Stelle, die sie beschrieben hatte, war von keiner Wohnung aus einsehbar. Trotzdem befragte er die Anwohner, was jedoch ergebnislos blieb.

Am späten Nachmittag betrat er »La Paloma« pfeifend das Büro.

»Wer hat dir denn was in den Tee geschüttet?«, fragte Hilgersen.

»Das Lied hat mir ein Zeuge beigebracht. Ein komischer Vogel, sag ich dir. Ich hab herausbekommen, dass unsere Entführer vermutlich mit einem schwarzen Mercedes-Transporter unterwegs sind.«

»Hast du das Kennzeichen?«

»Nee. Aber immerhin hab ich etwas vorzuweisen. Und für den unwahrscheinlichen Fall, dass Hirschs genialer Plan nicht aufgeht, könnte uns das weiterhelfen.«

»Die Spezialisten aus Kiel, die eintrafen, als du schon weg warst, haben den Plan verworfen. Zu gefährlich. Die Übergabe soll genau nach Anweisung der Entführer durchgeführt werden. Das Geld wird gerade beschafft. Es wird lediglich ein Team geben, das versuchen soll, die Route der Drohne einfach durch Beobachtung mit Ferngläsern und technischen Hilfsmitteln zu verfolgen. Übrigens wurde noch während der Besprechung gemeldet, dass der Verlobte ein Video erhalten hat. Es wurde wieder mit der normalen Post geschickt.«

»Hast du den Film?«, fragte Flottmann aufgeregt.

»Nein. Das ist alles Sache des LKA.«

»Sie sollen uns, verdammt noch mal, eine Kopie geben.«

Hilgersen zuckte mit den Schultern. Flottmann stand auf. »Ich gehe rüber zum Hirsch. Ich werde ihm das Geweih stutzen, wenn er das Video nicht herausrückt. Und du stellst bitte fest, wie viele schwarze Mercedes-Transporter in Nordfriesland zugelassen sind. Und wenn Halter aus Nordstrand dabei sind, dann werden wir denen noch heute einen Besuch abstatten.«

Der Kriminalrat las gerade in einem Katalog für Büromöbel, als Flottmann ohne anzuklopfen in das Zimmer stürmte. Der Katalog verschwand blitzschnell in einer Schublade.

»Ich brauche eine Kopie des Videos«, sagte Flottmann. Er versuchte, seine Aufregung im Zaum zu halten.

»Von der neuen Entführung? Der Speicher ist auf dem Weg zur kriminaltechnischen Untersuchung. Fingerabdrücke, DNA. Sie wissen doch, wie das läuft. Und die Wiesbadener haben eine Kopie für die phonetische Analyse erhalten.«

»Dann lass ich mir von denen ...«

»Nicht so flott, Herr Flottmann. In diesem Fall hab ich das Sagen. Ist das klar?«

Der Hauptkommissar hatte das Wortspiel mit seinem Namen bereits tausendmal gehört. Jeden, der einen dankbaren Namen für derartige Anspielungen trug, nervten solche Bemerkungen. Für »Hirsch« fielen ihm spontan Dutzende ein. Wie wäre es mit: Seien Sie vorsichtig, Herr Hirsch. Die Schonzeit ist zu Ende, und jeder hier trägt eine Waffe.

Flottmann drehte sich um und ging. Als er draußen war, trat er mit der Hacke gegen die Tür, sodass diese mit einem lauten Knall ins Schloss fiel.

»Hast wohl heute vergessen, dich mit Baldrian einzureiben«, frotzelte Hilgersen, der den lautstarken Disput mitbekommen hatte.

Flottmann schwieg und setzte sich an seinen Schreibtisch.

»Es gibt zweihunderteinundzwanzig Transporter, die in Frage kommen. Leider keine Treffer auf Nordstrand. Es wird einiges dauern, um die Halter zu überprüfen«, sagte Hilgersen.

»Geh zum Leiter der Soko. Der soll Leute dafür abstellen. Du hast einen besseren Draht zu ihm. Du hattest recht. Er mag mich nicht. Aber das beruht auf Gegenseitigkeit. Ich hoffe nur, dass er sich nicht bei uns festsetzt.«

»Wie kommst du auf diese absurde Idee?«

»Intuition. Ich hab eine ganze Menge davon. Der will Dienststellenleiter werden. Mich wundert, dass der sich nicht in Drechslers Büro eingenistet hat.«

»Drechsler kommt wieder. Die Herzoperation soll gut verlaufen sein. Zwei Wochen Reha, und dann ist er wieder der Alte.«

»Hoffentlich.«

28

»Ich hab dir die Kundenliste der Münchner Firma auf den Tisch gelegt. Es sind nicht viele, die den gesuchten Drohnen-Typ im letzten oder in diesem Jahr erhalten haben. Und nur ein Abnehmer in Norddeutschland. Der hat gleich zwei von den Dingern gekauft. Kostenpunkt so um die viertausend Euro das Stück. Ich hab die Adresse gelb markiert«, sagte Hilgersen, als Flottmann am nächsten Morgen das Büro betrat und sich in den Drehstuhl fallen ließ.

»Hast du das gehört?«

»Was?«, fragte Hilgersen.

»Er quietscht nicht mehr.«

»Wer?«

»Mein Stuhl. Ich hab ihn gestern Abend geölt.«

»Schade.«

»Wieso schade?«

»Ich hatte mich dran gewöhnt. Das Quietschen war immer ein sicheres Zeichen, dass du nicht eingeschlafen bist.«

»Sehr witzig.« Flottmann nahm die Liste in die Hand. »Wilhelm Neumann, wohnhaft in Tating, Eiderstedt. Wir sollten ihn fragen, für welchen Zweck er die Drohnen angeschafft hat.«

»Telefonisch?«

»Wir fahren hin.«

»Sollten wir nicht Hirsch …?«

»Nein. Mit solch unwichtigen Angelegenheiten möchte er sicher nicht belastet werden.«

»Du hast recht. Er bereitet sich vermutlich auf die Pressekonferenz am Donnerstag vor.«

Die Fahrt nach Tating dauerte eine Dreiviertelstunde. Flottmann hatte den Beifahrersitz des Ford-Kombis weit nach hinten geklappt und sich vorgenommen nachzudenken. Es gab eine Reihe von Ungereimtheiten in den Entführungsfällen, die es zu klären galt.

Insbesondere Klas Petersens Tod passte nicht so recht ins Bild.

Die Brutalität, mit der die Täter vorgingen, zeigte die Skrupellosigkeit der Entführer. Aber ein Mord stand irgendwie im Widerspruch zu deren raffinierter Vorgehensweise. Eingeplant war die Tat ganz sicher nicht gewesen. Sie hatten dem alten Mann einen Finger abgeschnitten, aber dem Sohn kein Video zugeschickt. Egal wann und weshalb sie den Entschluss gefasst hatten, ihn zu töten, hätten sie doch ihre Erpressung durchziehen können.

Warum hatten sie das nicht getan? Hatten sie kalte Füße bekommen? Weiter kam Flottmann mit seinen Überlegungen nicht, denn Hilgersen schwärmte von der Landschaft, obwohl weit und breit nur plattes Grasland mit wiederkäuenden Rindern zu sehen war.

»Hier auf der Halbinsel Eiderstedt gibt es achtzehn Kirchen«, erklärte Hilgersen.

»Dann hat ja jeder Bewohner seine eigene.«

»Nicht ganz. Aber nirgendwo gibt es eine größere Dichte an Gotteshäusern als hier.«

»Das ist hochinteressant.« Flottmann gähnte.

»Ich vergaß, dass du Atheist bist. Dann willst du auch nicht wissen, dass wir gleich am wohl ältesten Gebäude Eiderstedts vorbeikommen, an der St.-Magnus-Kirche.«

»Nein.«

»Okay. Aber wusstest du, dass es in Husum einmal siebzig Brauereien und Brennereien gab?«

»Das klingt schon interessanter.«

»Es ist allerdings lange her.«

»Du hättest Fremdenführer werden sollen, Gustl.«

»Ich hab viele Talente. Ich weiß auch nicht, warum ich ausgerechnet Polizist geworden bin. Und du?«

Flottmann stellte die Lehne in senkrechte Position. »Ich hab mal Geige gespielt.«

»Ich meine, warum bist du bei diesem Verein gelandet?«

»Weil ich gerne Fragen stelle und ungerne welche beantworte.«

»Verstehe. Du hast keine Lust zu reden.«

»Ich hätte dir gerne meine Lebensgeschichte erzählt, aber wir sind gleich da.«

»Dort auf der linken Seite ist die St.-Magnus-Kirche.«
Hilgersens letzte Worte wurden durch das Navigationssystem
übertönt. »Sie haben Ihr Ziel erreicht.«

Er stellte den Wagen direkt vor dem dreigeschossigen Wohn-
block im absoluten Halteverbot ab. »W. Neumann«, stand auf
einem der Klingelschilder. Natürlich wohnte er im obersten
Geschoss, und natürlich besaß das Haus keinen Aufzug. Die Eingangstür stand offen. Hilgersen hechtete die Treppe hinauf, als
ginge es um Leben oder Tod. Dabei wollte er lediglich einmal
mehr seine sportliche Fitness demonstrieren.

»Manche haben's im Kopf, andere in den Beinen«, meinte
Flottmann unbeeindruckt, als er atemlos die letzte Stufe erklom-
men hatte.

Neumann wohnte am Ende des Flurs. Nach mehrmaligem
Klingeln wurde die Tür geöffnet, und ein unrasiertes und ver-
schlafenes Gesicht erschien im Spalt.

»Wat is?«

»Kripo Husum.« Flottmann zeigte seinen Ausweis. »Sie sind
Herr Wilhelm Neumann?«

»Jo. Kummt rin, kött rutkieken.« Das Gesicht verschwand.

Hilgersen schob mit dem Fuß die Tür auf, und die beiden
Kommissare folgten dem Gastgeber, der mit den viel zu großen
Pantoffeln Richtung Küche schlurfte.

»Hatte Nachtdienst«, murmelte Neumann und bot den Besu-
chern einen Platz in der Essecke an.

Es roch nach Fisch und Zwiebeln. Der Raum war vollgestopft
mit Regalen für Gewürze und allerlei Zutaten. An der Decke waren Haken befestigt, an denen Bratpfannen und Töpfe baumelten.
In der Spüle stapelte sich das schmutzige Geschirr.

»Hobbykoch?«, fragte Flottmann.

Neumann nickte und klopfte sich mit der flachen Hand auf
den Bauch. Dabei sah er den Kommissar an.

»Sie auch?«

Flottmann ignorierte die Gegenfrage. »Sie hatten Nachtschicht?
Was ist Ihr Job?«

»Sicherheitsdienst. Manchmal. Aushilfsweise. Es ist nur ein
Zubrot zum Arbeitslosengeld. Alles im gesetzlichen Rahmen.«

»Sie handeln mit Drohnen?« Flottmann beobachtete die Miene seines Gegenübers.

Neumann runzelte die Stirn, kniff die Augen zusammen und drehte dann den Kopf zur Seite, als wollte er seine Regung verbergen. Dann wandte er sich wieder Flottmann zu. »Drohnen? Nee. Ich verstehe nicht.«

»Sie haben zwei Multicopter vom Typ MDX 1412 bei einer Firma in München bestellt.«

Neumann kratzte sich nervös am Kinn. »Kann sein. Aber ich hab damit nichts zu tun.«

»Womit haben Sie nichts zu tun?«

»Äh – ich hab keine Ahnung von den Dingern. Ich hab sie lediglich für jemanden besorgt.«

»Für wen?«

»Ich weiß nicht. Es war nur ein Gelegenheitsjob. Es ist alles telefonisch gelaufen. Die Lieferung war bereits bezahlt. Ich hab sie nur in Empfang genommen. Das Ganze ist über ein Jahr her.«

»Und wie haben Sie die Ware übergeben?«

»Bahnhof, Schließfach. Den Schlüssel sollte ich im Schlosspark verstecken.«

»Wo genau?«

»Tetsche Wind, im Blumenbeet.«

Flottmann sah Hilgersen fragend an. Der grinste. »Theodor Storm. Vor der Büste ist ein Beet.«

Flottmann rollte mit den Augen.

»Wie hoch war Ihr Honorar?«, fragte Hilgersen.

»Fünfhundert. Lagen im Schließfach. Das war alles. Nachdem ich den Schlüssel eingegraben hatte, war der Job für mich erledigt.«

»Haben Sie etwas Auffälliges bemerkt, im Bahnhof oder im Schlosspark? Zum Beispiel eine Person in Lederjacke, die Sie beobachtet hat?«, fragte Flottmann.

Neumann verneinte.

»Beihilfe zu Entführung und Mord bringt mindestens zehn Jahre.«

Neumanns Gesicht schien sämtliche Farbe zu verlieren. »Was wollen Sie mir da anhängen?«

»Erzählen Sie uns nicht, dass Sie keine Zeitung lesen! Ihre Drohnen wurden bei einem Verbrechen eingesetzt.«

»Wieso *meine* Drohnen? Ich hab doch nur … ich hatte keine Ahnung.«

»Herr Neumann«, Flottmann beugte sich über den Küchentisch und fixierte sein Gegenüber, »selbst wenn Sie so naiv sind, wie Sie vorgeben, hätte Ihnen spätestens nach den ersten Berichten über die Entführungen und die Art der Geldübergabe ein Leuchtturm aufgehen müssen.«

»Ja.« Neumann senkte den Blick. »Ich hätte mich gemeldet, wenn ich irgendetwas gewusst hätte. Aber ich hab Ihnen ja erzählt, wie das alles abgelaufen ist. Ich weiß wirklich nichts über die Sache. Außerdem wollte ich nicht in so etwas hineingezogen werden.«

»Sie stecken mittendrin. Und wenn Sie nicht mit uns kooperieren, wird das übel für Sie enden. Wie sind die Leute ausgerechnet auf Sie gekommen?«

»Über eine Anzeige, die ich aufgegeben hatte: ›Erledige alles, schnell diskret und zuverlässig.‹ Ich erhielt nur zwei Angebote. Eines war die Sache mit den Quadrocoptern. Für das andere sollte ich einen Rauhaardackel um die Ecke bringen, der immer in den Garten des Auftraggebers kackte. Aber so etwas mach ich nicht. Ich mag Hunde. Sie sind besser als die meisten Menschen, sag ich Ihnen.«

»Was für ein Auto fahren Sie?«, fragte Hilgersen.

»Auto? Sie sind lustig. Ich kann mir keins leisten.«

»Glaubst du die Geschichte?«, fragte Hilgersen, nachdem er den Motor angelassen hatte.

»Ja. Er scheint mir nicht helle genug zu sein, um sich so etwas auszudenken.«

»Angeblich haben seine Auftraggeber die Ware vorab bezahlt. Wenn sie das Geld überwiesen haben, hätten wir vielleicht eine Spur.«

Flottmann schüttelte den Kopf. »So blöd werden sie kaum sein. Ich wette um einen Backensholzer Deichkäse, dass sie das Geld bar eingezahlt haben. Da der Betrag unter fünfzehntausend Euro lag, konnten sie das anonym bewerkstelligen. Bei einem höheren Betrag hätten sie sich ausweisen müssen. Paragraf 3, Geldwäschegesetz.«

»Vielleicht hältst du sie für schlauer, als sie sind. Außerdem machen auch gewiefte Ganoven manchmal dämliche Fehler.«

»Wohl wahr. Deshalb werden wir das natürlich überprüfen. Außerdem müsste sich gegebenenfalls feststellen lassen, bei welchem Geldinstitut der Betrag eingezahlt wurde.«

29

Günther Seiler lief unruhig in der Wohnung auf und ab. In den groben Händen hielt er einen Zettel, auf dem er die Instruktionen der Polizei notiert hatte.

Am frühen Morgen hatte er sie angerufen, noch bevor die Post den Umschlag mit dem Video gebracht hatte. Zum hundertsten Mal las er sich die Stichworte durch. Er durfte keinen Fehler bei der Übergabe begehen. Den Ort, an dem das Flugzeug landen sollte, kannte er, und er wusste auch genau, wie er dorthin kam. Trotzdem blieb die Angst, es könnte etwas schiefgehen, er könnte etwas falsch machen. Das Video hatte er sich nicht angesehen. Die Andeutungen der Beamten hatten ihm gereicht. Er wollte nur noch, dass Corinna zurückkam, wollte sie in den Armen halten, ihr sagen, dass er sie liebte, und vielleicht sogar, dass er Kinder mit ihr haben wollte.

Die Zeiger der Küchenuhr standen auf Viertel vor eins. Noch über zwei Stunden. Dann sollte er mit der Tasche voller Geld losfahren. Er hatte keine Ahnung, woher die Scheine stammten. Vielleicht hatte die Polizei die Nummern registriert oder sie mit unsichtbarer Farbe markiert, so wie er es in manchen Fernsehfilmen gesehen hatte. Man hatte ihm nichts gesagt, nur wie er sich zu verhalten hatte, war ihm erklärt worden.

»Sie sollten etwas essen, bevor es losgeht«, sagte die Beamtin, die auf dem Sofa saß und in der Segler-Zeitung blätterte. »Es wird alles gut gehen. Sie können sich darauf verlassen, dass unsere Leute in der Nähe sind und das SEK in Bereitschaft ist.«

Wie konnte die Tussi nur ans Essen denken? Sie ging ihm mit ihrer Gleichgültigkeit bereits seit Stunden auf die Nerven. Für sie war das Ganze vermutlich eine Routineangelegenheit, die sie nach Feierabend abhaken konnte. Vielleicht würde sie ihrem Mann erzählen, was für einen langweiligen Tag sie gehabt hatte. Seiler antwortete nicht. Die Polizeibeamtin zuckte mit den Schultern und vertiefte sich wieder in die Zeitschrift.

Irgendwann hielt Seiler das Warten nicht mehr aus. »Ich geh

jetzt. Wenn ich langsam fahre, bin ich pünktlich dort«, rief er, während er die Autoschlüssel vom Küchentisch nahm.

Die Polizistin blickte über den Rand ihrer Brille und runzelte die Stirn. Dann schlug sie die Beine übereinander und blätterte auf die nächste Seite.

Seiler ging ins Schlafzimmer, holte die Reisetasche mit dem Geld und verließ die Wohnung. Er bemerkte, dass seine Knie zitterten, als er die Treppe hinunterstieg. Noch immer quälten ihn Zweifel, ob er das Richtige tat. Vielleicht hätte er die Polizei doch nicht einschalten sollen. Irgendwie hätte er das Geld schon beschaffen können. Aber für solche Überlegungen war es endgültig zu spät.

Er öffnete die Haustür und trat auf die Straße. Es hatte geregnet, und ein nasskalter Wind blies ihm ins Gesicht. Auf den fast vierhundert Metern bis zum Parkplatz auf der Asmussenstraße umklammerte er die Tasche, als liefe er Gefahr, man könnte sie ihm stehlen. Er drehte sich wiederholt um. Niemand folgte ihm. Schließlich wurde ihm klar, dass gerade sein auffälliges Verhalten Diebe anlocken konnte. Bevor er die Wagentür aufschloss, warf er noch einen Blick zurück. Am Eingang zum Schlosspark standen zwei Frauen in Regenkleidung und unterhielten sich. Vor dem historischen Torhaus wartete ein alter Mann auf seinen Dackel, der ein Verkehrsschild beschnupperte.

Seiler stieg ein und warf die Tasche auf den Beifahrersitz. Jede Handlung war mit einem Risiko behaftet. Würgte er den Motor ab, sprang der alte Toyota vielleicht nicht mehr an. Würde er sich verfahren, käme er unter Umständen zu spät, baute er unterwegs einen Unfall, scheiterte die Geldübergabe ganz sicher.

Mit zittriger Hand drehte er den Schlüssel herum, und der Motor heulte auf. Ruhig bleiben, kein Grund zur Eile, sagte er sich, und doch hätte er beim Einfädeln auf die Straße fast ein Fahrzeug übersehen. Der Fahrer des Lieferwagens hupte. Seiler stand der Schweiß auf der Stirn.

Nach einer halben Stunde erreichte er Viöl. Kurz vor dem Ziel musste er in einen schmalen Weg einbiegen. Ihm fiel ein parkender Ford Fiesta auf, in dem ein Pärchen saß. Der Mann hatte den Arm um seine Begleiterin gelegt und sah zu Seiler hinüber, als dieser vorbeifuhr. Am Ende des Feldweges nahm Seiler die Reisetasche und stieg aus. Er sollte entsprechend den Anweisungen, die die Entführer auf dem Video gegeben hatten, hundert Meter in das Feld hineinlaufen, das rechter Hand lag. Dort würde er die Markierung finden.

Vermutlich hatten sich die Leute vom SEK irgendwo in dem Wohngebiet versteckt, das etwa einen Kilometer östlich zu sehen war. Der Grasboden war nass, und bereits nach wenigen Schritten spürte er das kalte Wasser zwischen den Zehen. Bereits von Weitem erkannte er das Steinkreuz. Er atmete auf, als er davorstand. Bis hierher hatte er alles richtig gemacht. Die Armbanduhr zeigte vierzehn Uhr zweiunddreißig. Jetzt hieß es warten. In achtundzwanzig Minuten sollte die Drohne eintreffen.

Seiler stellte die Reisetasche auf den Boden und öffnete den Reißverschluss. Hunderttausend Euro waren sehr viel Geld. Er hatte sich ursprünglich einen riesigen Packen darunter vorgestellt. Aber die vier Bündel sahen unscheinbar aus.

Hatte die Polizei vielleicht einen Sender zwischen den Scheinen versteckt? Kurz überlegte er, ob er nachsehen sollte. Aber eigentlich wollte er es gar nicht wissen. Er musste den Beamten vertrauen. Sie wollten versuchen, das Versteck zu finden, in dem Corinna gefangen gehalten wurde, und sie würden sie befreien, falls die Geiselnehmer sich nicht an die Vereinbarung hielten.

Seiler stand auf dem Feld und blickte besorgt zum Himmel. Er befürchtete, die Entführer könnten die Übergabe abbrechen, wenn die Flugbedingungen ungünstig waren. Der Wind hatte zugenommen, und jeden Moment konnte es erneut anfangen zu regnen. Die Minuten flossen wie Honig. Er sehnte den Zeitpunkt herbei, an dem alles vorbei war und er Corinna in seinen Armen hielt. Vielleicht würde sie ihn sogar dafür loben, dass er alles richtig gemacht hatte.

Der VW-Transporter mit Gepäckbox auf dem Dach stand am Rande des Vißler Wohngebiets. Im Inneren des Fahrzeugs saßen zwei Männer in Zivil vor Bildschirmen. Fred Hinrichsen war Ende zwanzig und ein Kaffeejunkie. Auf seinem Schreibtisch standen zwei Thermoskannen und eine Tasse, die oberhalb des Füllstands dunkle Ringe zeigte. Ohne Zucker und Milch musste das pechschwarze Gebräu sein. Er schlürfte geräuschvoll den Rest aus dem Becher mit der Aufschrift »Morgenmuffel«.

»Mann, nicht so laut. Du erschreckst ja die Geiselnehmer. Hast du schon was?« Peter Wolff, der Ältere der beiden, nahm den Kopfhörer ab und wandte sich seinem Kollegen zu.

»Nee. Hoffentlich haben sie das Videosignal nicht verschlüsselt.«

»Glaub ich nicht. Das ist nicht so einfach. Selbst das US-Militär kriegt das Problem kaum in den Griff. Aber wer sagt uns denn, dass das Ding überhaupt eine Kamera an Bord hat?«

»Ich hätte nicht darauf verzichtet, die Umgebung zu beobachten. Aber wenn die Typen schlau sind, werden sie die Drohne nicht fernsteuern, sondern autonom agieren lassen. Dann hast du keine Chance, einen Sender zu orten«, erklärte Hinrichsen.

»Warten wir es ab. Falls sich unser Liebespaar meldet, bevor wir ein Signal haben, können wir einpacken.«

»Hoffentlich machen die beiden keinen Unsinn.« Hinrichsen grinste.

»Der Fiesta ist entschieden zu klein dafür.«

»Käme auf einen Versuch an.«

»Die Kleine hat dir wohl gefallen, was? Aber vergiss nicht, dass du verheiratet bist, Fred.« Peter Wolff wandte sich wieder seinem Monitor zu.

»Danke, dass du mich daran erinnerst.«

»Bitte. Ich hab schließlich eine gewisse Fürsorgepflicht.«

Hinrichsen goss sich Kaffee ein und schaute auf die Uhr. Es musste gleich so weit sein. Er hob die Tasse an, um sie sofort wieder abzustellen.

»Ich hab ein Signal! Bei zwei Komma vier Gigahertz«, rief er aufgeregt. Er tippte hektisch auf der Tastatur des Computers herum. »Wow. Sieh mal!«

Auf dem Bildschirm erschienen gestochen scharfe Luftaufnahmen. Ab und zu flackerte das Bild ein wenig, stabilisierte sich jedoch. Hinrichsen griff zum Diensthandy. »Ich komme zum Essen, Liebling«, sagte er und legte wieder auf. »Hast du eine Funkfrequenz, Peter?«

»Negativ. Das Ding wird nicht ferngesteuert. Hätte mich auch gewundert. Wo ist es jetzt?«

»Vermutlich nicht weit vom Zielort. Die Häuser hier sind bereits zu sehen. Kannst schon mal winken. Gleich kommen wir ins Bild.«

Günther Seiler rieb sich den Nacken. Die Verspannungen durch den ständigen Blick in den Himmel schmerzten. Leichter Regen hatte eingesetzt, und die Sicht war schlecht. Wie aus dem Nichts tauchte plötzlich ein dunkler Punkt über den Dächern der Siedlung auf und kam näher. Er wusste sofort, dass es das Flugzeug war, auf das er gewartet hatte. Fast freute er sich über den Anblick. Sein Puls beschleunigte sich. Obwohl er genügend Zeit hatte, bückte er sich und griff nach der Tasche. Er nahm die Bündel heraus und hielt sie in beiden Händen.

Die Drohne war jetzt so nahe, dass er sie erkennen konnte. In etwa hundert Metern Entfernung blieb sie in der Luft stehen. Dort verharrte sie einige Sekunden, als würde sie ihn beobachten. Plötzlich drehte sie ab. Seiler blieb das Herz stehen.

»Hierher!«, schrie er. »Verdammt noch mal, komm hierher!«

Der Quadrocopter vollführte eine Kreisbahn. Dann kam das Fluggerät langsam auf Seiler zu.

»Zu mir«, flüsterte er erleichtert.

Wenige Meter vor ihm stoppte es. Er ging darauf zu. Aber wo war die Tasche? Er sollte das Geld in eine Tasche legen. Noch bevor er zu Ende gedacht hatte, öffnete sich eine Klappe an der Unterseite, und ein grauer Beutel wurde an einem Seil heruntergelassen. Ohne zu zögern, packte er das Geld hinein und wich einige Schritte zurück. Der Beutel verschwand wieder in der Box, und nach wenigen Sekunden stieg die Drohne senkrecht empor, höher und höher, bis sie im Dunst verschwunden war.

Seiler war erschöpft, aber froh, dass er seine Aufgabe gemeistert hatte.

»Verdammt, das Ding steigt auf über tausend Meter. Wenn es die Wolkendecke durchbricht, sehen wir gar nichts mehr.« Hinrichsen betätigte mit der Maus einen Schieberegler und versuchte den Kontrast zu optimieren.

»So ist es besser«, sagte Wolff, der sich neben ihn gesetzt hatte und ebenfalls gebannt auf den Bildschirm blickte. »Da lässt sich auch später noch etwas aus den Aufzeichnungen herausholen.«

»Hoffentlich. Es fliegt nach Osten, Richtung Schleswig.«

Plötzlich erschienen Streifen auf dem Monitor, die in der nächsten Sekunde von Schneegestöber abgelöst wurden.

»Und was ist jetzt?« Wolff starrte entsetzt auf den Bildschirm, dann sah er seinen Kollegen an.

»Verflucht und zugenäht! Das Scheißding sendet nicht mehr.«

»Das gibt's doch nicht. Versuch's auf einem anderen Kanal!«

Hinrichsen klickte nacheinander mehrere Symbole an. »Nichts. Es hat sich selbst abgeschaltet.« Er schlug so fest mit der Faust auf den Tisch, dass Kaffee aus der Tasse schwappte. »Die haben uns nach Strich und Faden gelinkt. Und du kannst dich darauf verlassen, dass sie nach dem Abschalten die Flugrichtung geändert haben. Die sind mit allen Wassern gewaschen.«

»Aber wenn sie keine Funkfernsteuerung benutzen …«

»Mensch, Peter, der Coup war perfekt getimt – per GPS ans Ziel, eine Runde drehen, das Geld einsammeln, aufsteigen, einen Schlenker nach Osten machen, um uns zu täuschen, die Kameraübertragung kappen und dann nach Hause oder an irgendeinen Ort, an dem die Typen in ihrem Jaguar warten und ganz gemütlich eine Havanna rauchen. Ich ruf jetzt an und geb durch, dass aus dem Essen nichts wird.«

»Und ich sag unserem Liebespaar Bescheid, dass sie mit dem Knutschen aufhören und nach Kiel zurückkehren können. Bei der Suppe da draußen werden sie auch mit dem Fernglas kaum etwas beobachtet haben.«

»Die Kollegen vom SEK können ebenfalls Feierabend machen.«

Hinrichsen schenkte sich den Rest aus der zweiten Thermoskanne ein.

»Soweit ich weiß, sind über zwanzig Mann abgestellt, die die Gegend rund um den Übergabeort observieren. Vielleicht haben sie Glück und erwischen das Ding beim Landeanflug.«

»Ja, vielleicht. Aber wenn es fünfzig Kilometer fliegen kann, hätte man halb Schleswig-Holstein überwachen müssen.«

30

Zwei Männer saßen vor einer Werkbank, auf der Computerbildschirme standen. Die verschmutzten Lichtbänder im Dach tauchten die Industriehalle in ein trübes Licht. In einigen Metern Entfernung tropfte Wasser von der Decke und erzeugte konzentrische Kreise auf einer Pfütze, die in Regenbogenfarben schillerte. Das Geräusch wurde vom hässlichen Ton eines Ventilators begleitet. Das Gebäude zu finden war ein Glücksfall gewesen. Es war bereits vor einem Jahr nach dem Konkurs des metallverarbeitenden Betriebes ausgeschlachtet worden. Lediglich einige schrottreife Maschinen hatte man zurückgelassen. Es war den Männern gelungen, ein Notstromaggregat in Betrieb zu nehmen, das genügend Strom für die Computer lieferte. Der Treibstoff würde noch für einige Tage reichen.

Der Kleinere der beiden hatte sein rechtes Bein ausgestreckt und betastete das Knie. »Das tut verflucht weh. Du musst nachher fahren, Diet…«

»Mensch, halt die Klappe! Du wirst es wohl nie kapieren. Ich heiße Paul. Wir sind Paul und Tom. Verstanden?«

»Hier hört uns doch keiner. Die Kleine nebenan kriegt sowieso nichts mehr mit. Außerdem wird sie bald nichts mehr erzählen können.«

»Du kennst meine Devise.«

»Klar. Null Risiko. Aber die Attacke dieser Hure war nicht eingeplant. Also musst du das Geld abholen – Paul.«

»Aber bau keinen Mist in der Zeit. Und lass das Mädchen in Ruhe. Die ist zu schlau für dich.«

»Wenn meine Erzeuger Akademiker gewesen wären wie deine, hätte ich auch Abitur gemacht. Da gibt es Statistiken drüber. Das ist eindeutig nachgewiesen: Die Herkunft bestimmt, was aus einem wird.«

»Dann sieh zu, dass du nicht in den Knast kommst wie dein Alter.«

»Du bist ein arrogantes Arschloch, weißt du das?«

»Schon gut. War nicht so gemeint. Wir müssen jetzt professionell handeln. Ich hoffe, ich kann mich auf dich verlassen.«

»Klar. Wenn wir genug Kohle eingesammelt haben, werde ich ein Restaurant aufmachen. Du wirst schon sehen.«

Paul sah auf die Uhr. »In zehn Minuten geht es los. Du hast den Copter genau an die vereinbarte Stelle gebracht?«

»Ja, Mann.«

»In neunzehn Minuten müssten die ersten Bilder eintreffen. Hoffentlich macht uns das Wetter keinen Strich durch die Rechnung.«

»Ich denke, das Ding ist wetterfest.«

»Ja. Es wird schon klappen. Noch fünf Minuten und zehn Sekunden bis zum Start.«

»Die GPS-Koordinaten sind in der Drohne gespeichert, wenn ich es richtig verstanden habe. Wenn die Polizei eingeschaltet wurde und die das Ding abfängt, dann können die Bullen herausfinden, wo es abgeflogen ist und wo es landen sollte.«

»Ja. Deshalb sitzen wir hier ja vor dem Bildschirm. Wenn die den Copter vom Himmel holen, brechen wir die gesamte Aktion natürlich ab. Trotzdem wäre es übel. Wir haben nur einen Ersatz. Wir müssen sowieso erst einmal eine Pause einlegen und neue Verstecke suchen.«

»Ich verstehe nicht, warum wir dauernd den Ort wechseln müssen. Die Bruchbude hier ist doch optimal. Niemand wird sich hierher verirren.«

»Man weiß nie. Besser wäre es, wenn wir die Unterbringung der Geisel und den Operationsort wieder trennen würden. Die Ausrüstung hier können wir überall aufbauen.«

»Null Risiko.«

»Genau. Null Risiko. Und jetzt halt die Klappe. Jeden Moment ist es so weit.«

Der Mann, der sich Paul nannte, trommelte nervös mit den Fingern auf der Werkbank. »Wir haben Kontakt!«

»Schalte mal auf Google Maps um.«

Paul klickte auf ein Symbol, das eine Weltkugel darstellte. Auf dem linken Bildschirm erschien die Satellitenansicht. Ein roter Punkt bewegte sich langsam über die Karte in östliche Richtung, und am oberen Rand des Programmfensters wurden Zahlen eingeblendet.

»Geil, oder? Wir sind jetzt genau über dem Holmer See. Windgeschwindigkeit acht Meter pro Sekunde. Ganz schön heftig. Wenn wir von der Küste wegkommen, wird es ruhiger werden. Falls alles gut geht, haben wir bald die Knete im Sack.«

Tom stöhnte auf, als er das Bein anzog. »Morgen geh ich zum Arzt.«

»Erst wird das hier erledigt. Und denk dir schon mal eine gute Geschichte aus, woher die Verletzung kommt.«

»Die Tabletten wirken kaum noch. Ich halt das nicht mehr aus.«

»Anderen die Finger abschneiden, aber selbst so wehleidig sein.«

Paul grinste.

»Du hast gut reden. Wann erledigen wir das Miststück nebenan?«

»Vielleicht hat sie mich gar nicht richtig gesehen.«

»Was? Du willst sie doch nicht laufen lassen?«

»Nein. Verdammt noch mal, was hast du uns da nur eingebrockt?«

»Wir hätten das Stativ nicht im Raum lassen dürfen. Das war ein Fehler in deinem genialen Plan.«

»Streiten bringt jetzt nichts. Unser Ufo ist angekommen und dreht die Ehrenrunde. Achte einmal mit darauf, ob du was Verdächtiges bemerkst.«

»Schlechte Sicht. Es regnet. Das Auto unseres Geschäftspartners war gerade im Bild. Da ist noch ein Wagen. Was macht der in dieser Wildnis?«

»Eine Reifenpanne, jemand, der mit seinem Hund spazieren geht, ein Liebespaar? Keine Ahnung.«

»Oder Polizei. Kannst du noch eine zweite Runde drehen?«

»Mann, wie soll das gehen? Wir haben doch keine Funkverbindung. Ich kann das für das nächste Mal einprogrammieren. Allerdings können wir nicht endlos kreisen, weil die Akkulaufzeit begrenzt ist. Da steht der Typ.«

Auf dem rechten Monitor war ein Mann zu sehen. Die Kamera hatte auf die Fischaugenperspektive umgeschaltet und verzerrte das Bild. Trotzdem war deutlich zu erkennen, wie der Beutel hinuntergelassen wurde und Seiler das Geld hineinpackte.

Eine Minute später stieg die Drohne auf und lieferte erneut ein Panorama der Landschaft. Die Felder mit ihren verschiedenen Nutzungen wirkten wie ein bunter Flickenteppich. Für einen kurzen Augenblick kamen noch einmal die beiden Fahrzeuge ins Bild. Dann verschwand alles hinter einem Grauschleier. Nur noch wenige Konturen zeichneten sich ab.

»Ich fahr jetzt los«, sagte Paul und stand auf. »Du kannst hier inzwischen klar Schiff machen. Sammel alle Gegenstände ein und versuch überall die Fingerabdrücke zu beseitigen. Falls es Probleme gibt, muss alles zum Abflug bereit sein.«

»Okay.« Mit schmerzverzerrtem Gesicht stand Tom auf. »Sei vorsichtig. Check die Gegend genau, bevor du die Drohne einsammelst.«

»Darauf kannst du dich verlassen. Und du lässt die Kleine in Ruhe, verstanden? Wir überlegen nachher, was wir mit ihr machen.«

»Es wird mir Vergnügen bereiten, ihr den Hals umzudrehen. Du musst dir die Finger nicht schmutzig machen.«

Paul ging zum Ausgang und öffnete die Stahltür mit dem provisorischen Schlüssel, den Tom hergestellt hatte. So etwas konnte sein Partner. Trotzdem hatte sich Paul so manches Mal gefragt, ob er sich den richtigen Mann für seine Pläne ausgesucht hatte. Tom handelte oft unüberlegt und impulsiv. Dazu kamen sein Hang zum Sadismus und eine Aggressivität, die er offenbar nur schwer steuern konnte. Das waren keine guten Eigenschaften für das Projekt. Aber er erledigte die Drecksarbeit.

Es machte einen Unterschied, die brutale Szene zu filmen oder selbst Hand anzulegen. Paul wusste, dass er selbst nicht in der Lage gewesen wäre, Letzteres zu tun. Genauso wenig war er fähig, einen Mord zu begehen. Auch das würde Tom erledigen. Aber eine Geisel zu töten war nicht eingeplant gewesen. Alle Planungen und Vorbereitungen hatten nicht vermeiden können, dass etwas schiefging. Diese Corinna hatte ihn gesehen. Vielleicht war sie in der Lage, ihn zu beschreiben, ein Phantombild zu erstellen, mit dem man nach ihm suchen würde. Das Risiko, sie laufen zu lassen, war einfach zu groß.

Den Pkw hatte er in der baufälligen Lagerhalle untergestellt, an der noch das Firmenschild prangte: Gregor Balke Metallbau GmbH. Das Schiebetor ließ sich nur noch von Hand und mit enormer Kraftanstrengung bewegen, was letztendlich sogar den Vorteil hatte, dass keine neugierigen Zeitgenossen oder spielende Kinder hineingelangten. Den Ort der Geldübergabe und den Landeplatz für den Copter hatten sie sorgfältig ausgesucht. Beide Lokalitäten mussten in möglichst einsamen Gegenden, weit abseits jeglicher Wohnhäuser liegen. Weiterhin durfte die Flugstrecke nicht zu kurz und nicht zu lang sein. War Ersteres der Fall, konnte die Polizei, falls diese sich einmischte, die Umgebung absperren. Die größte Entfernung zwischen den Punkten wurde durch den Flugradius der Drohne begrenzt.

Vor einer geplanten Aktion observierten sie stets den Zielort. Aber es bestand ein Restrisiko, dass der Quadrocopter am Boden zufällig von jemandem entdeckt wurde, obwohl er mit olivgrüner Tarnfarbe gestrichen war.

Besondere Vorsicht war natürlich bei der Abholung geboten. Der geschickt ausgewählte Landeplatz verhinderte, dass Paul dabei beobachtet wurde. Aber es bestand die Gefahr, dass er danach in eine Polizeikontrolle geriet. Für diesen eher unwahrscheinlichen Fall hatte er sich etwas Besonderes ausgedacht. Der Notfallplan sah vor, dass er die Heckklappe des Kombis öffnete, sobald er etwas Verdächtiges beobachtete, das Fluggerät selbstständig abhob und sich so weit entfernte, wie es die restliche Akkulaufzeit zuließ. Alles würde automatisch ablaufen, sogar das Schließen und Verriegeln der Heckklappe. Ohne Geld und Copter würde man ihn kaum verdächtigen.

Paul musste einige Feldwege entlangfahren, die das Navigationssystem nicht kannte, aber er hatte sich die Strecke sorgfältig eingeprägt. Einmal rechts und zweimal links abbiegen, dann hatte er das Ziel erreicht. Nervös beobachtete er die Landschaft vor sich und schaute immer wieder in den Rückspiegel.

Niemand folgte ihm, und weit und breit waren keine Menschen oder Fahrzeuge zu sehen. Er stoppte den Wagen, ließ aber den Motor laufen. Rechter Hand lag die kleine Baumgruppe, hinter der die hunderttausend Euro auf ihn warteten, sofern alles geklappt hatte. Er nahm die Kamera sowie das Stativ vom Beifahrersitz und stieg aus. Mit der Ausrüstung, dem gelben Friesennerz, den er über die Lederjacke gezogen hatte, und den Gummistiefeln konnte er seine Tarnung als Hobby-Ornithologe einigermaßen glaubhaft darstellen, falls er beobachtet wurde. Sogar Vogelbilder hatte er auf der Speicherkarte, die er einige Tage zuvor geschossen hatte. Vielleicht übertrieb er es mit den Vorsichtsmaßnahmen. Aber der geringste Fehler würde ihn und seinen Partner für viele Jahre in den Knast bringen. Da lohnte jede Anstrengung, das Risiko zu minimieren. Er nahm den Inhalator aus der Jackentasche und atmete tief ein, während er den Sprühknopf hinunterdrückte.

Der Boden war matschig und haftete an den Stiefeln. Die Kamera hatte er sich um den Hals gehängt, das zusammengeklappte Stativ hielt er in der Hand. Nach zehn Minuten erreichte er sein Ziel. Der Copter lag nur wenige Meter vom geplanten Landepunkt entfernt.

Paul schaute sich noch einmal um, ging in die Hocke, legte das Stativ ab und öffnete den Kasten. Das Geld im Beutel schien der geforderten Summe zu entsprechen. Kein versteckter Sender. Nun hatte er es eilig. Mit den sperrigen Gegenständen war der Rückweg mühsam, und er musste aufpassen, dass er nicht im Matsch oder im nassen Gras ausrutschte.

Seine Kleidung war völlig verdreckt, als er den Wagen erreichte. Er platzierte das Fluggerät im Heck des Fahrzeugs so, dass der Start im Notfall reibungslos vonstattengehen konnte.

Tom schaltete den Computer aus, klemmte die Bildschirme ab und legte die Geräte in einen Karton. Dort hinein passten auch Tastatur, Maus, Empfänger, Kaffeemaschine, Tassen und Corinnas Handtasche. Die Kamera und das Stativ verstaute er im zugehörigen Koffer. So vorsichtig er sich auch bewegte, jede wechselnde Belastung des rechten Beins verursachte einen stechenden Schmerz, und bei jedem Stich verfluchte er das Luder, das ihm das Knie zerschmettert hatte.

Nein, so einfach sollte sie nicht davonkommen. Sie sollte leiden, bevor sie den Gnadenschuss erhielt. Dieter alias Paul hatte ihm gar nichts zu sagen. Er war nicht der Boss, auch wenn er sich so aufspielte. Sie waren gleichberechtigte Partner. Tom nahm den Schlüssel, die Pistole und den Bolzenschneider aus dem Blechkasten, der auf dem Metalltisch neben der Werkbank stand. Die Beretta klemmte er hinter den Gürtel. Nur für alle Fälle. Das Biest war unberechenbar.

Das Werkzeug lag schwer in der Hand. Die bloße Berührung des Bolzenschneiders ließ seinen Adrenalinspiegel ansteigen. Am Kopf klebte noch Blut. Er überlegte, was er gefühlt hatte, als er die Faust des Miststücks mit Gewalt öffnete, den Finger nach oben bog, bis er ein Krachen hörte, wie er die Schneide ansetzte und langsam, langsamer als die Male davor, den Druck erhöhte, bis das Blut spritzte und er den Finger in der linken Hand hielt. Er hörte noch das Gewimmer und das Geschrei. Es hatte ihm keinen Spaß bereitet. Aber er musste es tun. Es gehörte zu seinen Aufgaben. Dieter, dieses Weichei, hätte es nicht zustande gebracht. Er brauchte ihn für die praktischen Dinge, fürs Grobe. Nur mit seiner akademischen Art hätte Dieter das alles nicht durchziehen können.

Tom packte den Griff des Bolzenschneiders fester und schlug das andere Ende mehrmals auf die linke Handfläche. Und jetzt? Was trieb ihn an, nach nebenan zu gehen und die Frau zu quälen? War es die Wut, die er empfand, wenn er bei jedem Schritt den Schmerz im Knie spürte? War es der Wunsch, dass es anderen nicht besser ergehen sollte als ihm, die Rache für sein eigenes verpfuschtes Leben? Er wusste es nicht. Dieter hatte ihn einmal einen Sadisten genannt. Am liebsten hätte Tom ihm damals die Fresse poliert. Er war kein Sadist. Es musste etwas anderes sein, das ihn dazu bewog, jetzt die Tür aufzuschließen und den Raum zu betreten.

Seine Maske zog er nicht über. Die Frau saß auf der Pritsche. Als er eintrat, drückte sie sich fest mit dem Rücken an die Wand. Um den Fingerstumpf hatte sie Papiertaschentücher gewickelt. Ihre Augen spiegelten Angst und Panik wider. Sie starrte ihn an. Dann wanderte ihr Blick zur Stahltür. Tom steckte den Schlüssel ins Schloss, drehte ihn zweimal herum, zog ihn ab und ließ ihn in die Gesäßtasche gleiten. Diesmal würde sie ihm nicht entkommen.

Er humpelte zum Stuhl und setzte sich. Den Bolzenschneider knallte er geräuschvoll auf den Tisch, sodass sie zusammenzuckte und sich noch stärker an die Betonwand presste.

»Zehn kleine Fingerlein wollten besonders schlau sein. Da machte es schnipp, schnapp, und es waren nur noch neun«, sang er. »Neun kleine Fingerlein überlebten diese Nacht, doch da machte es schnipp, schnapp, und es waren nur noch acht.« Er griff hinter sich und zog die Pistole aus dem Gürtel. »Setz dich zu mir.«

Mit dem Lauf zeigte er auf den Stuhl auf der anderen Seite des Tischs.

Die Frau schüttelte den Kopf. Hektisch flogen ihre Blicke durch den Raum. Er konnte ihre Angst förmlich riechen. In diesem Augenblick wusste er, was ihn leitete. Es war nicht nur die Wut auf sie und auf die ganze Welt. Er verspürte das Gefühl von Macht. Endlich war er es einmal, der das Geschehen bestimmte. Das war nur gerecht. Das Gefühl wollte er auskosten. Er hatte Zeit. Dieter würde nicht so schnell zurück sein. Sollte er doch ausflippen, wenn er kam. Das war ihm egal.

»Wird's bald?«

Sie schüttelte erneut den Kopf.

Er stand auf. »Acht kleine Fingerlein ...«, sang er mit schmerzverzerrtem Gesicht. Langsam ging er auf sie zu. Das rechte Bein schwang er dabei mit durchgedrücktem Knie im Halbkreis und setzte es nur kurz auf. Der Lauf der Pistole blieb auf sie gerichtet. Sie wälzte sich von der Pritsche und tastete sich an der Wand entlang bis zur Zimmerecke, ohne den Blick von ihm zu wenden. Die Liege befand sich zwischen ihnen. Bevor er reagieren konnte, packte sie das Stahlgestell am Fußende und zog es zu sich heran. Nun stand sie in einem schützenden Dreieck, bestehend aus den beiden Wänden und dem Bett. Dieses verfluchte Miststück!

»Glaubst du, du kannst meiner Kugel so entkommen?«

Er zielte auf ihren Kopf. Sie schien ihre aussichtslose Lage zu erkennen. Zitternd und mit weit aufgerissenen Augen stand sie jetzt vor ihm. Aber er traute ihr nicht. Ein in die Enge getriebenes Tier war zu allem fähig. Einen Moment überlegte er abzudrücken. Doch sie einfach zu töten ergab keinen Sinn. Jedenfalls jetzt noch nicht.

Mit einem Ruck schleuderte er die Liege beiseite. Nun stand er keine zwei Meter von ihr entfernt. Ihr Blick veränderte sich urplötzlich. Langsam kam sie auf ihn zu. Ihre Reaktion irritierte ihn zutiefst. Statt Angst las er Entschlossenheit in ihrem Gesicht. Was hatte sie vor? Wollte sie, dass er sie tötete, oder hatte sie einen Plan, den er nicht durchschaute? Er merkte, wie seine ausgestreckte Hand mit der Waffe zitterte. Sein Zeigefinger krümmte sich, weigerte sich aber, den Druckpunkt zu überwinden. Er ging einen Schritt zurück.

»Ich knall dich ab!«, schrie er.

Plötzlich erklang ein Pochen. Einmal, zweimal, dreimal. Beide erschraken.

»Los, aufs Bett!«, befahl Tom.

Corinna gehorchte. Tom ging rückwärts bis zur Tür, den Blick und die Pistole weiterhin auf sie gerichtet. Mit der Linken fummelte er den Schlüssel aus der Hosentasche, steckte ihn ins Schloss und öffnete die Tür.

»Du verdammter Idiot!«, schrie ihn der maskierte Komplize an, während er eintrat. »Was ist hier los?«

»Nichts – Paul. Es ist alles in Ordnung. Ich hab mich nur ein wenig mit ihr unterhalten.«

»Ich hab gesagt, dass du sie in Ruhe lassen sollst! Und wieso hast du die Mütze nicht auf?«

»Ich hab ihr kein Haar gekrümmt.« Er sah zu ihr hin, als erwartete er ihre Zustimmung.

»Wir müssen hier weg.«

»Ist was schiefgegangen? Hast du das Geld?«

»Das Geld ist im Sack. Aber ich hab einen Kerl mit einem Fernglas gesehen und andere verdächtige Gestalten. Eine Zeit lang ist mir ein Wagen gefolgt. Ich hab ihn abgehängt. Trotzdem müssen wir abhauen.«

»Und die da?« Tom hatte immer noch die Pistole in der Hand und zeigte damit auf Corinna. »Soll ich sie hier umlegen?«

»Nein. Wir nehmen sie mit. Vielleicht brauchen wir sie noch.«

»Was?«

»Gib mir die Knarre und fessele sie, die Hände auf den Rücken.«

Er zog einen Kabelbinder aus der Tasche und überreichte ihn seinem Partner. »Beeil dich. Hast du die Sachen gepackt?«

»Ja, klar.«

Tom humpelte auf Corinna zu, die sich an die Wand gelehnt hatte. Freiwillig streckte sie ihm beide Hände entgegen. Für einen Moment trafen sich ihre Blicke. Sie konnte ihn genauso wenig einschätzen wie den anderen Entführer. Vielleicht reichte ihre Menschenkenntnis einfach nicht aus, um deren Handlungen und Beweggründe zu verstehen. Die beiden Männer gingen hinaus. Sie hörte, wie die Tür abgeschlossen wurde.

Eine Viertelstunde später erschien der, der sich Paul nannte. Er verband ihr Augen und Mund mit Klebeband. Dann packte er sie am Arm und führte sie zu einem Fahrzeug. Wie ein Gepäckstück wurde sie unsanft in den Kofferraum verfrachtet. Ihr Kopf schlug auf Metall. Der Schmerz war kurz und wurde sofort durch die Angst überdeckt. Das Wechselbad der Gefühle war unerträglich. Panik, Hoffnung, Ungewissheit, Todesangst, Resignation und der Wille zu überleben wechselten sich ab. Was hatten die Entführer mit ihr vor? Sie hatte beide gesehen und würde sie jederzeit wiedererkennen. Vielleicht sollte sie ihnen versprechen, sie nicht zu verraten. Sie wusste, dass das Unsinn war.

Nachdem sich der Wagen in Bewegung gesetzt hatte, hörte sie, wie die beiden Männer miteinander redeten.

»Wohin fahren wir?«, fragte der Dürre.

»In die Blechhütte.«

»Und was ist mit null Risiko? Wir wollten kein Versteck zweimal benutzen.«

»Das ist eine Ausnahmesituation. Außerdem ist es mehrere Monate her, dass wir dort waren.«

»Und wenn die Polizei das Versteck entdeckt hat?«

»Das werden wir vorher checken. Wenn die Polizei davon weiß, dann war die Spurensicherung da und hat Spuren hinterlassen.«

»Du bist mal wieder schlauer als die Bullen, was?«

»Allerdings. Ich hab ein Papiertaschentuch im Keller platziert. Wenn sie da waren, haben sie es eingetütet und mitgenommen.

Natürlich war da nicht meine Rotze dran. Ich hab es aus irgendeinem Papierkorb gefischt.«

Der Dürre lachte. »Nicht schlecht. Das heißt, bevor wir unser Quartier dort einrichten, sieht einer von uns nach, ob das Tempo noch da ist.«

»Richtig. Das wirst du machen. Ich werde in gebührendem Abstand auf dich warten.«

»Wo hast du das Geld?«

»Liegt hinten unter dem Sitz. Morgen bringen wir es in unser Depot. Hast du Angst, dass ich mit der Knete ablaue?«

Die Antwort kam zögerlich. »Nee. Noch lohnt es sich nicht. Wir machen doch weiter, oder?«

»Klar.«

»Aber du musst gehen und die Lage checken. Mein Knie.«

»Verdammtes Knie.«

»Verdammte Hure.«

Corinna versuchte, sich ein wenig aufzurichten. Ihr wurde immer klarer, dass man sie nicht freilassen würde. Sie kannte die Gesichter der beiden, und sie unterhielten sich über Details ihrer Verbrechen, ohne Rücksicht darauf zu nehmen, dass sie jedes Wort mithören konnte. Einzig die Tatsache, dass sie noch am Leben war und dass man ihr die Augen verbunden hatte, gab Anlass für ein wenig Hoffnung. Sie schluchzte laut auf. Ihre Augen brannten, und sie merkte, wie die Nasenschleimhäute zuschwollen. Sie bekam immer weniger Luft. Je hektischer sie atmete, desto panischer wurde sie. Sie versuchte, den Mund an ihrem Knie zu reiben. Vielleicht konnte sie das Klebeband ein wenig lösen. Sie fing an zu röcheln. Mit den Füßen trommelte sie gegen das Blech. Das kostete Kraft und Sauerstoff. Reflexartig begann sie, den Atem zu beschleunigen. Nur nicht die Besinnung verlieren, nur nicht ersticken!

Plötzlich wurde alles ganz leicht. Sie schwebte in einem Tunnel. Friedlich und schön war es dort. Ihre Angst verschwand und machte einem Glücksgefühl Platz. Eine Gestalt, umrahmt von einem Lichtschein, kam auf sie zu. »Geh zurück! Geh zurück!«, rief die Lichtgestalt. Corinna erkannte ihre Mutter.

31

Es war wieder einer dieser Tage, an denen Nachbar Hohlmeier keine Ruhe gab. Mit seinen Aktivitäten bestimmte er, wann Gerber seiner kreativen Arbeit nachgehen konnte. Die Heckenschere, die mit einem Zweitaktmotor betrieben wurde, hatte hörbare Schwierigkeiten mit dem widerspenstigen Gewächs auf der Grundstücksgrenze. Sie kam regelmäßig ins Stottern und heulte gleich darauf wie ein Moped bei Vollgas auf.

Gerber sah rote und pinkfarbene Kreise, die ineinanderliefen und sich gegenseitig auslöschten. Übelkeit und Kopfschmerzen stellten sich ein. Er nahm zwei Tabletten und begab sich ins Tonstudio. Er musste unbedingt irgendetwas tun, das ihn ablenkte. Meistens half das Gitarrenspiel. Heute versagte auch diese Therapie. Er dachte an Laura und Sophia. Kopfschmerzen und Übelkeit ließen allmählich nach, aber ein merkwürdiges Gefühl im Magen war geblieben.

Der Abend in Lüttmoorsiel lief vor seinem inneren Auge ab. Die letzten Tage hatte er ständig an all die Probleme und Ungereimtheiten denken müssen, an Michaels Unfall, die Rückwärtsbotschaft, an Hauptkommissar Flottmann und die Videos, an den Besuch bei Robert Mehler. Doch jetzt trat das alles für einen Moment in den Hintergrund. Wie so oft erzeugten die Erinnerungen nicht nur Bilder, sondern auch die zugehörigen Geräusche und synästhetischen Figuren. Gerber konzentrierte sich auf die Farbspiele der Polarlichter. Er fühlte Sophias Hand in seiner und Lauras zufällige Berührung. Das Ganze schien wie eine Einheit zu sein, eine Momentaufnahme, für die die Zeit angehalten worden war.

Ein weiterer Erinnerungsfetzen breitete sich aus und zerstörte das eingefrorene Erlebnis: Laura ließ die Holzpforte zurückschnellen. Damals hatte er daran gedacht, das Geräusch in seine Datenbank aufzunehmen. Jetzt bekam es plötzlich eine ganz andere Bedeutung. Der Film, den die Entführer während der Folterung des Fischers gedreht hatten! Die Impulse am Ende der Aufnahme.

Gerbers Pulsschlag beschleunigte sich. Er drückte den Einschaltknopf seines Rechners.

Wieso benötigte der Computer heute besonders lange, um hochzufahren, und warum musste das Betriebssystem ausgerechnet jetzt verschiedene Updates installieren? Nervös kaute er an einem Bleistift. Endlich konnte er den Audioeditor starten und die Tonspur laden, die er aus dem Video separiert hatte. Der Impuls war in der grafischen Darstellung nicht eindeutig zu identifizieren. Er markierte einen Bereich am Ende der Spur und ließ den Ausschnitt in einer Schleife abspielen. Dann setzte er den Kopfhörer auf. Klack – klack – klack. Er hatte die Bilder des fensterlosen Raums noch in Erinnerung. Der Schall kam vermutlich durch die Tür, die auf dem Video nicht zu sehen war und deren akustische Eigenschaften er nicht kannte. So gelang ihm nur eine unzulängliche Vorstellung des Originaltons, der von außen eindrang.

Gerber ließ die Schleife minutenlang laufen. Der Atem des Asthmatikers, das Knistern der Lederjacke, der Schritt eines der Entführer. In diesem Gemisch waren eindeutig zwei Impulse zu hören, wobei der zweite wesentlich leiser war. Die Abfolge hatte ihn zu dem Verdacht geführt, dass sie von einem Skateboard stammten. Aber wie passte das Geräusch zu der Holzpforte? Wenn die Fallhöhe groß genug war, überlegte er, könnte sie am Rahmen abprallen und erneut emporschnellen und zurückfallen. Gerber nahm den Kopfhörer ab. Erst jetzt bemerkte er, dass die Heckenschere verklungen war. Im günstigsten Fall hatte sie ihren Dienst komplett aufgegeben. Vermutlich war Hohlmeier bereits unterwegs zum nächsten Baumarkt und kaufte ein neues, leistungsfähigeres beziehungsweise lärmmaximiertes Gerät, dem man keine Blaue-Engel-Plakette geben würde.

Gerber ging ins Wohnzimmer und wählte Flottmanns Rufnummer. Niemand nahm ab. Nach einiger Zeit meldete sich eine Frauenstimme mit »Polizeirevier Husum, Silke Amsel.«

»Ich möchte Hauptkommissar Flottmann sprechen.«

»Der Hauptkommissar ist nicht im Hause. Wie ist Ihr Name, und um welche Angelegenheit geht es?«

»Um die Entführungen. Leon Gerber ist mein Name. Wann kann ich den …«

»Bitte warten Sie. Ich verbinde.«

Es knackte in der Leitung. Dann meldete sich Kriminaloberrat Hirsch. Gerber war sich sicher, dass das Telefonat mitgeschnitten wurde.

»Sie haben Informationen für uns, Herr Gerber?«

»Ich würde gerne mit Hauptkommissar Flottmann sprechen.«

»Sie müssen schon mit mir vorliebnehmen. Ich leite die Ermittlungen. Also, worum geht es?«

Gerber fiel ein, dass seine Zusammenarbeit mit Flottmann inoffizieller Art war. Keinesfalls wollte er ihn in Schwierigkeiten bringen, und die schroffe Art des Gesprächspartners schreckte ihn ab. »Ich werde mich später wieder melden.«

»Warten Sie. Wir sind für jeden Hinweis dankbar. Sie sind der Musiker mit dem absoluten Gehör?«

Der Kriminaloberrat wusste also Bescheid.

»So würde ich es nicht ausdrücken. Ich besitze lediglich eine sensible Wahrnehmung.«

»Sie haben uns bereits wichtige Hinweise geliefert. Dafür sind wir Ihnen dankbar. Wissen Sie, mit wie vielen Tätern wir es zu tun haben?«

»Nein. Das heißt, es müssen mindestens zwei sein. Das konnte ich aus den Geräuschen ableiten.«

»Hm. Haben Sie irgendetwas anderes beobachtet, das uns weiterhelfen könnte?«

»Nein.« Gerber bemerkte selbst, dass seine Antwort zögerlich kam. Eine Sekunde hatte er überlegt, ob er die Sache mit der Pforte erwähnen sollte.

»Die Geldübergabe erfolgte auf recht ungewöhnliche Art und Weise.«

»Mit einem Quadrocopter. Die Presse berichtete davon.«

»In den Zeitungen wurde das Wort ›Drohne‹ benutzt, soweit mir bekannt ist.«

Allmählich begriff Gerber, dass Hirsch ihn aufs Glatteis führen wollte. Das Wort »Quadrocopter« hatte Gerber wie selbstverständlich verwendet. Spätestens seit dem Besuch bei Robert Mehler hatte er diese Flugzeuge mit den vier Rotoren vor Augen gehabt, wenn es um den Entführungsfall ging.

»Falls Sie noch einmal meine Hilfe benötigen, können Sie mich gerne anrufen.« Gerber legte auf.

Unglaublich. Dieser Hirsch schien ihn tatsächlich zu verdächtigen, etwas mit den Entführungen zu tun zu haben.

Gegen Abend versuchte Gerber ein weiteres Mal, Flottmann zu erreichen, landete aber erneut bei Frau Amsel und legte sofort wieder auf. Vielleicht war es sowieso keine gute Idee, den Hauptkommissar mit einem neuen, vagen Hinweis zu konfrontieren. Seine Vermutung, das Impulsgeräusch könnte von einem Skateboard stammen, war definitiv falsch gewesen. Da war er sich inzwischen sicher.

Wenn es stimmte, was die IT-Forensiker herausgefunden hatten, war der Fischer irgendwo auf Nordstrand gefangen gehalten worden. Nein, nicht irgendwo, sondern in der Nähe des Deichs. Oder gab es solche Pforten auch an anderen Stellen? Eine einfache Frage, die Gerber nicht beantworten konnte. So gut sein Hörgedächtnis ausgeprägt war, so schlecht schien sein visuelles Erinnerungsvermögen zu sein. Gesichter konnte er sich schon gar nicht merken. Ebenso wenig gelang es ihm, sich an optische Eindrücke zu erinnern, es sei denn, sie hatten eine gewisse Bedeutung und waren vielleicht sogar mit Gefühlen verbunden. An einem Straßenschild konnte er hundertmal vorbeigefahren sein. Was darauf stand, blieb ihm nicht im Gedächtnis haften.

Mit etwas Glück konnte er den Ort finden, an dem das Opfer festgehalten worden war. Natürlich würde er das Verlies nicht aufsuchen. Abgesehen davon, dass er keine Spuren verwischen wollte, durfte er sich nicht in Gefahr begeben. Zwar hatte der Kommissar geäußert, dass die Täter kein Versteck mehrmals benutzten, aber darauf würde Gerber sich nicht verlassen. Sobald er eine Stelle gefunden hätte, die zu seiner Theorie passte, würde er die Polizei benachrichtigen.

Was trieb ihn eigentlich an? Wollte er sich und anderen beweisen, dass seine Sensibilität nichts Krankhaftes hatte, sondern eine nützliche Begabung darstellte? Er wusste nur, dass er die Sache weiterverfolgen musste. Es war wie ein Zwang. Er wollte unbedingt wissen, ob sein Verdacht zutraf. Bei der Gelegenheit konnte er die Geräusche der Pforte aufnehmen. Sie waren markant und typisch für die Gegend, aber sie fehlten in der Datenbank. Das war eine unverzeihliche Nachlässigkeit.

Am nächsten Tag packte er seine Ausrüstung zusammen und fuhr auf die Halbinsel. Er wollte die Suche in Norderhafen beginnen, dort, wo die Bauarbeiten für die Deicherhöhung endeten, die sich über eine Länge von zwei Komma fünf Kilometern Richtung Strucklahnungshörn erstreckten. Die Maßnahme sollte Nordstrand vor den Folgen des Klimawandels schützen. Sogar die Möglichkeit einer weiteren Erhöhung durch das Aufsetzen einer Kappe war eingeplant, falls der Meeresspiegel stärker steigen sollte als vorausberechnet.

Gerber stand mit dem Fernglas auf der Deichkrone und blickte in Richtung der Häuser Norderhafens. Er glaubte, in etwa abschätzen zu können, wie weit das Aufschlagen der Holzpforte zu hören sein konnte. Aus dem Umstand, dass der Schall zusätzlich durch eine geschlossene Tür dringen musste, reduzierte sich der Einwirkungsradius allerdings wesentlich. Eine weitere Unsicherheit stellten die Ausbreitungsbedingungen dar. Einen erheblichen Einfluss hatten Windgeschwindigkeit und -richtung, zumindest bei größeren Abständen. Da er aber nicht wusste, wann die Videoaufnahmen entstanden waren, kannte er auch nicht die Wetterbedingungen, die damals vorgelegen hatten. Ging er von der vorherrschenden Windrichtung West bis Nordwest an der Küste aus, dann …

Er beendete seine Überlegungen. Es war eher unwahrscheinlich, dass er auf Anhieb den richtigen Ort gefunden hatte. Vermutlich hatten die Entführer die Geisel in einem entlegenen Versteck festgehalten. Er entschloss sich zu einem ausgedehnten Spaziergang auf dem Deich. Wie viele passende Orte mochte es an der Küste Nordstrands geben? Egal, er hatte Zeit, und er hatte seine gesamte Aufnahmeausrüstung dabei. Vielleicht gab es unterwegs neue Geräusche zu entdecken.

Eine Dreiviertelstunde später erreichte er die Ortschaft Oben, eine kleine Ansammlung von Häusern, die zum großen Teil mit Reetdächern gedeckt waren. Auch hier gab es eine Treppe mit einer Holzpforte. Vom Deich aus hatte er einen phantastischen

Blick auf das Meer. In der Ferne war Nordstrandischmoor zu sehen. Sogar die vier Warften der Hallig waren mit bloßem Auge zu erkennen.

Er ging langsam hinunter zum Strand. Hier ließ der Wind nach, und für einen Augenblick genoss er die kostbare Stille. Ausgerechnet sie konnte er mit seinen Geräten nicht einfangen.

Die unterschiedlichen Tiefen des ruhigen Wassers zauberten phantastische Figuren auf die Oberfläche, helle und dunkle Flecken, Kräuselungen und Spiegelungen. Vielleicht bedurfte es der Stille, um diese optischen Eindrücke zugänglich zu machen. Er begab sich zurück auf den Deich und ging die Steintreppe hinunter zur Pforte. Der Ort war ideal für eine Geräuschaufnahme.

Er klappte das Stativ aus und schraubte das Mikrofon auf die Halterung. Dann stellte er es in fünf Metern Entfernung von der Geräuschquelle auf und startete das Aufnahmegerät. Tatsächlich ergaben sich je nach Fallhöhe durch den Rückprall ein, zwei oder sogar drei Impulse. Er war froh, dass ihn niemand beobachtete, als er die Pforte unzählige Male aus verschiedenen Höhen gegen die Pfosten prallen ließ. In solchen Situationen empfand er sogar sich selbst gegenüber eine gewisse Scham. Es war verrückt, was er tat. Aber es musste sein. Der Drang, seine Geräuschesammlung zu komplettieren, war übermächtig, obwohl er wusste, dass er das Ziel niemals erreichen würde. Manche Klänge galt es zu erhalten, weil sie vom Aussterben bedroht waren, Laute von Tierarten, die aus ihrem Lebensraum verdrängt wurden, aber auch künstliche Geräusche, wie das Fiepen und Rauschen eines Telefonmodems, das Rattern einer Wählscheibe oder das Rascheln des Films in einem Super-8-Projektor. Aber seine Sammelwut ging weit darüber hinaus, und sie erfüllte keinen Zweck.

In einiger Entfernung stand eine Blechhütte, daneben eine Kleinwindkraftanlage. Die Hütte passte zwar von der Abgeschiedenheit her ins gesuchte Schema, besaß jedoch Fenster und sicher keine Betonwände, wie sie im Video zu erkennen gewesen waren.

Gerber packte seine Ausrüstung zusammen und setzte sich auf die oberste Stufe der Steintreppe. Die Sonne war hinter Wolken verschwunden, und kalter Wind blies ihm ins Gesicht. Er entschloss sich, seine Aktion abzubrechen und den Rückweg anzutreten. Am Fuß des Deichs führte ein Weg entlang. Dort war es jetzt angenehmer zu laufen. Er schulterte seinen Rucksack, stieg hinunter, öffnete die Pforte und ließ sie ein letztes Mal mit lautem Knall zurückfallen. Weit und breit war niemand zu sehen, auch keine Schafe, die die Einzäunung von einem Ausflug in den Koog abhalten sollte.

Die Blechhalle war keine hundert Meter entfernt. Einen Blick durch die Fenster konnte er riskieren. Ein Trampelpfad schlängelte sich bis zur Tür, in der ein Kunststofffenster eingelassen war. Mit den Händen schirmte er das Licht ab und versuchte ins Innere zu blicken: Strohballen, ein Tisch, Stühle, kahle Wände, Profilblech ohne Isolation. Das war ganz sicher nicht der Raum, in dem die Geisel gefangen gehalten worden war. Später fragte er sich, weshalb er nicht fortgegangen, sondern die Klinke heruntergedrückt hatte und eingetreten war. Es ergab einfach keinen Sinn. Vielleicht vollzog er den Schritt einfach konsequent und zwangsläufig, um den Ort definitiv aus seinen Betrachtungen ausschließen zu können.

Gerber nahm den Rucksack ab, legte ihn auf einen der Strohballen und setzte sich auf einen Stuhl. Die Wanderung hatte ihn angestrengt. Sein Blick schweifte durch den Raum. Er überlegte, welche Funktion die Hütte gehabt haben mochte. Vermutlich waren hier ursprünglich landwirtschaftliche Geräte untergebracht worden.

Die Spinnweben vor den Fenstern und der Staub auf dem Inventar wiesen darauf hin, dass der Raum lange nicht mehr benutzt worden war. Der Boden bestand aus unbehandeltem Beton. Gerber fiel eine Stelle auf, die sich optisch von der Umgebung abhob. Er stand auf und ging darauf zu. Mit dem Fuß schob er Schmutz und Stroh beiseite, bis ein eingelassener Metallring zum Vorschein kam. Eine Luke.

Mehrere Gedanken schossen ihm gleichzeitig durch den Kopf. Das Verlies lag unter seinen Füßen! Das Handy – verdammt, er hatte es im Wagen zurückgelassen. Raus hier! Er schnappte sich den Rucksack, stürzte zur Tür, fiel über einen Holzschemel. Motorgeräusche. Ein Fahrzeug näherte sich, Mercedes Diesel im

Rückwärtsgang, gelbe Dreiecke mit roten Punkten. Er rappelte sich auf. Wie gelähmt blieb er stehen. Verlorene Sekunden. Endlich packte er die Klinke, drückte sie hinunter, riss mit aller Kraft. Nein, drücken musste er. Verdammt noch mal, drücken! Ein Tritt mit dem Fuß, und die Tür sprang auf.

Die Abendsonne blendete und tauchte die Szene in einen diffusen Nebel. Ein Mann starrte ihn an. Eine Frau lag im Kofferraum. Gerber verstand die Zusammenhänge nicht. Eine Faust prallte gegen sein Gesicht, der Rucksack glitt ihm aus der Hand. Stimmen, die leiser wurden. Ein dumpfer Schmerz. Der Boden kam näher. Ein Tritt an den Kopf. Bunte Strahlen flammten auf, die in einem feuerroten Kreis endeten. Der Kreis wurde größer, wie ein Brennfleck, der sich durch das Zelluloid eines stehen gebliebenen Films fraß. Dann war alles schwarz.

32

Es war stockdunkel. Gerbers Augen waren verbunden. Er spürte zunächst die Kopfschmerzen. Dann machten sich weitere Körperteile bemerkbar. Prellungen und Abschürfungen am Gesäß, an der Schulter und den Armen zeugten davon, dass man ihn unsanft die Treppe hinunterbefördert hatte. Mit dem Rücken lag er auf den unteren Stufen. Die Hände waren gefesselt, die Augen verbunden, aber die Beine waren frei und halfen, seinen Oberkörper in eine einigermaßen schmerzfreie Position zu bringen. Es dauerte Minuten, bis es ihm gelang, seine Situation einzuschätzen. Er befand sich genau in dem Verlies, das er gesucht hatte.

Für einen winzigen Augenblick fühlte er so etwas wie einen Triumph. Das Impulsgeräusch auf dem Video stammte tatsächlich von einer Holzpforte. Recht zu haben, was nützte ihm das jetzt noch? Er saß in der Falle. Langsam erinnerte er sich, was er vor seinem Blackout gesehen hatte. Wo war die Frau, die offenbar ein weiteres Opfer der Entführer und Erpresser war?

»Jemand hier?«, flüsterte er.

Nur das Echo seiner Stimme antwortete. Dann war es wieder still. Oft hatte er die Stille herbeigesehnt. Jetzt zeigte sie sich von ihrer hässlichen Seite. Er hörte seinen eigenen Herzschlag, seinen Atem und das Ticken der Armbanduhr. Aber er lechzte nach Geräuschen, die ihm etwas von der Außenwelt mitteilten. Die Dunkelheit konnte er ertragen, aber diese Geräuschlosigkeit machte ihm bereits jetzt zu schaffen.

Vor einigen Jahren hatte er sich versuchsweise in einen schalltoten Raum begeben. Lange hielt es dort niemand aus. Ihm war bereits nach wenigen Minuten schlecht geworden. Aber das hier war kein schalltoter Raum. Und doch spürte er ein ähnliches Unbehagen wie damals. Sein Gehirn versuchte, das Sinnesvakuum mit inneren Bildern zu füllen. Szenen aus den Videos tauchten auf, so realistisch, als erlebte er sie gerade, als wäre er eines der Opfer. Vielleicht würden sie ihn töten. Vielleicht würden sie ... Wenn man ihm den Ringfinger der linken Hand abschnitt, wäre es das Ende. Rechts wäre nicht so schlimm. Es gab erstklassige Gitarristen, die nur mit Daumen und Zeigefinger spielten. Aber die Finger an der linken Hand brauchte er, um die Akkorde zu greifen.

Gerber gelang es, den Gedankengang zu unterbrechen. Endlich drangen wieder Geräusche in sein Bewusstsein. Vielleicht waren sie die ganze Zeit da gewesen, und er hatte sie nicht wahrgenommen: ein tieffrequenter Ton, begleitet von kaum spürbaren Vibrationen, die von einem fernen Lkw herrühren mochten – und Schritte. Dort oben war jemand. Fast empfand er eine gewisse Erleichterung. Die Vorstellung, man könnte ihn hier unten einfach verrecken lassen, war ebenso unerträglich wie das, was er sich zuvor ausgemalt hatte.

Er bemühte sich aufzustehen. Mit auf dem Rücken gefesselten Händen benötigte er mehrere Versuche. Seine Füße tasteten vorsichtig durch den Raum, stießen an einen Tisch, Stühle und Gegenstände, die er nicht identifizieren konnte. Plötzlich hielt er inne. Er vernahm das Brummen der Leuchtstoffröhren. Jemand hatte das Licht eingeschaltet. Die Luke wurde geöffnet. Gerber benötigte seine Augen nicht, um zu erkennen, was vor sich ging. Zwei Personen kamen langsam die Treppe hinunter. Eine stampfte bei jeder zweiten Stufe laut auf, als würde sie ein steifes Bein nachziehen. Die andere Person ging unregelmäßig, zaghaft, leise. Kein Zweifel, dass es die Geisel war.

»Weg von der Treppe!«, schrie eine männliche Stimme.

Gerber trat einige Schritte zurück, stieß gegen einen Stuhl und stützte sich an der Lehne ab. Er hörte, wie die Frau aufstöhnte und von den letzten Stufen zu Boden fiel, weil sie offensichtlich ein Fußtritt getroffen hatte. »Verkriech dich in eine Ecke. Mit dir bin ich noch nicht fertig.«

Gerber hörte, wie der Mann näher kam. Er spürte dessen feuchten Atem im Nacken und einen Pistolenlauf im Rücken. »Und jetzt zu dir. Vorwärts! Nach oben.«

»Mit gefesselten Händen?«

»Wirst es schon packen.«

Der Kerl trat Gerber gegen die Wade. Mit weiteren Tritten dirigierte er ihn bis zur Treppe. Vielleicht hätte Gerber es tatsächlich geschafft, das Gleichgewicht zu halten, beschloss aber, sich nach den ersten Stufen theatralisch fallen zu lassen. Er musste unbedingt die Hände frei bekommen. Sonst hatte er keine Chance zu entkommen. Der Sturz war schmerzhaft. Insbesondere die bereits lädierte Schulter bekam einen heftigen Schlag ab. Er landete vor den Füßen des Verbrechers und wand sich stöhnend am Boden.

»Verdammt!« Der Mann versetzte ihm einen zusätzlichen Tritt mit dem Fuß.

»Blind und mit gefesselten Händen geht es nicht. Nehmen Sie mir wenigstens die Handfesseln ab.«

»Könnte dir so passen. Noch so eine Vorstellung, und ich knall dich ab.«

Er packte Gerber am Kragen und zog ihn hoch. Die Strategie war fehlgeschlagen. Während Gerber Stufe um Stufe erklomm, suchte er verzweifelt nach einem neuen Plan. Vielleicht könnte es ihm gelingen, den Widersacher hinunterzustoßen. Aber der hielt einen zu großen Abstand. Außerdem wartete oben womöglich ein Komplize. Auch den hätte Gerber überwältigen müssen. Es war aussichtslos.

Oben angekommen packten ihn zwei kräftige Hände und schleiften ihn zu einem Stuhl.

»Und jetzt unterhalten wir uns ein wenig.«

Gerber wurde auf den Sitz gedrückt. Ein stechender Schmerz zuckte durch Schulter und Rücken.

»Wo ist dein Handy?«

»Im Auto.«

»Wo ist dein Auto?«

»Norderhafen.«

»Von dort bist zu Fuß bis hierher gelaufen?«

»Ja.«

»Was suchst du hier? Was sind das für Geräte in deinem Rucksack?«

»Ich – ich bin Musiker. Ich nehme Geräusche auf.«

»Willst du uns verarschen?«

»Nein. Ich sammle Klänge, Vogelstimmen, Meeresrauschen und so weiter. Ich bin durch Zufall auf die Hütte gestoßen und wollte mich nur ein wenig ausruhen.«

»Einen verdammt schlechten Platz hast du dir dafür ausgesucht. Wer weiß, dass du hier bist?«

»Niemand.«

»Du hast niemandem erzählt, dass du hierherwolltest?«

»Nein. Ich bin rein zufällig in dieser Gegend.«

»Paul. Was soll das? Wir müssen jetzt Nägel mit Köpfen machen. Null Risiko. Ich übernehme das Miststück im Keller, und du schaffst uns den Typ vom Hals«, brüllte der Komplize.

»Verdammt! Mord war nicht eingeplant.« Die Stimme klang erregt und wurde durch pfeifende Geräusche begleitet.

Gerber erschrak, als er das Wort »Mord« hörte, obwohl er längst ahnte, dass sein Leben hier in der Blechhütte enden würde. Er musste an Laura denken, an Sophia und an die Musik. Es war zu früh zum Sterben. Wenn er den Hauptkommissar erreicht hätte, wäre alles anders gekommen.

»Wer macht denn die genialen Pläne, du oder ich? Ich bin für dich doch nur der Depp, der die Drecksarbeit übernimmt. Aber diesmal läuft das nicht. Die beiden erkennen uns wieder. Und wenn die Bullen einen von uns schnappen, ist auch der andere dran. Ich geh jetzt runter und erledige die Kleine.«

»Warte. Ich gehe runter. Diesmal mach ich die Drecksarbeit. Danach kümmern wir uns um den Musiker. Wo der uns schon mal zugelaufen ist, können wir auch das übliche Programm ablaufen lassen.«

»Du meinst ...?«

»Klar. Warum nicht?«

Der Hinkefuß lachte. »Stimmt. Warum nicht?«

»Gib mir die Knarre.«

Gerber hörte das Knirschen der Lederjacke. Er stellte sich vor, wie die Pistole übergeben wurde. Er wollte aufstehen, um irgendetwas zu tun, auch wenn er keine Ahnung hatte, was. Ihm fiel Robert Mehler ein. Wenn Mehler den Entführern das notwendige Know-how geliefert hatte, mussten sie ihn kennen. Vielleicht konnte er durch Nennung seines Namens Verwirrung stiften und etwas Zeit gewinnen. Gerber konnte seinen Gedankengang nicht zu Ende führen. Er spürte ein Messer an der Kehle, einen kurzen Schmerz und warmes Blut, das an seinem Hals herunterlief.

»Damit du Bescheid weißt. Ein sauberer Schnitt, und du bist hinüber. Dann kannst du im Himmel Harfe spielen.« Ein hässliches Lachen folgte. »Also bleib schön brav da sitzen.«

Der Druck an der Kehle verschwand. Gerber vernahm einige Schritte, die sich entfernten. Er fühlte sich hilflos wie selten in seinem Leben. Er versuchte, sich die Örtlichkeiten vorzustellen. Der Lederjackenmann war in der Luke verschwunden. Sein Komplize befand sich in diesem Raum. Vielleicht stand er vor dem Treppenabgang und verfolgte, was unten passierte.

Dann fiel der Schuss, der Gerbers Gedanken auf null zurücksetzte. Durch seinen Körper ging ein Zittern, das nicht enden wollte. Als wäre er von einer fremden Macht ferngesteuert, stand er auf. Er war wie in Trance, sah sich selbst von außen, ähnlich wie Menschen es von einer Nahtoderfahrung berichtet hatten. Er beobachtete, dass sich sein Körper langsam um die eigene Achse drehte. Es passierte etwas mit ihm, das er nicht unter Kontrolle hatte.

33

Flottmann war allein im Büro und hatte die Grübelstellung eingenommen. Die regennassen Schuhe hatte er ausgezogen. Die Füße ruhten auf dem Aktenbock, und er beobachtete den großen Zeh, der ihn durch ein Loch im Strumpf anzusehen schien.

»Was meinst du? Ist einer der Täter Asthmatiker?«

Der große Zeh nickte.

»Und trägt manchmal eine Lederjacke? Ein Motorradfahrer vielleicht?«

Der große Zeh nickte.

»Er braucht Medikamente und muss ab und zu einen Arzt und eine Apotheke aufsuchen?«

Der große Zeh nickte.

»Sie benutzen für die Entführungen einen schwarzen Transporter, vermutlich mit falschem Kennzeichen?«

Der große Zeh nickte erneut.

»Einer der Täter hat technisches Wissen und Programmierkenntnisse?«

Keine Antwort.

»Also haben wir einen motorradfahrenden Asthmatiker, der bei einer Firma arbeitet, die Drohnen herstellt oder umrüstet.«

Hilgersen betrat das Büro. »Moin.«

»Moin.«

»Du hast ein Loch im Strumpf. Solltest dir eine Frau anschaffen.«

»Danke. Deine Tipps sind wirklich großartig.«

»Bitte.«

Flottmann nahm die Füße vom Aktenbock. »Die Überwachung der Geldübergabe war wohl ein Flop.«

»Sieht so aus. Und es gibt immer noch kein Lebenszeichen von Corinna Dierksen. Ich hoffe nicht, dass die Täter dazu übergegangen sind, ihre Geisel zu ermorden. Übrigens: Hirsch hat eine Besprechung der Soko anberaumt. Elf Uhr.«

»Glaubst du, dass es auffällt, wenn wir nicht dabei sind?« Flottmann grinste.

»Das hoffe ich doch stark.«

Flottmann kramte in mehreren Papierstapeln auf seinem Schreibtisch. »Hast du die Liste mit den Kunden der Wolters Messsysteme und des Münchner Herstellers?«

»Ich hab dir eine Kopie gegeben.«

»Ich brauch das Original.«

»Was?«

»Mensch, ich kann sie nicht finden.«

»Elektronische Aktenablage heißt das Zauberwort. Solltest dich mal vom Hirsch einweisen lassen.«

»Witzbold. Druckst du sie mir aus?«

»Auf Papier? Okay. Weil du es bist. Eins, zwei, drei – Eingabetaste. Kannst du dir den Ausdruck holen, oder soll ich?«

»Das schaffe ich schon selbst.«

Am Drucker, der im Flur stand, traf Flottmann auf Neele Rasmussen.

»Moin«, grüßte der. »Hat Bogomil deine Schuhe zerbissen?«

»Ja. Aber er hat mir schon ein Paar neue per Teleshopping bestellt«, knurrte Flottmann, nahm die Liste aus der Druckerablage und ging zurück ins Büro.

Dort arbeitete er die Adressen ab und fragte am Telefon gezielt nach Mitarbeitern, die ein Asthmaproblem hatten. Über den Gesundheitszustand von Beschäftigten könne man keine Auskunft geben, waren die häufigsten Antworten. Aus Datenschutzgründen dürften solche Informationen sowieso nicht erfasst werden. So kam er nicht weiter. Am Telefon funktionierte das nicht. Er musste die Firmen persönlich aufsuchen. Firma Mehler, Bredstedt, las er. Die hatte eine Drohne des gesuchten Typs von Köhler erhalten. Und Mehler hieß der Mann, der Flottmann vor einiger Zeit angerufen und ihm Hilfe angeboten hatte. Im Nachhinein kam ihm das Gespräch suspekt vor.

»Kommst du mit, Gustl?«

»Wohin?«

»Breeedstedt«, betonte Flottmann. »Firma Mehler.«

»Klar doch.«

Flottmann zog seine Schuhe an und nahm den Schirm von der Garderobe. Dieser erfüllte jedoch nicht seinen Zweck. Der Wind beförderte den Regen auf wunderbare Weise um das Hindernis herum. Als sie am Wagen ankamen, war Flottmann klitschnass.

»Scheißwetter«, fluchte er.

»Weichei«, sagte Hilgersen, der seinen Parka angezogen und die Kapuze aufgesetzt hatte.

Als sie ihr Ziel erreichten, hatte der Regen nachgelassen.

»Moin. Kriminalpolizei. Wir möchten zu Herrn Mehler«, sagte Hilgersen zu dem Jungen mit Bürstenschnitt, als sie den Raum betraten.

»Chef ist im Büro.« Der Bürstenschnitt zeigte mit einem Gummibärchen auf eine Tür und ließ es anschließend im Mund verschwinden.

Flottmann traute seinen Augen nicht, als Hilgersen in die Tüte griff und sich fast eine Handvoll der bunten Exemplare einverleibte. Der Computerfreak beachtete den Diebstahl nicht.

Mehler zeigte sich überrascht, als die beiden Beamten ihre Ausweise präsentierten.

»Polizei?«

»Wir hatten bereits das Vergnügen, Herr Mehler«, sagte Flottmann und setzte sich unaufgefordert auf einen der Stühle, die seitlich des Schreibtischs standen. Hilgersen folgte seinem Beispiel.

»Sie haben mich vor einigen Wochen angerufen.«

»Hauptkommissar Flottmann. Ja. Ich erinnere mich.«

»Es ging um die Entführungsfälle in der Husumer Gegend. Was wissen Sie darüber?«

»Ich? Nichts. Gar nichts. Ich dachte nur ...«

»Ja?«

»Meine Firma beschäftigt sich mit Drohnen. Ich hatte die Idee, dass ich Ihnen vielleicht helfen könnte. Aber leider war das nicht der Fall.«

»Kennen Sie einen Wilhelm Neumann aus Tating, Eiderstedt?«

»Nein. Nie gehört. Wer soll das sein?«

»Sie haben ihm keinen Auftrag erteilt, zwei Quadrocopter zu beschaffen?«

»Nein, warum sollte ich? Würden Sie mir bitte sagen, worum es geht?«

»Um Mord und Entführung.«

»Was? Sie glauben doch nicht, dass ich etwas damit zu tun habe? Das ist absurd. Da will man der Polizei helfen und gerät selber in Verdacht.«

»Langsam, langsam«, beschwichtigte ihn Flottmann. »Niemand verdächtigt Sie. Wir haben lediglich einige Fragen an Sie.«

Mehler nahm wieder eine entspanntere Haltung an.

»Ihr Anruf damals«, fuhr Flottmann fort, »was hatte der zu bedeuten?«

»Wie ich bereits sagte: Ich wollte lediglich meine Hilfe anbieten.«

»Mir kam es eher so vor, als wollten Sie etwas in Erfahrung bringen, als hätten Sie versucht, mich auszufragen.«

»Unsinn.«

Flottmann schwieg und sah Mehler an. Dabei legte er die Stirn in Falten und kniff die Augen zu einem Schlitz zusammen. Mehler konnte dem bohrenden Blick nicht lange standhalten.

Er erhob sich. »Okay, okay. Sie haben recht. Ich hab Informationen über die Entführungen gesammelt. Als die Presse von einer Geldübergabe mit einer Drohne berichtete, bin ich hellhörig geworden. Multicopter sind weit verbreitet. Man kann sie überall im Handel bekommen. Aber um solch eine Sache durchzuziehen, müssen Hard- und Software bestimmte Anforderungen erfüllen. Ich wollte wissen, welche das genau sind, um ...« Mehler stockte.

»Um?«

»Um sicherzustellen, dass nicht einer unserer Auftraggeber damit zu tun hat.«

»Und Sie ihm die technische Lösung geliefert haben, ohne es zu wissen.«

»Ja«, seufzte Mehler.

»Sie hätten uns reinen Wein einschenken sollen«, sagte Hilgersen und schüttelte den Kopf.

»Hätte ich auch. Aber meine Befürchtungen haben sich nicht bestätigt. Sowohl der von uns verwendete Multicopter als auch unsere Entwicklungen wären für die Täter ungeeignet gewesen.«

»Trotzdem hätten Sie uns informieren sollen«, sagte Flottmann in harschem Ton.

»Sie müssen das verstehen. Wir hatten Angst, dass der Kunde abspringt, wenn wir ihm die Polizei auf den Hals hetzen. Der Auftrag ist für uns überlebenswichtig. Für eine kleine Firma sind die Zeiten alles andere als rosig.«

»Worum ging es bei dem Auftrag, von dem Sie reden?«

»Ein Start-up-Unternehmen will Medikamente und andere eilige Waren zu den Inseln transportieren. Die Lieferung mit einem Copter hätte unter anderem den Vorteil, dass sie nicht von Schiffs- und Fährverbindungen und nicht von den Gezeiten abhängig wäre. Das Projekt ist komplizierter, als man zunächst denken mag. Eines der Probleme, die wir lösen mussten, stellte die Flugstabilität bei hohen Windgeschwindigkeiten dar. Aber es gibt viele weitere Anforderungen, die ganz speziell für die beschriebene Aufgabenstellung zu erfüllen sind – ganz andere als die für eine Geldübergabe.«

Mehler setzte sich wieder an seinen Schreibtisch, öffnete einen Ordner und nahm ein Blatt Papier heraus.

»Sehen Sie.« Er übergab Flottmann das Schriftstück. »Eine Gegenüberstellung der Spezifikation unseres Projekts und der Geldübergabe, soweit ich darüber Bescheid weiß. Selbst ein Laie erkennt, dass beides nicht zusammenpasst.«

»Sie werden mir jetzt trotzdem Ihren Auftraggeber nennen.«

Mehler nickte. Ohne zu murren, schrieb er den Firmennamen, Adresse und Telefonnummer auf einen Zettel und schob ihn über den Schreibtisch.

»Sie beschäftigen nur einen Mitarbeiter?«, fragte Flottmann.

»Ja. Er ist erst seit zirka einem Jahr bei uns. Ein echter Freak. Und dabei noch zuverlässig. Solche Leute haben Seltenheitswert. Er hat nicht einmal eine abgeschlossene Berufsausbildung, steckt mich aber voll in die Tasche, was die Programmierung angeht. Davor hatte ich einen Mitarbeiter, der zwar fachlich ganz okay war, aber kein besonderes Engagement entwickelte. Außerdem hatte er ständig irgendwelche privaten Probleme und kam, wann er wollte, oft erst gegen Mittag. Manchmal erschien er gar nicht zur Arbeit. Er ist dann irgendwann freiwillig gegangen.«

»War er krank?«

»Krank? Nein, nicht dass ich wüsste.«

»Asthma?«

»Ja. Das kann sein. Er benutzte oft eine Spraydose zum Inhalieren.«

»Wie hieß der Mitarbeiter?«

»Dieter Behrens.«

»Wir brauchen die Adresse.«

»Die Adresse? Wozu?«

»Das kann ich Ihnen nicht sagen. Bitte!«

»Ja, klar.« Mehler stand auf und nahm einen Ordner mit der Aufschrift »Intern« aus dem Regal. »Er wohnt in Witzwort. Ich schreib Ihnen die Adresse auf. Ob sie noch aktuell ist, weiß ich natürlich nicht. Wir haben nie wieder Kontakt mit ihm gehabt.«

»Wissen Sie, mit wem er Umgang hatte? Gab es private Besuche, Telefonate?«

»Nein. Er hat auch wenig über sich erzählt. Glauben Sie, dass er etwas mit der Sache zu tun hat?«

»Das sind reine Routinefragen, Herr Mehler. Ihre Firma hat im letzten Jahr eine Drohne des Typs MDX 1412 bei der Wolters Messsysteme GmbH bestellt.«

»Ja. Die Firma hat einige Änderungen an der Hardware für uns vorgenommen. Die Software haben wir entwickelt. Das Gerät sollte für die Inspektion von Gebäuden eingesetzt werden. Es war mit Wärmebildkamera und diversen Sensoren ausgestattet. Der Auftraggeber hatte ganz spezielle Anforderungen. Leider ist das Projekt finanziell in die Hose gegangen. Die Firma ging pleite, und wir blieben auf einem großen Teil der Kosten sitzen.«

»Ihr Mitarbeiter Dieter Behrens war an den Arbeiten beteiligt?«

»Ja. Er hat das Projekt weitgehend selbstständig abgewickelt.«

Flottmann steckte die Zettel mit den Adressen ein und erhob sich. »Halten Sie sich bitte zu unserer Verfügung, für den Fall, dass wir weitere Fragen haben.«

Die beiden Kommissare verabschiedeten sich per Handschlag von Mehler.

»Was war das für eine Nummer mit dem Asthma?«, fragte Hilgersen und drückte auf den Knopf der Funkfernbedienung.

»Gerber hat aus einem der Videos herausgehört, dass einer der

Täter Asthma hat und eine Lederjacke trug. Hab ich es dir nicht erzählt?«

»Nein.«

»Hm. Die Phonetiker haben das sowieso nicht bestätigt.«

Die beiden stiegen ein, und Hilgersen startete den Motor. »Du glaubst diesem Gerber?«

»Wenn ich glauben will, trete ich wieder in die Kirche ein. Der Musiker hört das Gras wachsen, sag ich dir, beziehungsweise die Krokusse.«

»Wieso Krokusse?«

»Ach. Vergiss es. Jetzt werden wir diesem Dieter Behrens einen Besuch abstatten. Der kannte sich genau mit dem Drohnentyp aus, der für die Geldübergabe verwendet wurde. Weißt du, wo Witzwort liegt?«

»Ganz in der Nähe von Uelvesbüll.«

»Echt? Das hätte ich jetzt nicht gedacht. Und wo liegt Uelvesbüll?«

»Kennst du etwa das Zuckerschiff nicht?«

»Nee.«

»1994 hat man im Deich von Uelvesbüll das Wrack eines Frachtsegelschiffs gefunden. Es wurde so um 1600 gebaut. Man hat es zwei Jahre lang in eine Zuckerlösung gelegt, um es haltbar zu machen. Du kannst es im Original im Schifffahrtsmuseum besichtigen. Es ist vierzehn Meter lang und ...«

»Ist gut, Gustl. Gib Gas. Dieser Dieter Behrens könnte unser Mann sein.«

34

»Ich hab mich immer gefragt, wo der berühmte Arsch der Welt wohl liegen mag«, sagte Flottmann, als sie einen Feldweg entlangfuhren, der an einem heruntergekommenen Gebäude endete. Es glich mehr einer Ruine als einem Wohnhaus. Das Dach war mit verschiedenfarbigen Ziegeln geflickt worden. Die Risse in der Fassade hätten von einem starken Erdbeben stammen können, was allerdings für die Gegend recht ungewöhnlich gewesen wäre.

»Dass dieser Ort in Nordfriesland liegen musste, war mir immer schon klar gewesen. Endlich habe ich ihn gefunden, den berühmten Arsch der Welt.« Die letzten Worte verschluckte Flottmann, weil Hilgersen ein tiefes Schlagloch übersehen hatte.

»Mensch, fahr doch vorsichtig! Ich hätte mir beinahe die Zunge abgebissen.«

»Wäre dir recht geschehen.«

Hilgersen stoppte kurz vor der Haustür, die noch einige grüne Flecken eines lang zurückliegenden Anstrichs aufwies.

»Hast du deine Waffe dabei?«, fragte Hilgersen.

»Nein. Ich hab mich ganz auf dich verlassen.«

»Großartig.«

Die beiden Kommissare stiegen aus. Hilgersen drückte auf den Klingelknopf, und drinnen ertönte eine schrille Glocke. Niemand öffnete.

»Sehen wir uns mal um«, sagte Flottmann.

Sie bahnten sich einen Weg durch hohes Gras, Gänseblumen und Löwenzahn. Eine Fahrspur führte am Haus vorbei zu einem Schuppen. Hilgersen öffnete das zweiflügelige Holztor.

»Hier sind wir goldrichtig«, sagte er, als er den schwarzen Mercedes-Transporter erblickte. »Ich denke, wir sollten jetzt den Soko-Leiter informieren.«

Flottmann schaute auf die Uhr. »Der hält gerade sein Referat. Wir sehen uns erst einmal im Haus um. Ruf die Zentrale an. Die sollen eine Streife schicken. Und leg dir schon mal eine gute Antwort für den Hirsch zurecht, warum wir hier sind.«

Hilgersen zog sein Handy aus der Tasche und telefonierte, während Flottmann den Weg zurück zum Haus einschlug. Die morsche Tür sollte kein echtes Hindernis darstellen. Für den Hauptkommissar lag der typische Fall vor, bei dem die Einhaltung der Dienstvorschrift nicht sinnvoll war. Im Wagen fand er einen stabilen Schraubenschlüssel, den er als Hebel benutzen konnte. Unter dem Einfluss roher Gewalt gab die Tür nach.

»Wo hast du so schnell den richterlichen Beschluss her?«

»Mann, hast du mich erschreckt!«

»Macht das schlechte Gewissen.«

»Eindeutig Gefahr im Verzug.« Flottmann trat ein. Den Schraubenschlüssel behielt er in der Hand. Hilgersen folgte seinem Vorgesetzten.

Sie gingen durch einen Flur, der mit hässlichen blauweißen Bodenfliesen ausgestattet war. Ihre Schritte hallten wie in einer Kirche. Vielleicht hätten sie auf die Kollegen von der Streife warten sollen, die ganz sicher Schusswaffen dabeihatten.

Eine Tür führte ins Wohnzimmer. Die Einrichtung versetzte die Besucher in die fünfziger Jahre zurück. Alles war mit einer dicken Staubschicht bedeckt. Hier hatte sich seit Wochen niemand aufgehalten. Die Küche stammte offenbar aus derselben Zeitepoche. Eine Schmierschicht hatte sich über die Arbeitsplatte gelegt, und die Schuhe drohten bei jedem Schritt am Boden haften zu bleiben.

Flottmann und Hilgersen inspizierten zwei weitere Räume, ein Zimmer mit einem Bett, auf dem die Matratze fehlte, sowie eine Rumpelkammer, in der Dachziegel, Holzreste und Farbeimer untergebracht waren.

Sie kehrten zurück in den Flur. An dessen Ende befand sich eine Stahltür, die sich nicht öffnen ließ.

»Die kriegst du mit dem Ding nicht auf.« Hilgersen zeigte auf den Schraubenschlüssel. »Vielleicht ist es besser, wenn wir auf Verstärkung warten.«

»Warten ist nicht mein Ding. Hast du nicht in der Polizeischule gelernt, wie man so ein primitives Schloss knackt?«

»Nee. Da hab ich wohl gerade gefehlt. In Fernsehkrimis funktioniert das ganz einfach mit einer Scheckkarte. Aber ich hab eine andere Idee.« Hilgersen ging hinaus.

Flottmann war gespannt, was der Kollege sich ausgedacht hatte. Suchte er vielleicht eine Brechstange oder eine Flex im Schuppen? Egal, was sich hinter der Tür befand. Sie mussten jeden Versuch unternehmen, etwas über diesen Behrens herauszufinden. Alles sprach dafür, dass er einer der Täter war. Die Geisel befand sich immer noch in deren Händen. Vielleicht entdeckten sie irgendwelche Hinweise auf das Versteck, in dem sie gefangen gehalten wurde.

Hilgersen war immer noch nicht zurück, als Flottmann ein Geräusch hörte. Es kam aus Richtung der Stahltür. Plötzlich wurde sie einen Spalt geöffnet. Er hob die Hand mit dem Schraubenschlüssel. Sein Herz klopfte bis zum Hals. Die Tür wurde aufgerissen, und er blickte in Hilgersens Grimasse.

»Voilà.« Sein Kollege grinste über das ganze Gesicht.

Flottmann hätte am liebsten zugeschlagen. »Verdammt! Du hast mich zu Tode erschreckt.«

»War nicht meine Absicht. Komm rein. Ich glaube, das wird dich interessieren.«

»Wie hast du …?«

»So wie die meisten Einbrecher: durch das ungesicherte Kellerfenster. Für dich wäre das nichts gewesen. Wegen der Abmessungen. Nicht dass du zu dick wärst. Das Fenster ist einfach zu klein.«

»Hab schon verstanden.« Flottmann ließ das Werkzeug fallen, sodass es mit einem lauten Scheppern auf die Fliesen prallte. Dann folgte er Hilgersen die Steintreppe hinunter.

»Und wie konntest du die Tür öffnen?« Flottmann nahm vorsichtig Stufe für Stufe.

»Sie war gar nicht abgeschlossen. Von draußen musst du sie mit einem Schlüssel öffnen, weil nur ein Knauf dran ist, innen befindet sich eine ganz normale Klinke.«

Der Kellerraum mutete wie die Kombination aus einer Werkstatt und einem Büro an, ein Ort, an dem man Vorbereitungen für ein Verbrechen treffen konnte. Sogar ein Computer befand sich unter einem Schreibtisch. Hilgersen schaltete ihn ein, scheiterte aber an der Eingabe des Passworts.

»Da müssen unsere Spezialisten ran«, sagte er.

»Wir brauchen jetzt das ganze Team. Ruf in der Zentrale an. Die sollen alles in die Wege leiten. Vielleicht gibt es hier irgendwelche Hinweise auf den Aufenthaltsort der Täter oder der Geisel.«

Flottmann stand vor einer Pinnwand und betrachtete einen Lageplan, während Hilgersen telefonierte. Die Karte zeigte den nördlichen Teil Schleswig-Holsteins, von Eiderstedt bis zur dänischen Grenze. Er suchte nach Markierungen oder handschriftlichen Anmerkungen, konnte jedoch nichts Derartiges entdecken. Insgeheim hatte er gehofft, die Orte der Entführungen, der Geldübergabe und der Verstecke könnten darauf eingetragen sein. Das wäre so einfach gewesen, zu einfach.

»Es sind alle alarmiert. Die schicken auch einen IT-Spezialisten mit.« Hilgersen stellte sich neben Flottmann und blickte ebenfalls auf den Plan.

»Fällt dir was auf, Gustl?«

»Nee.«

»Mir auch nicht.«

»Aber irgendetwas wird die Karte zu bedeuten haben.«

»Deswegen stehe ich hier und denke nach.«

»Verstehe. Meinst du nicht, dass so ein Typ wie unser Drohnen- und Softwarespezialist einen Computer benutzen würde, um alles zu planen?«

»Vielleicht. Aber wenn sie zu mehreren arbeiten, bietet so eine Übersicht durchaus Vorteile. Das machen wir doch auch so – abgesehen von Kriminaloberrat Lothar Hirsch mit seinem Projektor.«

»Stimmt.« Hilgersen trat nah an die Pinnwand heran. Mit dem Daumen strich er an einer Stelle über das Papier. »Fühl mal. Löcher.«

Der Hauptkommissar folgte seinem Beispiel und fand weitere Unebenheiten.

»Marks Müüs?«, fragte Hilgersen.

»Was?«

»Merkst du was? Hier steckten einmal Pinnnadeln drin, die Orte markierten.«

Flottmann kniff die Augen zusammen und legte die Stirn in

Falten. »Nein. Alle Löcher liegen auf den Ecken eines rechteckigen Ausschnitts. Ich könnte schwören, dass jemand hier eine transparente Folie befestigt hatte.«

»Wow. Dat is 'n Ding. Dann müssen wir sie nur noch finden.« Hilgersen drehte sich um und ließ den Blick durch den Raum schweifen.

Flottmann versuchte, auf der Karte Druckstellen zu entdecken, die von einem Schreibstift stammen konnten. Um scharf zu sehen, musste er einen Schritt zurücktreten und seine Augen anstrengen. Junge, du brauchst bald eine Brille, dachte er. Bisher hatte er das Problem erfolgreich verdrängt. Aber der Zeitpunkt nahte, an dem ihm das nicht mehr gelingen würde.

»Was hältst du hiervon?« Hilgersen entrollte mit beiden Händen eine Anzahl durchsichtiger Folien. »Die lagen im Schreibtisch. Sie sind beschriftet. Die Täter haben offenbar verschiedene Varianten ausgearbeitet. Jetzt müssen wir nur noch die richtige Folie finden. Leider sind sie nicht durchnummeriert, und es steht auch kein Datum drauf.«

»Wir kennen den Ort, an dem Katrin Lehrbach festgehalten wurde, und die Stellen, an denen die Geldübergaben stattgefunden haben. Wenn das alles auf einer Folie verzeichnet ist, haben wir vermutlich die aktuelle Variante gefunden.«

»Okay. Fangen wir mit dem obersten Blatt an.« Hilgersen legte den Stapel auf die Werkbank, die unterhalb des aufgebrochenen Fensters stand. Dann nahm er das oberste Exemplar und hielt es so über den Lageplan, dass die Löcher auf der Folie und dem Papier in etwa deckungsgleich waren. »Auf dem Schreibtisch liegen ein paar Pinnnadeln.«

Flottmann holte das Material und befestigte damit die Folie.

»Die Spurensicherung wird ihren Spaß an uns haben«, sagte Hilgersen.

»Und den Hirsch höre ich bereits vor Freude röhren. Aber wie sagt man in der Medizin: ›Wer heilt, hat recht.‹«

»Und wir sind auf dem besten Weg. Sieh dir das an.« Hilgersen klopfte mit dem Zeigefinger auf ein gelbes Kreuz. »Hier wurde Katrin Lehrbach gefangen gehalten. Und hier«, er fuhr mit dem Finger in östliche Richtung, »fand die Geldübergabe statt. Ein gelber Kreis. Kreuze bedeuten also Orte der Gefangenschaft, Kreise kennzeichnen die Position der Geldübergabe.«

»Ein gleichfarbiges Quadrat markiert vermutlich den Landeplatz der Drohne.«

»Dann sind da noch Zahlen und Buchstaben. Keine Ahnung, welche Bedeutung die haben. Vielleicht Entfernungen, Uhrzeiten.«

»Damit können wir uns im Moment nicht aufhalten, Gustl. Konzentrieren wir uns auf die anderen Farbsymbole.«

»Ein rotes Kreuz auf Nordstrand und ein roter Kreis im Finkhaushalligkoog. Weißt du, was das bedeutet?«, fragte Hilgersen.

»Der Fischer. Feddersen hat uns erzählt, dass die Übergabe im Finkhaushalligkoog stattfand. Das passt. Also haben wir jetzt das zugehörige Verlies auf Nordstrand, was wiederum mit der Auswertung der elektrischen Netzfrequenz übereinstimmt. Aber jetzt wird es interessant. Die blauen Symbole. Der Kreis liegt bei …«

»Immenstedt. Und das zugehörige Kreuz befindet sich in Hattstedt. Die Geisel Corinna Dierksen wird genau hier festgehalten!«

»Falls sie noch lebt«, sagte Flottmann, »und falls wir uns nicht …« Er wurde durch ein lautes Trommeln gegen die Stahltür unterbrochen.

»Aufmachen! Polizei!«

»Schiet, die Streife. Die hab ich ganz vergessen.« Hilgersen rannte die Treppe hinauf. »Nicht schießen, Kollegen.« Er öffnete die Tür einen Spalt und sah in den Lauf einer Walther P99.

»Ihr wollt doch nicht die besten Polizisten Norddeutschlands erschießen?« Hilgersens Stimme klang zittrig.

»Es gibt genug fähigen Nachwuchs«, sagte der junge Beamte in Uniform und senkte seine Waffe.

»Ach, Neele, du bist es.« Hilgersen trat in den Flur. »Ihr beide könnt jetzt übernehmen.« Er nickte mit dem Kopf in Richtung Hauseingang, wo ein weiterer Uniformierter stand und die Waffe immer noch im Anschlag hielt. »In einigen Minuten kommt der ganze Verein hier angetanzt. Wir müssen leider weg. Feierabend. Verstehst du?«

Flottmann kam die Treppe hochgestampft, gab ein kurzes »Moin« von sich, zückte sein Handy und ging an allen vorbei nach draußen.

Einige Minuten später erschien Hilgersen. Flottmann erhob seine Stimme: »Herr Kriminaloberrat! Herr Kriminaloberrat? Die Verbindung ist schlecht. Ich kann Sie nicht mehr hören. Sind Sie noch da?«

»Ist dein Akku leer?«, fragte Hilgersen.

»Kein Empfang.« Flottmann grinste. »Wir sind hier eben am Arsch der Welt. Ich hab ihm gesagt, dass er das SEK nach Hattstedt schicken soll. Ich hab den Kartenausschnitt fotografiert und ihm geschickt. Aber er will sich zuerst selbst ein Bild von der Lage machen. Er wird gleich hier sein.«

»Ich vermute, er möchte, dass wir auf ihn warten.«

Flottmann zuckte mit den Schultern. »Schmeiß schon mal den Motor an.«

Er drehte sich um und ging auf die beiden Polizisten zu, die am Hauseingang standen.

»Was war los?«, fragte Hilgersen, als Flottmann auf dem Beifahrersitz Platz genommen und sich angeschnallt hatte.

»Ich hab Neele Rasmussen überredet, mir seine Walther zu leihen. Sicher ist sicher.« Flottmann legte die Waffe ins Handschuhfach. »Kannst du mit dem Ding umgehen?«

»Wer, ich? Und ob. Kennst du die Szene, in der John Wayne eine Dollarmünze in die Luft wirft und mit seiner Winchester durchlöchert? Dann kannst du dir eine Vorstellung von meinen Schießkünsten machen.«

»Da bin ich beruhigt. Aber vielleicht schickt der Hirsch das SEK, bevor wir da sind, und wir brauchen deine Schießkünste gar nicht. Jetzt müssen wir erst einmal den genauen Ort finden.«

»Ein verlassenes Gebäude im Nordosten von Hattstedt. Das kriegen wir hin. Wenn ich mich nicht an die Geschwindigkeitsbegrenzung halte, sind wir in einer guten Viertelstunde dort.« Hilgersen ließ den Motor mehrmals im Leerlauf aufheulen, bevor er losfuhr.

Flottmann war froh, als sie den Feldweg hinter sich hatten und auf die L 32 auffuhren. Er glaubte, jeden Lendenwirbel zu spüren, und nahm sich vor, die Bandscheibengymnastik wieder aufzunehmen. Zumindest wollte er sie auf die Liste mit Vorsätzen für das nächste Jahr setzen.

Er nahm sein Smartphone zur Hand, rief eine Satellitenkarte auf und vergrößerte einen Ausschnitt um den Zielort.

»Eine Halle, Industrie oder Landwirtschaft. Das könnte passen.« Sie waren kurz vor Hattstedt, als sich Flottmanns Handy mit dem Intro von »Highway to Hell« meldete.

»Verdammt, wo sind Sie!«, brüllte eine Stimme aus dem Lautsprecher.

»Auf dem Weg nach Hattstedt, Herr Kriminaloberrat. Wir dachten, wir sondieren schon mal die Lage, bis das SEK eintrifft.«

»Sie scheren sich zum Teufel, verstanden?«

Flottmann überlegte, ob er noch einmal die schlechte Funkverbindung bemühen sollte, antwortete jedoch: »Verstanden – zum Teufel scheren.«

»Wir haben die gleichen Schlussfolgerungen gezogen wie Sie«, klang es jetzt in gemäßigter Lautstärke. »Das SEK wird in wenigen Minuten vor Ort sein. Halten Sie sich bitte zurück, damit Sie die Operation nicht gefährden.«

Flottmann drückte auf den roten Hörer. »Er hat ›bitte‹ gesagt.«

Hilgersen nahm den Fuß vom Gas. »Und jetzt?«

»Nichts. Wir sind raus. Feierabend. Du könntest mir höchstens noch die John-Wayne-Nummer zeigen.«

»Äh – ein anderes Mal. Ich hab gerade keine Dollarmünze zur Hand.«

35

Als der Schuss ertönte, schien Gerbers Unterbewusstsein das Kommando zu übernehmen. Es war schneller als der Verstand, der erst die Situation erfassen und die Gedanken ordnen musste. Es nahm keine Rücksicht auf Logik und Plausibilität, handelte spontan und ließ sich nicht kontrollieren. Erst Sekunden später begriff Gerber, was er tat. Er hatte nur diese eine Chance. Sie mochte gering sein, aber sie war vorhanden. Ein Geiselnehmer war im Keller, der andere musste in der Nähe der Luke stehen. Der war behindert oder verletzt. Das hatte Gerber deutlich an dessen Schritten hören können.

»Verdammt! Setz dich hin!«

Der Raum war hallig, und Gerber konnte die Position des Gegners nur ungenau bestimmen. Er folgte dem Befehl und setzte sich quer auf den Stuhl, sodass sein Gesicht in Richtung des Widersachers zeigte. Seine Augen konnte er nicht einsetzen, aber wozu hatte er als Kind wochenlang trainiert, um mit dem Fahrrad blind durch die Straßen und den Wald zu fahren? Was hatte das für einen Sinn gehabt? Vielleicht hatte das Schicksal genau diese Prüfung für ihn vorgesehen, die ihm jetzt bevorstand.

Gerber schnalzte mit der Zunge. Mit jedem Klick entstand ein Bild in seinem Kopf. Wie bei einem Blitzlicht im Dunkeln flammte die Umgebung auf. Seit vielen Jahren hatte er die Technik nicht mehr angewendet. Aber sie funktionierte immer noch. Richtung, Lautstärke und Tonhöhe konnte er steuern und die Reflexionen an den Gegenständen wahrnehmen und auswerten. Er hatte nichts verlernt. Das Echo erzeugte dreidimensionale Bilder im Sehzentrum, die sich nur unwesentlich von den optischen Eindrücken unterschieden.

Der Mann befand sich seitlich der Luke. Das war ungünstig. Trotzdem musste Gerber den Versuch wagen. Zwei Klicks pro Sekunde. Damit konnte er die Bewegung des Gegners erkennen. Gleichzeitig hörte er, wie jemand die Holztreppe hinaufkam. Gerbers Gehirn schaltete auf Zeitlupe. Er sprang auf, stürzte auf den Geiselnehmer zu und rammte ihn mit der verletzten Schulter.

Den Schmerz spürte Gerber ebenso wenig wie den Schnitt in seinem Arm und das Blut, das ihm über die Hand lief. Seine ganze Aufmerksamkeit galt den Geräuschen: ein Aufstöhnen, ein Messer fällt zu Boden, ein Körper poltert über Holzstufen, ein Schmerzensschrei, ein Fluch.

Dann folgten Sekunden der Stille. Gerber setzte erneut das Klicksonar ein. Er musste die Luke schließen. Der schwere Betondeckel stand senkrecht. Ein Stoß mit dem Fuß genügte, um ihn krachend zufallen zu lassen. Er atmete durch.

Aber was nun? Wenn dort Geiseln gefangen gehalten worden waren, musste es eine Verriegelung geben. Aber mit den Händen auf dem Rücken hatte er keine Chance, sie zu betätigen. Gerber stellte sich auf die Luke. Solange sein ganzes Gewicht darauf lastete, würde sie niemand anheben können.

Wo war das Messer? Mit dem Messer konnte er seine Handfesseln durchschneiden. Er hatte gehört, wie es zu Boden gefallen war. Es musste ganz in der Nähe liegen. So kleine Gegenstände ließen sich mit der Klickmethode nicht orten. Dafür benötigte er seinen Tastsinn. Gerber spürte, wie sich der Betondeckel einige Millimeter auf und ab bewegte. Jemand stemmte sich dagegen und trommelte mit der Faust auf den Beton.

Irgendwann würden die Schurken müde werden, dachte er, entschloss sich jedoch, nicht zu warten. Er wollte fort von hier und Hilfe holen. Vielleicht war die Frau nur verletzt. Sogar einen Kopfschuss überlebten manche Menschen bei rechtzeitiger medizinischer Versorgung.

Gerber ging in die Hocke und ließ sich dann auf den Rücken abrollen. Erneut spürte er einen stechenden Schmerz in der Schulter. Mit dem linken Fuß streifte er einen Schuh ab. Ohne die Luke freizugeben, tastete er mit den Zehen die Umgebung ab und drehte sich dabei langsam im Kreis. Immer wieder musste er das Gesäß anheben, um seine Arme und Hände zu entlasten.

Dann spürte er endlich das blanke Metall unter seinen Füßen, ertastete den Griff und zog das Messer zu sich heran. Nach einer gefühlten halben Stunde und mehreren Schnittwunden an der

Hand war der Kabelbinder durchtrennt. Als Erstes riss er sich das Klebeband von den Augen. Es dauerte einige Sekunden, bis er die Gegenstände in seiner Umgebung erkennen konnte.

Im Kellerverlies war es still geworden. Was die beiden dort auch immer aushecken mochten, sie hatten verloren. Die Luke war mit einem stabilen Vorhängeschloss versehen. Vermutlich hatten die Entführer das vorhandene entfernt und ein neues angebracht. Der Schlüssel steckte. Gerber schob den Bügel durch die Öse, drehte den Schlüssel um und verstaute ihn in der Jeanstasche.

Erst jetzt stand er auf, klopfte sich den Staub von der Kleidung und atmete tief durch. Für einen Moment fühlte er sich gut, empfand sogar ein wenig Stolz. Endlich hatte er sich gewehrt und sich nicht einfach dem vermeintlichen Schicksal ergeben. Zu oft in seinem Leben war er gescheitert, weil er jegliche Auseinandersetzung gescheut hatte. Dieses Mal hatte er das Heft des Handelns in die Hand genommen. Er hatte die Verbrecher überführt. Sie saßen in ihrer eigenen Falle.

Polizei, Notarzt. Hätte er doch nur sein Handy nicht im Wagen zurückgelassen! Bis er das nächste Haus in dieser verlassenen Gegend erreichte, würde wertvolle Zeit verstreichen. Für den Fall, dass die Frau noch lebte, musste er unbedingt Hilfe herbeiholen. Und vermutlich hatte der Treppensturz den Mann schwer verletzt. Bei aller Abscheu und Wut über dessen Taten war es seine Pflicht, zu handeln. Vielleicht hatten die Entführer ein Handy bei ihren Sachen. An einem Haken an der Wand hing eine Jacke. Eine Tasche lag auf dem Boden. Kein Mobiltelefon.

Gerber öffnete die Tür und ging hinaus. Das Auto war verschwunden. Sie mussten es irgendwo abgestellt haben, vermutlich weit weg von der Hütte, damit es nicht auffiel. Mit etwas Glück hatten sie ein Telefon im Wagen zurückgelassen. Vielleicht schaffte er es auch bis zum nächsten Wohnhaus, um Hilfe herbeizurufen.

Aber er fühlte sich schwach. Jeder Schritt kostete ihn Kraft. Die Beine schienen ihm nicht mehr gehorchen zu wollen. Irgendetwas stimmte nicht. Seine Hand wanderte in die Leistengegend, von der ein pulsierender Schmerz ausging. Warmes Blut sickerte durch die Finger.

Er schloss die Augen. Eine unendliche Müdigkeit überfiel ihn. Nur einen Moment ausruhen. Gerber sank zu Boden. Er spürte noch die Kälte emporkriechen, bevor ihm der Schlaf die Sinne raubte.

36

Hilgersen fuhr auf einen Parkplatz und schaltete den Motor ab. »Wir erledigen die Ermittlungsarbeit, und Kriminaloberrat Hirsch wird die Lorbeeren ernten. Und wenn wir Pech haben, wird er dafür noch mit dem Dienststellenleiterposten belohnt.« »Mal nicht den Teufel an die Wand. Er ist sicher unentbehrlich in Kiel. Die Hauptsache ist, dass es dem SEK gelingt, die Geisel zu befreien und die Täter zu fassen. Sonst laufen in Nordfriesland bald alle mit vier Fingern herum.«

»Neun. Auch hier im Norden haben die meisten zwei Hände mit insgesamt zehn Fingern.«

»Klookschieter.«

Hilgersen stieß einen Pfiff aus. »Du hast Unterricht genommen?«

»Wie du schon sagtest, kommt ihr mit wenigen Worten aus. Die hab ich schnell drauf. Dann brauche ich auch keinen Dolmetscher mehr.«

»Die Feinheiten unserer Sprache lernst du nie. Was machen wir jetzt?«

»Feierabend. Bogomil wartet sicher schon.«

»Apropos Bogomil. Wo wir schon mal hier sind: Bis Nordstrand ist es ein Katzensprung. Wir könnten das Verlies suchen, in dem der Fischer gefangen gehalten wurde.«

»Dein Arbeitseifer überrascht mich, Gustl.«

»Es ist das Fieber, Waldi, wenn du weißt, was ich meine.«

»Wenn du mich nicht Waldi nennst, bin ich mit der Extratour einverstanden.«

»Okay, Waldemar. Das lässt sich für heute einrichten.«

Nach wenigen Minuten erreichten sie den Nordstrander Damm. Links der Straße blickte man weit über das Wattenmeer mit den streifenförmigen Farbwechseln brauner und grüner Gräser, den Gräben und Lahnungen. Die Sonnenstrahlen spiegelten sich im Watt und im ablaufenden Wasser. Für einen Moment war Flottmann vom Anblick überwältigt, äußerte seine Begeisterung jedoch nicht.

Am Ende des Damms wurde der Besucher mit einem überdimensionalen Schild empfangen. »Nordstrand, meine Insel an Land«, las Flottmann laut in einem ironischen Tonfall.

»Das verstehst du nicht, was?«

»Nee.«

»Hab ich auch nicht von dir erwartet. Nordstrand ist eine Halbinsel. Marks Müüs?«

»Was?«

»Klingelt das jetzt bei dir?«

Flottmann machte eine wegwerfende Handbewegung.

Hilgersen konnte auch während der weiteren Fahrt seine Fremdenführer-Kommentare nicht lassen. »Wir sind jetzt in England. Manchmal landet hier tatsächlich Post, die für einen Briten vorgesehen war. Und du glaubst gar nicht, wie oft das Ortsschild bereits geklaut wurde. Inzwischen hat man es extra fest montiert.«

»Wir müssen jetzt den Hamburger Deich entlang«, brummte Flottmann. Er hatte die fotografierte Karte auf dem Display. »Ganz am Ende links abbiegen. Dann sind wir fast am Ziel.«

»Und jetzt?«, fragte Hilgersen, als er wenige Meter vor dem Deich anhielt.

Flottmann ließ seinen Blick über die Felder schweifen. »Die Hütte dort«, sagte er in einem bestimmten Ton und zeigte auf ein Gebäude, das silbrig in der Sonne glänzte. »Wir gehen zu Fuß.« Er öffnete das Handschuhfach, nahm die Pistole heraus und übergab sie seinem Partner. »Man kann nie wissen.«

Hilgersen versuchte, die Waffe nach Westernart um seine Zeigefinger rotieren zu lassen. So elegant wie bei John Wayne sah das nicht aus, dachte Flottmann und musste grinsen. »Sicher gibt es einen Weg dorthin. Aber wir gehen einfach querfeldein.«

Die beiden stapften durch das Feld. Die Füße wurden bei jedem Schritt schwerer. Obwohl es in den letzten Tagen nicht geregnet hatte, haftete die Erde wie Kaugummi an den Schuhsohlen. Endlich stießen sie auf die verdichtete Fahrspur, die zum Gebäude führte, und folgten ihr.

Flottmann erschrak, als sein Kollege mit einer hektischen Bewegung zur Waffe griff, die er hinter seinen Gürtel geklemmt hatte.

»Da liegt einer!« Hilgersen zielte auf den zusammengekrümmten Körper.

»Das ist ...« Flottmann schob den ausgestreckten Arm seines Kollegen beiseite. »Verdammt, das ist Gerber.«

Sofort kniete er nieder und fühlte den Puls des Musikers. »Er lebt. Wir brauchen einen Krankenwagen.«

Er griff in die Jacketttasche und warf Hilgersen das Mobiltelefon zu, das dieser mit der linken Hand auffing.

Während sein Kollege telefonierte, kümmerte sich Flottmann um den Verletzten. Wie an der Kleidung zu sehen war, hatte Gerber viel Blut verloren. Seine Hände waren eiskalt.

»Wir tragen ihn ins Auto«, sagte Flottmann.

Gemeinsam brachten sie Gerber zum Wagen und wärmten ihn mit einer Wolldecke, bis die Sanitäter eintrafen.

Flottmann erkannte einen von ihnen wieder. Es war der, der beim Einsatz an der Halbmondwehle dabei gewesen war. Der junge Mann nickte ihm freundlich zu. Sein älterer Kollege stellte sich als Lutz Birkhofer vor und grüßte mit einem »Moin, Moin«.

Routiniert erledigten die Helfer ihren Job. Jeder Handgriff saß. Nach wenigen Minuten lag Gerber im Rettungswagen auf der Trage und wurde an ein Beatmungsgerät angeschlossen. Die Türen waren halb geschlossen, und Flottmann sah, dass sich Gerber bewegte.

Nach einiger Zeit kam Birkhofer heraus und wandte sich an Hilgersen und Flottmann.

»Er hat eine Stichwunde. So, wie es aussieht, sind keine Organe verletzt, aber er hat viel Blut verloren. Wissen Sie, was passiert ist?«

»Nein«, antwortete Flottmann. Er zeigte seinen Ausweis vor. »Wir sind von der Husumer Kripo. Wo bringen Sie den Verletzten hin?«

»Klinik Husum.«

»Können wir mit ihm reden?«

»Nein. Er war nur kurz bei Bewusstsein und ist in einem kritischen Zustand. Diesen Schlüssel hat er mir gegeben. Vielleicht können Sie etwas damit anfangen.«

Birkhofer eilte zur Beifahrertür. Sein Kollege hatte bereits den Motor angelassen und das Blaulicht eingeschaltet

»Was macht dieser Gerber hier? Das ist doch kein Zufall«, sagte Hilgersen, nachdem der Krankenwagen gewendet hatte und abgefahren war.

»Nein, das ist kein Zufall. Auf, zur Halle.«

»Aber erst sollten wir Hirsch und das SEK informieren.«

»Ja. Dein Job. Wie du weißt …«

»Mag er dich nicht. Das Argument zieht nicht mehr lange. Ich befürchte, dass er auch mir bald seine Zuneigung entziehen wird.«

Flottmann wartete nicht ab, bis Hilgersen den Anruf erledigt hatte, sondern machte sich auf den Weg zur Blechhalle. Allerdings blieb er in gebührendem Abstand davor stehen. Sein Bauchgefühl sagte ihm, dass er lieber auf den Kollegen mit der Waffe warten sollte, auch wenn er bezweifelte, dass dieser einen Elefanten aus zehn Metern Entfernung treffen würde.

»Was hat unser Hirsch gesagt?«, fragte Flottmann, als Hilgersen zu ihm stieß.

»Irgendetwas von Kompetenzüberschreitung, Nachspiel und Beförderung.«

»Beförderung?«

»Jedenfalls etwas mit ›ung‹ am Ende, könnte auch ›Suspendierung‹ geheißen haben. So genau konnte ich ihn nicht verstehen. Seine Stimme klang irgendwie erregt und heiser. Er schien auch schlecht gelaunt zu sein. Ich hab keine Ahnung, warum.«

Flottmann zuckte mit den Schultern und grinste. »Okay. Du gehst voran. Ich bin nicht so ein begnadeter Schütze wie du. Ich halte mich etwas im Hintergrund.«

»Das ist auch besser so.« Hilgersen zögerte. »Sollten wir nicht auf das SEK warten?«

»Ich hab keine Ahnung, was uns in der Hütte erwartet. Aber vielleicht ist die Geisel in Gefahr. Jede Minute zählt. Außerdem könntest diesmal du die Lorbeeren ernten. Ich sehe schon die Titelzeile in den Husumer Nachrichten: Nordfriesischer John Wayne befreit Geisel.«

»Sehr witzig.«

»Lass uns kurz überlegen. Gerber muss etwas aus dem Fischer-Video herausgehört haben, was er mir nicht erzählt hat. Vielleicht hat er es erst nach unserem Treffen entdeckt. Aber warum hat er mich nicht angerufen? Jedenfalls hat er sich auf den Weg gemacht und das Versteck, die Hütte dort drüben, gefunden. Vermutlich hat er nicht damit gerechnet, dass die Gangster hier sind. Dummerweise hatte ich unsere Ansicht geäußert, dass sie wahrscheinlich kein Versteck zweimal benutzen würden. Mein Fehler. Ich hab mir einfach nicht vorstellen können, dass sich der Musiker als Detektiv betätigen würde. Das passt so gar nicht zu ihm.«

»Aber was ist hier abgelaufen?«

»Gerber hat die Täter mit ihrer Geisel überrascht. Die haben ihn angegriffen und auf der Flucht mit einem Messer schwer verletzt. Vielleicht haben sie gedacht, er wäre tot, und haben ihn einfach liegen lassen.«

»So richtig plausibel klingt das nicht. Wie wir wissen, besitzen sie eine Schusswaffe. Der Tote an der Halbmondwehle wurde mit einer Siebenfünfundsechziger erschossen. Das Messer passt irgendwie nicht dazu.«

Flottmann nahm den Schlüssel aus der Hosentasche. »Und was hat es damit auf sich? So, wie der aussieht, gehört er zu einem Vorhängeschloss.«

»Ich erzähle dir meine Theorie: Dein Gerber gehört zu den Entführern und hat die Geisel eingeschlossen. Es ist zum Streit gekommen, er wurde verletzt, und der oder die anderen Mittäter sind abgehauen. Damit die Geisel nicht elendiglich verreckt, falls er stirbt, hat er uns den Schlüssel gegeben.«

»Und vorher hat er uns bei der Lösung des Falls unterstützt?« Flottmann schüttelte den Kopf.

»Aus reinem Geltungsbedürfnis. So etwas kennen wir doch. Gerber tickt nicht ganz richtig. Das war mir von vornherein klar. Seine Show mit den Geräuschen basierte auf nichts weiter als auf Insiderwissen.«

»Deine Theorie hätte von Kriminaloberrat Hirsch stammen können.« Flottmann steckte den Schlüssel wieder ein. »Wir werden gleich mehr wissen. Also los.« Flottmann klopfte seinem Kollegen auf die Schulter. »Nach dir.«

Hilgersens Schritte wurden umso langsamer, je näher sie der Hütte kamen. Sie versuchten, den Mast der Windkraftanlage als Deckung zu nutzen, was allerdings in Anbetracht von Flottmanns Körperumfang nur unvollständig gelang. Wenn die Täter noch in der Blechbude hockten, hatten sie vermutlich sowieso bereits Lunte gerochen.

Plötzlich sprintete Hilgersen auf das Gebäude zu und stellte sich so auf, dass er in einem spitzen Winkel durch das Fenster sehen konnte. Die Walther hielt er in beidhändigem Anschlag. Nicht schlecht, dachte Flottmann und überlegte, ob Hilgersen das in der Polizeischule gelernt oder in einem Fernsehkrimi gesehen hatte.

Nachdem Hilgersen den Innenraum inspiziert hatte, senkte er seine Waffe und winkte Flottmann zu.

»Keiner zu Hause«, sagte Hilgersen, als der Hauptkommissar näher kam. »Ich geh jetzt rein.«

Er stellte sich seitlich des Eingangs, drückte die Klinke hinunter und zog die Tür mit einem Ruck auf. Mit der Waffe in der Hand stürmte er hinein. Nach einer Minute kam er wieder heraus.

»Gesichert! Kannst reinkommen.«

»Danke. Das war saubere Arbeit«, lobte Flottmann ihn und ging hinein.

Nachdem er sich einen Überblick verschafft hatte, zeigte er mit einer Kopfbewegung auf die Luke. »Das fensterlose Versteck.«

»Ist jemand dort unten?«, rief Hilgersen. Niemand antwortete.

»Wir müssen nachsehen. Es spricht einiges dafür, dass wir dort Corinna Dierksen finden werden. Vielleicht ist sie tot. Falls sie noch lebt, braucht sie unsere Hilfe, und zwar schnell.«

»Das SEK wird jede Minute hier sein.«

»Die Entführer sind über alle Berge. Sie werden sich wohl kaum dort unten eingeschlossen haben.«

Flottmann bückte sich und steckte den Schlüssel in das Vorhängeschloss. Kein Bauchgefühl und keine Intuition warnten ihn. Er drehte den Schlüssel um und entfernte den Bügel. Auf sein Kommando hoben sie gemeinsam den schweren Deckel an.

Das Verlies war hell erleuchtet. Durch die Luke waren die Holztreppe und ein kleiner Teil des Raums zu sehen. Flottmann stellte sich breitbeinig vor die Öffnung und beugte seinen Oberkörper vor, um das Innere in Augenschein zu nehmen, wobei er sich mit beiden Händen an den Knien abstützte. In dieser Stellung war er zu keiner schnellen Reaktion in der Lage.

Zuerst nahm er eine schattenhafte Bewegung wahr, dann erkannte er die Umrisse einer Gestalt, einen ausgestreckten Arm, die Pistole. Eine weitere Sekunde benötigte er, um die Gefahr zu begreifen. Dann folgte ein Schuss und ein zweiter, noch bevor der erste verhallt war. Flottmann spürte den Schmerz am Kopf, merkte, wie seine Beine versagten. Er wusste, dass er im nächsten Augenblick in das Loch stürzen würde. Er streckte die Hände vor, als könnte er dadurch den Fall abfangen.

37

Gerbers Mobiltelefon klingelte. Robert Mehler war am Apparat.

»Ich muss mit dir sprechen, Leon.«

»Worum geht es?«

»Nicht am Telefon.«

»Dann musst du dich in die Husumer Klinik begeben.«

»Was?«

»Ich liege im Krankenhaus. Zimmer 23.«

»Was ist passiert?«

»Das ist eine lange Geschichte. Aber es geht mir gut. Besuch mich einfach. Wir können über alles reden, Robert.«

»Nein. Ich will dich nicht mit meinen Problemen belasten. Weiß meine Mutter Bescheid?«

»Ich werde Kristin in den nächsten Tagen anrufen. Komm bitte vorbei. Es ist ziemlich langweilig hier.«

»Gut, wenn du meinst. Ich mach mich sofort auf den Weg.«

Eine halbe Stunde später klopfte es an der Tür, und Mehler trat ein.

»Für Blumen hat die Zeit nicht gereicht«, sagte er.

Gerber grinste. »Es tut noch etwas weh beim Lachen. Setz dich.«

Mehler nahm auf dem Besucherstuhl neben dem Bett Platz.

»Du hängst am Tropf? Ein Schmerzmittel?«

»Ist nicht weiter schlimm. Eine Stichwunde. Ich hatte viel Blut verloren und war mehrere Stunden weggetreten. Aber es sind keine inneren Organe verletzt. Ich hoffe, dass ich in ein paar Tagen wieder draußen bin.«

»Was ist passiert?«

»Die Entführerbande. Einer der Täter hat mit dem Messer zugestochen. Eine Wunde am Arm, wie du am Verband siehst, und eine am Bauch.«

»Sie haben dich entführt?«

»Nein. Ich bin mehr oder weniger durch Zufall mit ihnen zusammengestoßen. Ich kann mich nicht mehr an alle Einzelheiten erinnern. Die Husumer Kommissare Flottmann und Hilgersen, mit denen ich schon einmal zu tun hatte, haben mich gefunden. Die Polizei war heute Morgen hier und hat mich ausgefragt.«

»Flottmann von der Husumer Kripo?«

»Ja. Kennst du ihn?«

»Er war vor ein paar Tagen bei uns in der Firma.«

»Er hat dich aufgesucht? In welcher Angelegenheit?« Gerber zog sich ein Stück am Galgen hoch.

»Auch wegen der Entführungsfälle. Und wegen der Multicopter, die die Täter benutzt haben.«

»Wie sind sie auf dich gekommen?«

»Keine Ahnung. Ich nehme an, dass sie alle aufgesucht haben, die sich mit Drohnen auskennen. Zudem hatte ich der Polizei vor langer Zeit meine Hilfe angeboten. Außerdem wollte ich sicherstellen, dass nicht einer meiner Kunden damit zu tun hat und wir ihm unwissentlich Know-how für ihre Verbrechen geliefert haben. Das konnte ich aber ausschließen. Die technischen Daten der von uns für die betreffenden Kunden verwendeten Typen passten nicht zu denen, die die Entführer für ihre Taten benötigten. Dein Besuch in der Firma hat mich ein wenig stutzig gemacht, Leon. Ich hab lange darüber nachgedacht. Was wolltest du damals wirklich?«

Gerber schwieg.

»Meine Mutter hat mir erzählt, dass du den Rechner meines Vaters untersucht hast.«

»Sie hatte mich darum gebeten.«

»Was hast du herausgefunden?«

Gerber ließ den Galgen los und blickte an die Decke. Er konnte Mehler nicht in die Augen sehen. »Ich habe Zeitungsausschnitte über die Entführungsfälle auf dem Rechner gefunden und eine Liste mit technischen Daten. Ein Vergleich zwischen zwei Quadrocoptern. Die Liste hast du erstellt, nicht wahr?«

Gerber drehte seinen Kopf in Mehlers Richtung.

Dieser starrte ihn entsetzt an. »Papa hat sie auf meinem Laptop entdeckt, der in meinem Arbeitszimmer auf dem Schreibtisch stand? Dazu das Bargeld, das er von mir erhalten hatte ...« Robert Mehler wurde leichenblass.

Gerber wusste nicht, was er sagen sollte. »Robert …«

»Er hat sich umgebracht, weil er dachte, dass ich …? Verdammt noch mal, warum hat niemand in unserer Familie über Probleme geredet? Wie konnte Papa mir überhaupt so etwas zutrauen. Ich verstehe das nicht.«

»Vielleicht hatte der Unfall überhaupt nichts damit zu tun.« Gerber musste an die Rückwärtsbotschaft denken und wusste, dass seine Worte nichts weiter als den Versuch darstellten, Mehler zu trösten. »Auf keinen Fall trifft dich irgendeine Schuld. Ebenso wäre ich schuldig. Ich war sein bester Freund. Ich hätte rechtzeitig mit ihm reden müssen.«

Mehler stand auf und ging zum Fenster. Nachdem er sich die Tränen abgewischt hatte, kam er zurück.

»Kristin …?«, fragte Gerber.

»Sie ahnt nichts. Sie vermutet, dass die finanziellen Probleme meinen Vater bedrückten. Ich glaube, dass es zu spät ist, ihr alles zu erzählen.«

»Ich werde ihr sagen, dass ich nichts Besonderes auf dem Rechner entdecken konnte. Die Lüge nehme ich auf mich. Die Wahrheit hilft in diesem Fall niemandem.«

»Bis dann. Und gute Besserung.« Mehler ging Richtung Ausgang.

»Robert!«

An der Tür drehte Mehler sich um. »Ich komme schon klar. Meldest du dich, wenn du hier raus bist? Kristin braucht uns beide.«

»Ich rufe dich an.«

Gerber schämte sich, weil auch er zeitweise angenommen hatte, dass Mehler in die Machenschaften der Entführer verwickelt war. Die Hinweise darauf waren so erdrückend gewesen, so überzeugend, dass selbst Michael das geglaubt hatte. Jetzt war Gerber froh, dass er seinen Verdacht nicht Kristin und auch nicht der Polizei mitgeteilt hatte.

Dank der Medikamente, die er einnahm, waren die Schmerzen erträglich. Er lag auf dem Rücken und starrte die Decke an. In seinem Kopf herrschte Chaos. Was war passiert? Er konnte sich noch erinnern, dass er die Verbrecher in dem Kellerraum eingeschlossen und sich von den Fesseln befreit hatte. Ab da hatte er einen Filmriss. Was war aus der Geisel geworden? Dieser Kriminaloberrat Hirsch, der ihn am Morgen befragt hatte, hatte ihm nicht erzählen wollen, was passiert war. Vielleicht hielt er ihn immer noch für einen Mittäter.

Gerber hörte an den Schritten im Flur, dass Schwester Ruth heute das Mittagessen brachte. Ihre resolute Art mochte er nicht, und sie hatte eine unangenehme Stimme. Die vollschlanke Person stellte das Tablett auf den Rollwagen. »Es wird alles aufgegessen. So etwas Feines bekommen Sie zu Hause bestimmt nicht. Sie leben doch allein, oder?«

»Wann komme ich hier raus?«

»Sie sind aber lustig. Seien Sie froh, dass Sie nicht im Kühlraum liegen!« Schwester Ruth schüttelte den Kopf und verschwand.

Gerber hatte keinen Hunger. Er schob den Wagen zur Seite, damit ihm der Geruch des Essens nicht in die Nase stieg. Die Schritte, die er jetzt im Flur hörte, kannte er. Sie gehörten keinem Arzt und keiner Pflegekraft. Er war sich sicher, dass es sich um Flottmanns Gehgeräusche handelte. Sie erzeugten bei jedem Tritt konzentrische Kreise mit wechselnden Farben im Sehzentrum. Gerber drückte auf den Knopf und brachte sich fast in Sitzposition. Erwartungsvoll blickte er zur Tür. Flottmann würde ihm alles erklären. Dem Kommissar vertraute er, und dessen Art gefiel ihm, obwohl oder gerade weil er so anders war als er selbst.

Gerber erschrak, als er ihn sah. Der Kopf war in einem weißen Verband eingehüllt, und der rechte Arm steckte in einer Schlinge. Flottmann kam herein und setzte sich auf den Besucherstuhl.

»Ich hab mich für Sie hübsch gemacht«, sagte er und grinste. »Ich störe Sie beim Essen?«

»Nein. Sie können gerne meine Portion haben.«

»Lieber nicht. Ich bin auf Diät.«

»Was ist passiert?«, fragte Gerber.

»Die gleiche Frage wollte ich Ihnen stellen.«

»Ich hab bereits alles Ihrem Kollegen Hirsch erzählt. Nein, nicht alles. Er glaubt mir sowieso nicht.«

»Sie haben die Gangster in den Keller gesperrt? Das ist wirklich unglaublich. Erzählen Sie.«

Gerber berichtete die Vorgänge bis zu dem Zeitpunkt, als er die Hütte verlassen hatte.

»Das ist eine irre Geschichte«, sagte Flottmann. »Mich fasziniert besonders Ihre Sonarmethode. Sie hat Ihnen das Leben gerettet.« »Wenn Sie nicht gekommen wären … Sie haben die Entführer geschnappt?«

»Dank Ihrer Vorarbeit mussten wir sie ja nur abholen, was allerdings nicht ohne Zwischenfälle ablief.«

»Was ist mit der Frau, der Geisel? Sie ist tot, nicht wahr?«

»Sie lebt. Auch sie ist hier im Krankenhaus. Es geht ihr den Umständen entsprechend gut.«

»Sie lebt? Ich hab gehört, wie einer der Täter sie erschossen hat.«

»Wir wissen noch nicht genau, was passiert ist. Die Vernehmungen laufen noch, und da ich hier festsitze, erfahre ich nicht alles. Einer der Täter hat ausgesagt, er habe einen Schuss auf die Wand abgegeben. Das wird sich feststellen lassen. Angeblich wollte er seinen Komplizen glauben machen, dass er die Geisel getötet habe. Er schien Skrupel gehabt zu haben und hat seinem Partner die Tötung vorgetäuscht. Was genau geschehen ist, werden vermutlich die Vernehmungen ergeben.«

»Was ist mit dem Mann, den ich die Treppe hinuntergestoßen habe?«

»Der liegt im Krankenhaus und wird bewacht. Er ist mit einem kaputten Knie und ein paar gebrochenen Knochen davongekommen. Und jetzt erzählen Sie mir bitte, wie Sie, verdammt noch mal, auf das Versteck gekommen sind! Und warum sind Sie dorthin gegangen, anstatt uns zu benachrichtigen?«

»Ich hab versucht, Sie zu erreichen, bin aber zu Kriminaloberrat Hirsch durchgestellt worden. Ich hatte den Eindruck, dass er mich verdächtigt. Da hab ich das Gespräch lieber beendet. Ich hatte mir die Aufnahme noch einmal gründlich angehört und vermutet, dass die Geräuschimpulse von einer der Holzpforten stammten, wie sie an den Außendeichen zu finden sind. Ich war mir aber nicht sicher.«

»Und dann sind Sie allein losgezogen, um das abzuklären?«

»Ja. Das war ein Fehler. Aber ich dachte, die Entführer würden das Versteck kein zweites Mal benutzen.«

Flottmann schüttelte den Kopf. »Mann! Das hätte reichlich schiefgehen können. Vielleicht sollten Sie doch besser bei Ihrer Musik bleiben. Trotzdem: Ihr Einsatz war schon beeindruckend.« Bei den letzten Worten grinste er.

»Und *Ihre* Verletzung? Wie ist das passiert?«

»Na ja. So ganz professionell war unser Einsatz auch nicht. Wir hatten nicht damit gerechnet, dass die Entführer in ihrem eigenen Gefängnis sitzen. Wir haben die Luke geöffnet. Ein Streifschuss traf mich am Kopf. Rechte Seite.« Er tippte mit dem Zeigefinger an die Schläfe. »Das war Millimeterarbeit. Etwas weiter links, und das wär's gewesen. Ich sah mich schon in die offene Luke fallen. Wäre mein Kollege Hilgersen nicht gewesen, säße ich jetzt nicht hier. Er hat – es ist unglaublich. Er hat mit einem Schuss genau die Hand des Schützen getroffen. Ich hab keine Ahnung, ob es ein Zufallstreffer war. Ich will es auch gar nicht wissen. In derselben Sekunde hat er mir einen Stoß versetzt, sodass ich neben dem Loch landete. Mit dem Kopf hab ich den Betondeckel gestreift. Linke Seite.« Er zeichnete mit dem Finger eine Spur, die vom Auge bis zum Haaransatz führte. »Da wird eine schöne Narbe bleiben. Die beiden Entführer haben noch versucht, sich freizupressen, indem sie mit der Erschießung der Geisel drohten. Wir haben sie aber so lange hinhalten können, bis das SEK eintraf. Schließlich haben sie aufgegeben.«

»Und wie sind Sie auf die Hütte gekommen, Herr Hauptkommissar?«

»Ich hab Ihnen schon zu viel erzählt. Die Details unserer Ermittlungen kann ich Ihnen nicht schildern.« Flottmann stand auf. »Sie haben es gut. Sie sind hier allein auf dem Zimmer. Ich muss meins mit einem teilen, der sich jede Seifenoper im Fernsehen anguckt und nachts wie ein ganzes Sägewerk schnarcht. Aber ich werde mich morgen entlassen. Also machen Sie es gut. Wir sehen uns.«

Als Flottmann in sein Zimmer zurückkehrte, fand er sein Essen vor, das inzwischen kalt geworden war. Gute Voraussetzungen für die Fortsetzung seiner FdH-Diät. Er zog Schuhe und Bademantel aus und legte sich ins Bett. Im Schlaf würde die Zeit am schnellsten vergehen. Ob er allerdings bei der zweitausenddreihundertdreiundsiebzigsten Folge von »Sturm der Liebe« schlafen konnte, wusste er nicht.

Gegen sechzehn Uhr betrat Dr. Lena Abendroth den Raum. Insgeheim hatte er darauf gehofft, dass sie von seiner Einlieferung erfahren und ihn besuchen würde. Zwar sah er mit dem Verband nicht gerade vorteilhaft aus, aber vielleicht konnte er über die Mitleidsschiene punkten.

»So sieht man sich wieder«, sagte sie und blieb vor dem Bett stehen.

»Da die Sache mit den Rückenproblemen nicht klappt, musste ich mir etwas anderes einfallen lassen.«

Sie lachte. »Wie fühlen Sie sich?«

»Ausgezeichnet. Es ist wie Urlaub hier. Trotzdem werde ich morgen abreisen.«

»Weiß Ihr behandelnder Arzt Dr. Mundt davon?«

»Noch nicht.«

Lena Abendroth setzte sich. »Haben Sie eigentlich damals mit Katrin Lehrbach und ihren Eltern gesprochen? Wie geht es ihr?«

»Sie ist tapfer. Ich denke, dass sie inzwischen einigermaßen über die Sache hinweggekommen ist. Ich werde ihr berichten, dass wir die Täter festgenommen haben.«

»Sie haben die Bande gefasst? Das ist eine gute Nachricht. Das wird ihr bei der Verarbeitung der Ereignisse helfen. Aber Sie sollten jetzt Ihr Essen zu sich nehmen, Herr Hauptkommissar. Es wird kalt.«

»Es ist bereits kalt, und außerdem bin ich auf Diät. Ein paar Kilo müssen noch purzeln, bis ich mein Jahresziel erreicht habe.«

»Übertreiben Sie es nicht. Ich mag Männer, die was darstellen.« Sie lächelte. Dann stand sie auf und ging zur Tür.

»Wenn Sie mit mir essen gehen, könnte ich den Gewichtsverlust wieder ausgleichen.«

Lena Abendroth drehte sich um. Einige Sekunden stand sie da, als würde sie überlegen. »Gute Idee. Rufen Sie mich an.«

38

»Was willst du hier?«, fragte Hilgersen, als Flottmann das Büro betrat.

»Ich bin doch hier zu Hause. Oder bin ich während meiner Abwesenheit suspendiert worden?«

»Du gehörst ins Bett. Lass mal sehen.« Hilgersen stand auf und betrachtete Flottmanns Wunde am Kopf. »Wenn das verheilt ist, sieht es vermutlich wie ein Schmiss aus. Aber schlagende Verbindungen kommen hier im Norden nicht gut an. Ich wollte dich heute im Krankenhaus besuchen. Hab schon Blumen und Schokolade besorgt.«

»Die kannst du mir auch so geben.«

»Nee. So nicht. Seit wann bist du raus?«

»Seit gestern. Übrigens, noch vielen Dank für deinen Einsatz. Du hast was gut bei mir.«

»Kleinigkeit. Nicht der Rede wert. Ich hab Rasmussen die Walther zurückgegeben und ihm gesagt, dass sie ein wenig nach links zieht.«

»Hast du das Schießen bei der Jagd gelernt?«

»Dafür nimmt man ein Gewehr und keine Pistole, wie du vielleicht weißt. Außerdem gehe ich nicht zur Jagd.«

»Ich denke, du hast einen Schein.«

»Mein Vater wollte, dass ich die Prüfung ablege. Er war passionierter Jäger. Aber ich könnte niemals auf einen armen Hasen schießen, nur auf Verbrecher und nur auf die Hand oder das Knie.«

Flottmann lachte. »Irgendwann wirst du mir noch sympathisch werden.«

»Apropos ›sympathisch‹ und ›Wildjagd‹. Du sollst zum Hirsch kommen, sobald du hier auftauchst.«

Flottmann klopfte und trat ein. Der Kriminaloberrat schielte über seine Lesebrille.

»Setzen Sie sich.«

Er legte eine Pause ein, vermutlich um die Bedeutung des

Gesprächs hervorzuheben. Schließlich nahm er die Gläser ab.
»Ihre Eigenmächtigkeit hätte Sie beinahe das Leben gekostet.«
Eine weitere Kunstpause folgte. »Andererseits haben Sie einige
brauchbare Ermittlungsansätze zur Ergreifung der Täter geliefert.
Summa summarum ist das Ergebnis immerhin positiv, und wir
haben die Entführer und Mörder gefasst.«

»Haben sie gestanden?«

»Die Flensburger beschäftigen sich noch mit ihnen. Aber auf
Rat ihres Anwalts schweigen sie zu den Einzelheiten ihrer Taten.
Ihnen die Entführungen und Erpressungen nachzuweisen dürfte
kein Problem sein. Allerdings leugnen sie den Mord an Klas Petersen.«

»Weiß man, warum sie Corinna Dierksen nach der Geldübergabe nicht freigelassen haben?«

»Sie hat einen der beiden unmaskiert gesehen. Das hat ihre Befragung ergeben. Aber dieser Dieter Behrens behauptet, sie hätten
nicht vorgehabt, sie zu töten. Sie wollten die Geisel angeblich nur
so lange gefangen halten, bis sie mit dem Geld geflohen wären,
was ich allerdings für wenig glaubhaft halte in Anbetracht ihrer
brutalen Vorgehensweise.«

»Hat man das Geld schon gefunden?«

»Nein, bisher nicht. Es gibt in dem Fall noch eine Menge
Detailarbeit für Sie und das K1 zu erledigen. Aber mich braucht
man dringend in Kiel. In zwei Wochen werde ich Sie verlassen.«

»Das freut mich.«

»Wie meinen Sie das?« Hirsch legte seine Stirn in Falten.

»Ich verstehe das als eine Wertschätzung Ihrer Leistung.«

»Ah – ja.« Der Kriminaloberrat schien den Verdacht zu hegen,
dass in Flottmanns Worten eine Dosis Ironie mitschwang. »Dann
sind wir fertig. Sie sollten nach Hause gehen und sich auskurie-
ren.«

Flottmann nickte, stand auf und ging.

»Wie war's?«, fragte Hilgersen.

»Er war zahm wie ein Lamm. Leider wird er uns bald verlassen,
jetzt, da der Fall gelöst ist.«

»Bist du sicher?«

»Er wird in Kiel gebraucht, wie wir vermutet haben«, erwiderte Flottmann und ließ sich in den Drehstuhl fallen.

»Ich meine: Bist du sicher, dass der Fall gelöst ist?«

»Was die Entführungen angeht, ja. Aber die Täter bestreiten den Mord an Klas Petersen, was allerdings nicht überraschend ist. Für einen Mord bekämen sie ›lebenslänglich‹. Ihnen den nachzuweisen könnte schwierig werden, es sei denn, die ballistische Untersuchung zeigt, dass die bei ihnen gefundene Waffe die Tatwaffe ist.«

»Nehmen wir einmal an«, sagte Hilgersen, »dass jemand die Gelegenheit genutzt hat, Petersen zu beseitigen und die Tat der Drohnenbande in die Schuhe zu schieben.«

»Derjenige hätte Täterwissen haben müssen. Die Sache mit dem Finger haben wir unter der Decke gehalten. Es ist natürlich nicht auszuschließen, dass doch etwas aus dem Krankenhaus durchgesickert ist oder Angehörige der Opfer geplaudert haben.«

»Des Opfers.«

»Was?«

»Bis zu Klas Petersens Tod gab es nur eine Entführung, die von Katrin Lehrbach.«

»Und die des Fischers Feddersen, von der allerdings nur wenige wussten. Aber selbst wenn der Mörder von den Taten erfahren hätte, hätte er wissen müssen, dass der Ringfinger abgetrennt wurde, und zwar mit einer stumpfen Schneide. Solche Details wussten vermutlich nur die Ärzte und die Entführer.«

»Und die Polizei«, ergänzte Hilgersen.

»Ja.«

39

Im Krankenhaus hatte Gerber viel Zeit gehabt, über sich nachzudenken. Das war ihm nicht gut bekommen. Die Vergangenheit lastete schwer auf ihm, und mehr und mehr wurde ihm klar, dass sie mehr Einfluss auf sein heutiges Leben hatte, als er wahrhaben wollte. Seit dem Besuch bei seiner Tante glaubte er, die Ursachen für seine Probleme und Ängste zu kennen. Damit waren diese jedoch keineswegs besiegt. Dazu kam die quälende Frage, ob er an allem schuld war. Er war noch ein Kind gewesen und hatte die Situation sicher nicht richtig einschätzen können. Auch wenn er nicht für den Tod seiner Schwester und die Folgen verantwortlich war und ihn keine moralische Schuld traf, so blieb doch das Gefühl, Verursacher der traurigen Ereignisse gewesen zu sein.

Er musste wissen, was damals genau geschehen war. Wenn er nicht jetzt den Hergang klärte, würde er es nie tun. Aber die inneren Widerstände waren immer noch übermächtig und lähmten ihn. Ein Monster in seinem Kopf schien darüber zu wachen, dass er nicht zu tief ins Innere vordrang. Vielleicht war es dasselbe Ungetüm, das ihm in seinen Träumen zusetzte. In den nächsten Tagen wollte er Zeitungsarchive durchforsten und versuchen, an den Polizeibericht des Unfalls heranzukommen.

Der Briefkasten war bereits nach der kurzen Zeit in der Klinik übergequollen. Neben Zeitungen und Werbematerial befand sich in der Post ein großformatiger Brief. Absender war Tante Johanna.

Er öffnete den Umschlag und fand neben Presseartikeln, Fotos und einigen anderen Dokumenten ihre handschriftlich verfassten Zeilen:

Lieber Junge,
Dein letzter Besuch hat mir vor Augen geführt, dass wir, Erik und ich, viele Fehler begangen haben. Wir haben versucht, alles von Dir fernzuhalten, was Dich ängstigen könnte. Nach dem Tod von Sarah und Deinen Eltern haben wir es nicht geschafft, Dich über die damaligen Geschehnisse aufzuklären. Heute weiß ich, dass

es falsch war, und wünsche mir, dass Du uns verzeihen kannst.
Meine eigenen Erinnerungen sind lückenhaft. Zu sehr waren wir
selbst von diesem Unglück betroffen, und zu sehr waren wir damit
beschäftigt, Dir ein neues Zuhause zu geben. Anbei findest Du
alle Unterlagen, die ich über die Jahre aufbewahrt habe und die ich
Dir zu passender Zeit übergeben wollte. Den Zeitpunkt habe ich
verpasst. Trotzdem hoffe ich, dass es Dir hilft, alles zu verstehen.
Deine Tante Johanna

Gerber schüttelte den Kopf und unterdrückte die Tränen, die sich
in seinen Augen sammelten.

»Mensch, Tantchen«, murmelte er. »Es gibt nichts zu verzeihen.
Es ist alles in Ordnung.«

Er schüttete den Inhalt des Kuverts auf dem Wohnzimmertisch
aus und nahm einen vergilbten Zeitungsartikel in die Hand, der
fein säuberlich mit einer Schere ausgeschnitten war.

Tragischer Tod einer Vierjährigen. Ein vierjähriges Mädchen ist
gestern vom vierten Obergeschoss eines Wohngebäudes gestürzt.
Soweit bekannt, war es in einem unbeobachteten Moment auf
die Brüstung des Balkons geklettert und hatte den Halt verlo-
ren. Nachbarn alarmierten sofort den Rettungsdienst, der jedoch
nur noch den Tod des Kleinkindes feststellen konnte. Polizei und
Staatsanwaltschaft werden voraussichtlich wegen Verletzung der
Fürsorge- und Aufsichtspflicht ermitteln. Die Mutter erlitt einen
schweren Schock. Sie wird psychologisch betreut und konnte bisher
nicht befragt werden. Besonders tragisch ist, dass der sechsjährige
Bruder den Unfall mit ansehen musste. Nach Zeugenaussagen hat
der Junge seine Schwester vom Hofplatz aus gerufen. Es ist bereits
das vierte derartige Unglück in Schleswig-Holstein. …

Gerber konnte nicht weiterlesen. Seine schlimmsten Befürchtungen bestätigten sich. Er hatte Sarah gerufen. Daraufhin war sie auf
das Geländer gestiegen. Er war also tatsächlich schuld an ihrem
Tod. Im Grunde hatte er es immer geahnt, aber es schwarz auf
weiß zu lesen war eine ganz andere Sache. Er zog ein Foto unter
dem Papierstapel hervor. Es zeigte seine Schwester und ihn am

Strand von Sankt Peter-Ording. Sie waren damit beschäftigt, eine Sandburg zu bauen. Beide trugen rote Schirmmützen und weiße T-Shirts. Zwei kurze Schatten ragten ins Bild, die Silhouetten der Eltern, vermutete Gerber. Er war den Tränen nahe. Die Beschäftigung mit der Vergangenheit war schwerer, als er gedacht hatte. Schnell raffte er alles zusammen und steckte es in den Umschlag zurück.

Den ganzen Tag über kämpfte er mit einer depressiven Stimmung. Gegen Abend nahm er erneut den Umschlag zur Hand und betrachtete das Strandfoto. Seine Schwester wäre jetzt einunddreißig Jahre alt. Was würde sie heute machen? Welchen Beruf hätte sie ergriffen? Vielleicht hätte sie Kinder. Er stellte sich vor, wie er mit seinen Nichten Kinderlieder sang. Hätten sie ihren Onkel gemocht?

Am Abend klingelte es an der Tür. Es war Laura.

»Hallo, Leon. Dein Briefkasten quoll über, da hab ich ein paar Zeitungen und Prospekte an mich genommen, die auf dem Boden lagen«, sagte sie. »Sophia hat sich übrigens Sorgen gemacht, weil du nie da warst.« Sie überreichte ihm die Post. »Ist alles in Ordnung mit dir?«

»Ja. So weit ist alles klar. Ich war ein paar Tage im Krankenhaus. Komm doch rein, Laura.«

»Ich wollte dir wirklich nur die Post bringen.«

Sie wandte sich zum Gehen. Dann drehte sie sich wieder um.

»Ein bisschen Zeit hätte ich schon. Sophia übernachtet bei einer Freundin.«

»Bist du wirklich okay? Was ist mit deinem Arm?«, fragte sie, als sie ins Wohnzimmer gingen.

»Halb so schlimm. Eine Verletzung. Die Wunde ist gut verheilt.«

Laura setzte sich auf die Couch und schlug die langen Beine übereinander. Durch die Jeans und den eng anliegenden Pullover zeichnete sich ihre schlanke Figur mit allen Konturen ab. Das leicht rötlich schimmernde Haar reichte ihr bis zur Schulter. Sie trug keinen Schmuck und kein Make-up, das ihre natürliche Erscheinung hätte stören können.

Gerber sorgte für gedämpftes Licht und holte eine Flasche Rotwein aus dem Keller.

»Soll das ein romantischer Abend werden?«

Wegen ihres ernsten Gesichtsausdrucks klang die Frage beinahe wie ein Vorwurf, und er erschrak über ihre Äußerung. Keinesfalls wollte er ihr zu nahe treten.

»Ich dachte nur – etwas Gemütlichkeit wäre schön. Und ich hab niemanden, mit dem ich reden …«

Gerber beendete den Satz nicht. Am liebsten wäre er in sein Tonstudio geflohen. Es war keine gute Idee gewesen, Laura gerade an einem seiner Tiefpunkte hereinzubitten. Er füllte die Weingläser und überreichte Laura eins.

»Prost«, sagte sie, stieß mit ihm an und lächelte ihm zu. »Vielleicht solltest du besser mit deiner Freundin reden. Sophia findet sie übrigens sehr nett.«

»Wen?«

»Sie hat sogar ihren Namen behalten. Kristin heißt sie, nicht wahr?«

»Kristin. Ja. Sie ist eine Freundin. Ich meine, sie ist die Frau meines Freundes. Er ist gestorben.«

Gerber spülte den restlichen Inhalt seines Glases wie Wasser durch die trockene Kehle. Gespräche mit seinen Mitmenschen hatte er immer anstrengend gefunden. Aber diese Unterhaltung war von Anfang an verkorkst. Er schenkte beide Gläser voll. Mit etwas Alkohol im Blut würde es vielleicht besser laufen.

Laura nahm das Foto in die Hand, das immer noch auf dem Couchtisch lag.

»Bist du der Junge auf dem Bild?«

»Ja. Meine Schwester und ich am Strand von Sankt Peter-Ording.«

»Du hast eine Schwester?«

»Sie starb, als ich sechs Jahre alt war.«

»Das ist ja traurig. Wie ist das passiert?«

Gerber zögerte mit der Antwort. Dann schüttelte er den Inhalt des Umschlags auf dem Tisch aus und überreichte Laura den Artikel, den er bereits gelesen hatte. Den Brief seiner Tante legte er beiseite.

Sie las laut: »Tragischer Tod einer Vierjährigen. Ein vierjähriges Mädchen ist gestern vom vierten Obergeschoss eines Wohngebäudes …« Sie verstummte und sah Gerber an, der sein Gesicht abwandte. Dann überflog sie den Rest der Meldung.

»Es gibt noch mehr Unterlagen über den Unfall. Ich hab sie erst vor wenigen Tagen erhalten. Ich hab sie mir noch gar nicht angesehen. Es ist alles so lange her«, sagte er.

»Aber es beschäftigt dich noch, nicht wahr?«

»Klar. Das Bild und der Umschlag lagen rein zufällig hier. Nicht dass du glaubst …«

»Wäre das so schlimm? – Darf ich?« Sie griff nach dem Papierstapel.

»Natürlich.«

Sie las zwei weitere Zeitungsausschnitte. Dann nahm sie eine zweiseitige Kopie zur Hand, die mit einer Klammer zusammengeheftet war.

»Der Polizeibericht.« Nach einigen Minuten legte sie das Blatt zurück auf den Tisch.

»Meine Eltern sind daran zerbrochen«, sagte Gerber.

»Dann hattest du keine besonders schöne Kindheit?«

»Ich bin bei meiner Tante und meinem Onkel aufgewachsen. Die haben sich liebevoll um mich gekümmert. Ich war kein einfaches Kind.« Gerber grinste. »Erzähle mir lieber etwas von dir.«

Er kramte die Papiere zusammen und legte sie wieder in den Umschlag. Er wollte nicht die gesamte Geschichte vor ihr ausbreiten, nicht jetzt. Vielleicht würde es doch noch ein schöner Abend werden.

»Da gibt es nicht viel zu erzählen. Nach der Schule hab ich drei Semester Pharmazie in Kiel studiert, hab mich dann aber für eine Ausbildung zur pharmazeutisch-technischen Assistentin entschieden. Als Sophia kam, habe ich eine Zeit lang nicht gearbeitet. Nach der Trennung von Rüdiger, Sophias Vater, hab ich die Halbtagsstelle in der Apotheke angenommen. Und dank einer kleinen Erbschaft konnte ich das Haus übernehmen, in dem wir wohnen. Es gehörte ursprünglich uns beiden, Rüdiger und mir. Er kümmert sich nicht um seine Tochter. Er hat inzwischen geheiratet und wohnt in Braunschweig mit Frau und zwei Kindern aus ihrer ersten Ehe. Du siehst, mein Lebenslauf passt auf einen Bierdeckel. Aber zurück zu dir. Glaubst du, dass deine Begabung mit dem Ereignis in deiner Kindheit zusammenhängt?«

»Begabung? Was meinst du?«

»Dein Gitarrenspiel, aber auch deine Sensibilität für Geräusche. Kann es nicht sogar sein, dass beides zusammenhängt?«

»Vielleicht. Aber auf Letzteres hätte ich gerne verzichtet. Ich versuche, meine Lärmempfindlichkeit zu bekämpfen. Es ist schwierig.«

»Manchmal ist es einfacher, etwas zu akzeptieren, als es zu bekämpfen. Vielleicht solltest du deine Sensibilität als Bereicherung ansehen und nicht als Handicap. Aber sorry. Ich weiß zu wenig über dich, als dass ich dir solche Tipps geben sollte. Sophia ist jedenfalls begeistert von dir. Sie erzählte mir, du könntest mit den Ohren sehen und du hättest Angst vor Kissen. Manchmal geht die Phantasie mit ihr durch.«

»Ich kann tatsächlich mit meinem Gehör Hindernisse erkennen. Ich hab es mir als Kind selbst beigebracht.«

»Ich hab gedacht, dass Sophia flunkert.«

»Die Sache mit den Kissen stimmt auch.«

»Echt?« Laura lachte.

Gerber schwieg. Er suchte nach einem anderen Thema. Er hatte genug über sich preisgegeben.

»Sorry«, sagte sie. »Ich hab einen Schwips. Du hättest mir nicht so viel Wein einschenken sollen. Erzähl.«

»Es hat keine Bedeutung. Das ist ein Relikt aus der Vergangenheit. Vermutlich bin ich der einzige Mensch auf der Welt, der eine Kissenphobie hat.« Gerber grinste.

»Ursache ist der Unfall von damals?«

Gerber nickte. »Ich stand unter dem Balkon. Meine Schwester schlug direkt vor meinen Füßen auf. Dieses Geräusch verfolgt mich bis heute.«

»Das ist kein Wunder. So etwas prägt sich tief ins Gedächtnis ein. Das wird man nicht mehr los.«

»Irgendwann bin ich dem Geräusch wieder begegnet. Es hört sich ähnlich an, wie wenn jemand mit der flachen Hand auf ein Kissen schlägt. Vielleicht hat das bei mir Angstzustände ausgelöst, und es war der Grund dafür, dass meine Tante alle Kissen aus der Wohnung verbannt hat und ich diese Marotte bis heute behalten habe. Aber am schlimmsten ist das Gefühl, am Tod meiner Schwester und dem ganzen Unglück der Familie schuld zu sein.«

»Obwohl du weißt, dass das nicht der Fall ist?«

»Ich war noch ein Kind. Sicher konnte ich die Tragweite meiner Handlungen nicht absehen. Wenn mich auch keine moralische Schuld trifft, so hab ich doch das Unglück verursacht.«

»Das verstehe ich nicht.«

»Wenn ich sie nicht gerufen hätte, wäre das alles nicht passiert.«

Laura nahm den Umschlag, zog den Polizeibericht heraus und las die Zeugenaussage einer Nachbarin sowie die Zusammenfassung eines Gutachtens erneut.

»Du hast sie gar nicht sehen können, bevor sie auf das Geländer gestiegen war, Leon. Und du hast sie auch nicht gerufen, sondern hast panisch geschrien, als sie über die Brüstung kletterte.«

Gerber riss ihr den Bericht aus der Hand. Mit zittriger Hand las er den kompletten Text. Er stand auf und wandte sich von Laura ab. Jahrelang hatte er eine Last mit sich herumgetragen, ohne zu wissen, woraus sie bestand. Er war zu feige gewesen, die Ursache seiner Ängste zu ergründen. Schließlich hatte er sich aufgerafft und eine plausible Erklärung gefunden. Sie war so schlüssig, dass er sie nicht hinterfragt hatte. Und jetzt war alles ganz anders. Er war nicht schuld an Sarahs Tod und damit auch an den nachfolgenden Ereignissen. Wäre Laura nicht gewesen, hätte er den Umschlag vermutlich in irgendeinem Winkel des Hauses vergraben.

»Entschuldigung«, sagte er, wischte sich die Tränen ab und setzte sich wieder. »Was musst du für einen Eindruck von mir haben?«

»Einen guten, Leon, den eines sensiblen Menschen. Und jetzt spielst du mir etwas auf deiner Gitarre vor, einen Song, den du auf deiner neuen CD veröffentlichen wirst.«

»Du weißt doch, dass ich meine Lieder nicht ..«

Sie lachte. »Klar wirst du.«

Laura ließ nicht locker, bis er das Instrument holte.

»Du kannst zaubern«, sagte sie, als er das Instrument beiseitelegte. »Und jetzt gehe ich besser, bevor du mich verzauberst.«

Sie stand auf. Vielleicht hätte er sie zurückhalten sollen. Aber das Chaos seiner Gefühle lähmte ihn. Vielleicht war er sogar ein wenig froh, dass sie ging, bevor er etwas falsch machte, das die Verbindung zwischen ihnen zerstörte.

An der Tür gab sie ihm einen Kuss. »Danke für den schönen Abend.«

40

Gerber konnte nicht schlafen in dieser Nacht. Dabei hatte er keine Alpträume. Weder zeigte sich das Kissenmonster, noch hörte er die Schreie des Mädchens.

Als er aufwachte, war er aufgedreht. Der starke Kaffee zum Frühstück verstärkte seinen Zustand. Sein Auto stand immer noch in Norderhafen. Er entschloss sich, es endlich abzuholen. Den Rucksack hatte die Polizei ihm ausgehändigt. Er überprüfte die Geräte und packte die Ausrüstung für die Unterwasseraufnahmen ein. Mit den öffentlichen Verkehrsmitteln benötigte er fast zwei Stunden. Nordstrand lag in dichtem Nebel.

Er war froh, dass der Wagen ansprang. So manches Mal hatte die Feuchtigkeit zu Startschwierigkeiten geführt. Er fuhr nach Fuhlehörn. Vielleicht hatte er diesmal Glück und konnte die mysteriösen Unterwassergeräusche ein weiteres Mal aufnehmen. Er wusste genau, dass sie ihn nicht loslassen würden, bis er das Rätsel gelöst hatte. Das Wetter war trüb, aber seine Stimmung hatte sich seit dem gestrigen Abend aufgehellt. Er hielt auf dem Parkplatz vor dem Imbiss »Zum Matjesmichel« und stieg aus. Als er die Pforte zum Deich öffnete und zurückfallen ließ, spulten sich die Ereignisse der vergangenen Tage vor seinem inneren Auge ab. Er hatte verdammtes Glück gehabt. Seine Sensibilität für Geräusche hatte ihn in Gefahr gebracht, und sie hatte ihm einen Ausweg aus der Gefahr gezeigt.

Er ging zu Fuß zum Strand. Keine Menschenseele weit und breit, was bei dem Wetter nicht verwunderlich war. Mit dem Rucksack auf dem Rücken balancierte er auf der Lahnung entlang, Richtung Meer. Kaltes Wasser schwappte bei jeder Welle in seine Schuhe. Weshalb hatte er nicht daran gedacht, Gummistiefel und warme Kleidung anzuziehen? Der Nebel hatte weiter zugenommen. Als er fast an der Spitze der Lahnung angekommen war, konnte er das Ufer nicht mehr sehen. In welche Richtung er auch blickte, nirgends fand er einen Orientierungspunkt. Es hatte etwas

Unwirkliches, Gespenstisches. Nur die Geräusche aus der Ferne gaben ihm das Gefühl, nicht allein auf der Welt zu sein.

Das Meer war viel zu kalt, um sich auf die Holzpfähle zu setzen und die Beine im Wasser baumeln zu lassen. Er musste alles im Stehen erledigen. Nachdem er Hydrofon, Kabel und Aufnahmegerät aus dem Rucksack genommen und diesen wieder umgeschnallt hatte, brauchte er nur wenige Minuten, um startklar zu sein.

Parallel zur Aufzeichnung hörte er über einen Kopfhörer mit. Das Grollen der Oberflächenwellen war lauter als bei den letzten Malen. Trotzdem konnte er die anderen Geräusche wahrnehmen. Sein Herz schlug höher, als er den Ton entdeckte, nach dem er gesucht hatte, kurze, metallisch klingende Impulse. Sie traten unregelmäßig auf. Minutenlang passierte nichts, dann kamen eine, manchmal auch zwei Spitzen unterschiedlicher Lautstärke. Irgendetwas war da unten, nicht in unmittelbarer Nähe, sondern weit entfernt, vielleicht kilometerweit.

Als Gerber das Wasser bis zu den Knien stand, musste er seine Forschung abbrechen. Eine Zeit lang hatte er die Kälte nicht gespürt. Zu sehr hatte ihn der Klang aus der Tiefe fasziniert. Der Weg zurück ans Ufer erwies sich als mühselig. Die einzige Orientierung, die er hatte, war die Lahnung unter seinen Füßen, die aber inzwischen komplett vom trüben Wasser überspült wurde. So musste er sich Schritt für Schritt vorantasten, und immer lief er Gefahr, dass er danebentrat. Zusätzlich zu seinem Tastsinn half ihm das Gehör. Die Umströmung der Holzpflöcke mit den eingeflochtenen Sträuchern, den Faschinen, verursachte einen unverwechselbaren Klang.

Als Gerber das Ufer erreichte, sah er an sich hinab: nasse, verschmutzte Kleidung, Schuhe, aus denen bei jedem Schritt das Wasser quoll, eiskalte Füße und Gänsehaut auf den Armen. Aber nichts konnte ihm die gute Laune verderben, die er am Vortag getankt hatte.

Zu Hause angekommen, wechselte er hastig seine Kleidung und begab sich ins Tonstudio. Er nahm sich nicht die Zeit, die Digitalaufnahmen zu archivieren, sondern kopierte sie direkt auf die Festplatte seines Rechners. Über eine Stunde lang beschäftigte er sich mit dem rätselhaften Ton, aber vergeblich. Der Klang aus der Tiefe des Meeres blieb rätselhaft. Der Misserfolg zerrte an Gerbers Nerven.

Am nächsten Tag kam Sophia zu Besuch. Nachdem sie die Käfer in den Gefäßen namentlich begrüßt hatte, fragte sie: »Wo warst du? Mama sagt, du warst im Krankenhaus.«

»Ja. Das stimmt.«

»Warum?«

Er schob den Ärmel seines Pullovers hoch. »Ich hab mich am Arm verletzt. Aber jetzt geht es mir wieder gut. Und heute Morgen hab ich wieder Geräusche unter Wasser aufgenommen. Dabei bin ich pitschnass geworden.«

»Bist du ins Wasser gefallen?« Sie kicherte.

»Nein. Ich hab nicht gemerkt, dass die Flut kam, weil ich so beschäftigt war. Und plötzlich stand ich bis zu den Knien im Meerwasser.«

»Ganz schön blöd.«

»Komm, setz dich. Du kannst dir die Aufnahmen von heute Morgen anhören.«

Gerber stellte den Drehstuhl auf maximale Höhe und hob sie auf den Sitz. Dann überreichte er ihr den Kopfhörer und startete die Aufnahme.

Nach einigen Minuten nahm sie den Kopfhörer ab. »Es grummelt und blubbert, und manchmal klappert irgendwas. Was ist das?«

»Das Grummeln sind die Wellen, und das Blubbern sind Blasen, die aufsteigen und an der Oberfläche zerplatzen. Was das Scheppern ist, weiß ich nicht. Aber ich würde es gerne wissen. Ich finde es einfach nicht heraus.«

»Es ist bestimmt ein Fisch. Ein Schellfisch.«

Gerber musste lachen.

»Machen wir wieder Töne-Raten?«, fragte Sophia.

»Klar, wenn du willst. Ich suche die Geräusche aus, und du musst raten. Einverstanden?«

»Okay.«

Gerber spielte ihr die Geräusche eines Gewitters vor, Schritte im Schnee, einen tropfenden Wasserhahn, eine Kreissäge und eine Bohrmaschine, überkochendes Wasser und vieles mehr. Die beiden vergaßen die Zeit. Als die rote LED blinkte, die für die Klingel zuständig war, ging Gerber zur Haustür.

»Langsam werde ich eifersüchtig«, begrüßte Laura ihn.

»Sophia hört sich gerade Geräusche einer Zahnbehandlung an.«

»Grrrr. Wie gruselig.« Laura trat ein.

Als sie ins Tonstudio kam, nahm Sophia den Kopfhörer ab und bombardierte sie mit Neuigkeiten. »Leon wäre beinahe ertrunken, weil er nicht gemerkt hat, dass die Flut kommt. Und Leon hat komische Geräusche im Wasser aufgenommen.«

Laura sah Gerber fragend an. Er nickte.

»Das waren sicher die Glocken von Rungholt«, sagte sie und grinste. »Bei ruhiger See kann man die Kirchenglocken der versunkenen Stadt unter Wasser hören. Und alle sieben Jahre, im Juni, in der Johannisnacht, taucht Rungholt aus der Tiefe auf. Kennt ihr die Rungholtsage?«

Sophia und Gerber sahen sich an und schüttelten die Köpfe.

Laura setzte sich auf einen Stuhl und begann mit raunender Stimme zu erzählen.

»Einst war Rungholt eine reiche Stadt. Die Bewohner handelten mit Salz, Wolle und Bernstein. Durch den Reichtum wurden sie übermütig, und sie feierten und betranken sich. Einmal machten sie im Wirtshaus eine Sau betrunken und legten sie ins Bett. Dann riefen sie den Prediger, damit er dem angeblich Kranken die letzte Salbung reichte. Als der Prediger bemerkte, dass man ihn zum Narren hielt, wollte er sich davonmachen. Doch man hielt ihn fest, füllte den heiligen Kelch mit Bier und zwang ihn mitzutrinken. Nachdem sie ihn endlich freigelassen hatten, ging er in die Kirche und bat Gott, die Saufbolde zu bestrafen. Bald darauf zog ein Sturm auf, und Rungholt ging unter.«

Sophia und Gerber hatten aufmerksam zugehört.

»Die Geschichte kannte ich nicht«, sagte er.

»Ich glaube, es gibt viele Varianten der Sage. Und jetzt kommst du mit mir, Sophia. Es ist schon spät. Leon wird uns am Wochenende besuchen. Er wird seine Gitarre mitbringen, und wir werden zusammen singen, nicht wahr, Leon?« Sie sah ihm in die Augen und lächelte.

»Gerne.«

Den nächsten Tag wollte Gerber damit verbringen, den Zwischenbericht für seine Käferforschung zu verfassen, aber er konnte sich nicht so recht konzentrieren. Ständig musste er an Laura denken und an die Geschichte, die sie über Rungholt erzählt hatte. Was wäre, wenn die wiederkehrenden Geräusche, die er aufgenommen hatte, tatsächlich von einer Glocke stammten? Die Art des Tons hing von der Entfernung ab, von Reflexionen am Boden und an der Wasseroberfläche, von der Größe des Klangkörpers und davon, wie er im Sand oder Schlick lagerte. Er recherchierte im Internet, fand aber nur wenig Hinweise, die ihm weiterhelfen konnten. In einem antiquarischen Buch wurde der Klang einer Glocke unter Wasser mit dem Aufeinanderschlagen von Messerklingen verglichen. Das passte zu seinem Höreindruck. Er spielte die Aufnahme einige weitere Male ab. Schließlich war er überzeugt, dass er die Lösung gefunden hatte. Natürlich handelte es sich nicht um Rungholts Glocke, aber vielleicht um die eines versunkenen Schiffs.

Das war fast so aufregend, wie es die Verbrecherjagd gewesen war. Er musste die Sache unbedingt weiterverfolgen. Ihm fiel der Archäologieprofessor ein, der versucht hatte, einer Vase historische Töne zu entlocken. Vielleicht konnte der ihm helfen.

Gerber rief im Sekretariat an und erfuhr, dass Professor Winter nur noch selten im Institut anzutreffen sei, aber dessen damaligen Doktoranden Herrn Bieber könne er sprechen. Gerber erinnerte sich an den jungen Mann, der eine sympathische Stimme hatte und mit einem leicht schwäbischen Akzent sprach.

»Herr Bieber, hier ist Leon Gerber. Ich war einmal bei Ihnen wegen der Forschungen an der Vase.«

»Ja. Ich erinnere mich. Sie sind der Musiker mit dem außergewöhnlichen Gehör. Wie geht es Ihnen?«

»Gut. Ich wollte mich mal erkundigen, was aus Ihren Arbeiten geworden ist.«

»Das war schon eine verrückte Sache. Wir haben noch weitere

Funde mit der gleichen Methode untersucht, aber letztendlich waren die Ergebnisse wenig aufschlussreich. Immerhin hat es für eine Veröffentlichung gereicht. Ich schicke Ihnen das Papier gerne zu.«

»Das wäre sehr nett. Ich hätte noch Fragen wegen einer anderen Angelegenheit. Haben Sie etwas Zeit für mich?«

»Klar. Meine Vorlesung beginnt erst um elf Uhr. Schießen Sie los.«

»Das Ganze ist ein wenig merkwürdig.«

»Wie Sie wissen, sind Merkwürdigkeiten mein Spezialgebiet.« Bieber lachte.

»Ich habe einige Unterwasseraufnahmen mit einem Hydrofon an der Nordstrander Küste durchgeführt. Dabei bin ich auf ein Geräusch gestoßen, das von einer Schiffsglocke stammen könnte.«

»Das klingt – aufregend.«

Für einen Moment dachte Gerber, sein Gesprächspartner würde ihn nicht ernst nehmen. »Ich weiß, dass das abwegig klingt.«

»Durchaus nicht.«

»Halten Sie es für theoretisch denkbar, dass sich ein versunkenes Schiff im Meer befindet, dessen Glocke unter bestimmten Bedingungen unter Wasser zu hören ist?«

»Das ist zwar nicht besonders wahrscheinlich, aber denkbar. Von Unterwasserarchäologie verstehe ich nicht besonders viel. Ich weiß aber, dass das Archäologische Landesamt von achthundert Strandungen im nordfriesischen Wattenmeer seit dem 17. Jahrhundert ausgeht. Erst vor einigen Jahren wurden drei Schiffswracks auf der Sandbank vor Süderoog gefunden. Vielleicht haben Sie vom spanischen Segelschiff ›Ulpiano‹ gehört, das vor nicht zu langer Zeit frei gespült wurde. Der Dreimaster ging am Heiligabend 1870 unter. Die Besatzung konnte sich auf die Hallig retten. Die Galionsfigur wurde auf Föhr angespült und ist dort noch in einem Wyker Friesenhaus zu bewundern.«

»Hat man das Schiff geborgen?«

»Nein. Aber bevor es auseinanderbricht, will man es mit einem 3-D-Scanner abbilden. In jedem Fall gäbe es genug Objekte, die für Sie in Frage kämen. Allerdings wäre ein Wrack sicher bereits entdeckt worden, wenn es bei Ebbe aus dem Sand oder dem

Schlick herausragen würde. Es sei denn ...« Bieber legte eine Pause ein.

»Ja?«

»Es sei denn, Ihres befände sich in einem Gebiet, das nicht komplett trockenfällt, in einem Priel zum Beispiel. Vielleicht ragt der Schiffsrumpf in den Wasserlauf hinein.«

»Dort gibt es große Strömungen, die die Glocke anregen könnten. Und bei Flut könnte sich der Ton über weite Entfernungen ausbreiten.« Gerbers Erregung stieg.

»Das ist sehr spekulativ. Aber wer weiß ... Jedenfalls wandern Priele. Im Sandwatt mäandern sie ungefähr hundert Meter pro Jahr, im Mischwatt so etwa zwanzig bis dreißig Meter. Somit ist es kein Wunder, dass irgendwann versunkene Gegenstände frei gespült werden. Aber solange sie von Wasser bedeckt sind, fallen sie normalerweise nicht auf.«

»Gibt es eine Chance, das Schiff zu finden?«

»Hm. Wenn unsere Theorie stimmt, bestünde die Möglichkeit, dass man das Schiff über Luftbildmaßnahmen orten könnte. Das funktioniert gut, wenn es nicht sehr tief liegt. Ansonsten setzt man ein Seitensichtsonar ein. Damit erhält man fast fotografische Abbilder des Seegrunds. Allerdings ist das Verfahren wesentlich aufwendiger. Leider haben wir nicht die Mittel, um so etwas durchzuführen.«

»Wie Sie schon sagten, ist das Ganze ja spekulativ. Aber Sie haben mir sehr weitergeholfen.«

»Rufen Sie mich an, wenn Sie weitere Fragen haben. Vielleicht kann ich auch einen Kontakt zu Kollegen herstellen, die sich mit Unterwasserarchäologie beschäftigen. Auf jeden Fall schicke ich Ihnen den Artikel zu.«

»Ich denke, ich werde mich weiter mit der Glockengeschichte befassen.«

»Das kann ich nur zu gut verstehen. Sie ist vermutlich erfolgversprechender als unser Vasenprojekt.« Bieber lachte.

Gerber nannte ihm seine E-Mail-Adresse und bedankte sich.

Die Schiffsglocke spukte Gerber noch lange im Kopf herum und ließ keinen Platz für die Arbeit, die er dringend erledigen musste.

Er schob eine Fertigpizza in den Backofen und gönnte sich ein Glas Rotwein zum Essen. Nach der Mittagspause hatte er ausreichend Abstand zu der Angelegenheit gewonnen und wollte den Bericht zu Ende schreiben. Außerdem hatte er noch eine weitere Auftragsarbeit zu erledigen, die er in wenigen Tagen abgeben musste. Er sollte die Titelmusik für einen Fernsehfilm komponieren und einspielen. So etwas hatte er bisher nicht gemacht. Es war eine interessante Aufgabe.

Aber das Schicksal, nein, Anton Hohlmeier hatte sich gegen ihn verschworen. Es war erneut der Hammerhäcksler des Nachbarn, der die Umwelt mit Lärm zumüllte. Eine Zeit lang saß Gerber starr auf einem Hocker, mit der Gitarre in der Hand. Ihm war ein Riff eingefallen, der perfekt zum Inhalt des Films passen würde. Er war sich sicher, dass er darauf den Song aufbauen konnte. Aber Hohlmeiers lärmoptimiertes Gerät ließ ihm keine Chance.

Gerber dachte an Kommissar Flottmanns Methode. Die gleiche Masche konnte er sicher nicht anwenden. Aber vielleicht half ja ein nettes Gespräch mit dem Nachbarn. Er ging zum Vordereingang und drückte auf den Klingelknopf. Aber außer dem Hausherrn, der das Läuten sicher nicht hörte, war niemand zu Hause. Die Garage stand offen. Von dort konnte er in den Vorgarten gelangen, wo Hohlmeier zugange war. Er kam an einem Regal vorbei, in dem verschiedene Werkzeuge blank geputzt und sauber aufgereiht lagen. Ein Gerät sprang ihm sofort ins Auge. Er musste einfach zugreifen. Der Seitenschneider lag perfekt in der Hand und durchschnitt das Kabel wie Butter.

Eine Sekunde genoss Gerber die Stille, um dann den kürzesten Weg zurück zu nehmen, den durch das Blumenbeet und die Büsche. Dabei vermied er, verdächtige Fußabdrücke zu hinterlassen.

Als er wieder auf dem Hocker im Tonstudio saß, war er mit sich und der Welt zufrieden.

Laura hatte ihn für Sonntagnachmittag eingeladen. Mit Blumen aus dem eigenen Garten und dem Gitarrenkoffer in der Hand stand er vor der Tür. Sophia öffnete.

»Leon ist da«, rief sie. Laura begrüßte ihn mit einem zaghaften

Kuss. Für einen Moment fühlte sich Gerber wie ein Familienvater, der von der Arbeit heimkam.

Sophia bestand darauf, dass sie den wesentlichen Beitrag zum Backen der Käsetorte und zum Tischdecken geleistet hatte. Nach dem Kaffeetrinken drängte sie darauf, dass er seine Gitarre auspackte. Ihr Repertoire bestand aus Popsongs, Schlagern, Kinderliedern und Filmmusik. Lieder, die Gerber nicht kannte, suchte Laura im Internet und spielte sie auf ihrem Smartphone ab. Das einmalige Anhören reichte ihm aus, um die Songs zu begleiten.

Am späten Abend saßen Laura und Gerber bei einem Glas Wein zusammen. Er spürte eine Vertrautheit mit ihr, die sich wie selbstverständlich entwickelt hatte Er musste ihr versprechen, seine eigenen Lieder zu veröffentlichen und wieder öffentlich aufzutreten. In dieser Nacht hätte er ihr alles versprochen.

»Es ist kalt und dunkel draußen«, sagte sie schließlich. »Du solltest nicht den weiten Weg nach Hause gehen.« Sie nahm seine Hand und führte ihn ins Schlafzimmer.

41

Hilgersen schloss die Mappe mit der Aufschrift »Enkeltrickbetrug« und wandte sich Flottmann zu. »Es war keine gute Idee von dir, den Schreibtischstuhl zu ölen.«
Flottmann reagierte nicht, sondern verharrte in seiner Grübelstellung.
»Ich könnte wetten, dass du dich seit einer halben Stunde nicht bewegt hast.«
Flottmann nahm seine Füße vom Aktenbock. »Ich hab nachgedacht. Solltest du auch mal versuchen.«
»Ich muss arbeiten. Worüber hast du nachgedacht?«
»Ich weiß nicht.« Flottmann trommelte mit den Fingern auf dem Schreibtisch. »Kennst du das auch, dass irgendetwas in deinem Kopf herumschwirrt, das man nur richtig ordnen muss, um auf die Lösung zu kommen?«
»Klar. Neulich fiel mir der Name eines berühmten Gitarristen nicht ein. Das hat mich fast zur Verzweiflung gebracht.«
»Eric Clapton.«
»Ja. Woher weißt du das?«
Flottmann schrieb etwas auf einen Notizzettel. »Nenn mir mal eine Farbe.«
»Was?«
»Eine Farbe.«
»Blau.«
»Ein Werkzeug.«
»Hammer.«
»Ein Musikinstrument.«
»Geige.«
»Hier.« Flottmann hielt den Zettel hoch. »Genau diese Worte habe ich aufgeschrieben.«
»Hm. Verstehe. Und das, was jetzt in deinem Kopf herumschwirrt, kommt auch so selbstverständlich heraus?«
»Das scheint komplizierter zu sein, aber ich werde jetzt daran arbeiten. Also lass mich nachdenken.«

»Okay. Ich gehe einen Kaffee kochen.«

Nach einer Viertelstunde kam Hilgersen mit zwei Bechern dampfenden Kaffees zurück, stellte einen auf Flottmanns Schreibtisch und nahm den mit der Aufschrift »Plattschnacker« mit zu seinem Platz.

»Und? Hast du deine Gedanken geordnet?«

»Ja. Steh noch mal auf, Gustl.«

»Was?«

»Na, mach schon.«

Hilgersen stand auf.

»Steck dir eine Zigarette in den Mund.«

»Ich bin Nichtraucher.«

»Nimm einen Bleistift oder etwas Ähnliches.«

»Mann, was soll das werden?«

»Die linke Hand in die Hosentasche.«

Hilgersen gehorchte kopfschüttelnd, steckte sich einen Kugelschreiber in den Mund und vergrub seine Linke in der Jeanstasche.

»Jetzt zieh an deiner Zigarette.«

Hilgersen saugte mit gekonnt gespieltem Genuss am Schreibgerät, nahm es aus dem Mund, hob den Kopf, formte die Lippen zu einem Kreis und ließ unsichtbare Rauchringe zur Zimmerdecke aufsteigen.

»Jetzt setz dich hin.«

»Tolles Spiel.«

»Ist dir was aufgefallen?«

»Nur, dass du einen verdammt loyalen und gehorsamen Mitarbeiter hast.«

»Wisch dir den Mund ab. Du hast blaue Lippen.«

»Verdammt! Hast du nichts anderes im Sinn, als mich zu verarschen?«

»Ruhig, Gustl. Es ist ein ernsthaftes Experiment. Du wirst gleich sehen, worum es geht.«

In Hilgersens Miene spiegelten sich deutliche Anzeichen von Verärgerung wider, und vermutlich überlegte er sich gerade einen Racheakt.

»Du hast beim Hinsetzen die Hand aus der Tasche genommen«, sagte Flottmann.

»Äh – ja. Deine Anweisungen waren nicht präzise genug.«
»Mach's noch mal und behalte diesmal die Hand in der Jeanstasche.«

»Die ganze Szene noch einmal?«

»Ja, bitte!«

»Hast du hier eine Kamera installiert und stellst das anschließend auf YouTube ein?«

»Quatsch. Mach schon.«

Hilgersen stand auf. Diesmal ersetzte er den Kugelschreiber durch einen Zahnstocher, der auf seinem Schreibtisch lag, und baute sich direkt vor Flottmann auf. Er nahm mehrere virtuelle Züge und blies den Atem, angefüllt mit einer Portion Feuchtigkeit, geräuschvoll in Flottmanns Richtung. Dann setzte er sich auf seinen Drehstuhl, den Zahnstocher in der Rechten und die linke Hand in der Hosentasche.

»So setzt sich niemand hin. Da klemmt man sich ja die Pulsadern ab«, brummte er.

»Q. e. d.«, sagte Flottmann und wischte sich das Gesicht mit einem Taschentuch ab.

»Was?«

»Quod erat demonstrandum. Das ist Latein.«

»Klar. Und?«

»Wir müssen noch mal Frank Petersen besuchen. Und ich brauche die Akte über ihn, das Protokoll von unserer und Hofmanns Vernehmung.«

»Elektronische Aktenablage. Ich bin sicher, dass du das Dokument diesmal selbst finden wirst.«

»Du bist unkollegial, Gustl.«

»Betrachte das als eine Erziehungsmaßnahme.«

»Und wenn ich dir eine Dienstanweisung erteile?«

»Vergiss es. Ich würde mich bei Kriminaloberrat Hirsch beschweren.« Hilgersen grinste.

Obwohl es auf Mittag zuging, hatte sich der Frühnebel noch nicht verzogen. Der Scheibenwischer kratzte geräuschvoll über die Scheibe.

Hilgersen war anzumerken, dass er auf Flottmanns Erklärung

wartete. Er blickte ständig zu ihm hinüber. Das Fragezeichen stand ihm auf die Stirn geschrieben.

»Ganz schöne Suppe da draußen«, versuchte er ein Gespräch zu beginnen.

»Hm.«

»Aber die Sonne wird sicher bald durchkommen.«

»Hm, hm.« Flottmann nickte.

»Denkst du nach?«

»Hm.«

»Glaubst du, dass Petersen uns angelogen hat?«

»Er ist vermutlich der Einzige außer den Entführern, der ein Motiv für den Mord an dem Alten haben könnte.«

»Eine Beziehungstat? Und wie lautet das Motiv?«

Flottmann zuckte mit den Schultern. »Vielleicht Streitigkeiten wegen der Bewirtschaftung des Hofs. Jedenfalls hat er weder für den Tag der Entführung seines Vaters noch für den Tag danach ein Alibi. Laut Obduktion starb Klas Petersen noch in der Nacht seines Verschwindens.«

Hilgersen fuhr unkonzentriert, missachtete ein Stoppschild und jegliche Geschwindigkeitsbegrenzung. Es schien ihn zu wurmen, dass er nicht wusste, was Flottmann im Schilde führte. Sicher dachte er darüber nach, was es mit dem Experiment im Büro auf sich hatte.

Flottmann wollte, dass Hilgersen selbst darauf kam oder ihn einfach fragen würde. Doch die norddeutsche Sturheit oder sein Stolz hinderten ihn offenbar daran. Der Verdacht, den Flottmann gegen Frank Petersen hegte, war sowieso zu spekulativ, um ihn ernsthaft zu diskutieren. Ein wenig gemein kam er sich trotzdem vor, und wenn der Kollege ein weiteres Stoppschild überfuhr, würde er ihn sicherheitshalber in seine Überlegungen einweihen. Aber nach einer halben Stunde hatten sie das Ziel ohne gravierende Zwischenfälle erreicht.

Hilgersen bremste abrupt, als ihm eine Katze vor den Wagen lief.

»Wer Katzen mag, kann eigentlich kein Mörder sein«, sagte Flottmann.

»Auf dem Bauernhof sind Katzen keine Kuscheltiere. Ihr Job ist es, Mäuse und Ratten zu jagen. Dein Kater würde hier vermutlich elendig verhungern.«

»Bogomil hat andere Talente.«

»Ich weiß.« Hilgersen lachte.

Sie stiegen aus und gingen zum Haus. Hilgersen drückte auf den Klingelknopf, aber niemand öffnete. Flottmann schlug den Weg zu den Stallungen ein. Als er den Kuhstall betrat, rümpfte er die Nase. Ihm wurde schlagartig klar, dass er auch zukünftig keine Ferien auf dem Bauernhof machen würde.

Petersen war damit beschäftigt, das Futter für die Kühe mit der Heugabel nachzulegen. Er hielt mitten in der Bewegung inne, als er die beiden Kommissare sah.

»Sie schon wieder?«

»Wir haben noch ein paar Fragen«, sagte Flottmann.

Petersen behielt den Dreizack in der Hand und richtete ihn auf den Hauptkommissar, der einen Schritt zurückwich.

»Ich hab wenig Zeit. Außerdem hab ich Ihnen bereits alles gesagt, was ich weiß.«

»Besitzen Sie eine Waffe, Herr Petersen?«

»Was?«

»Sie haben meine Frage verstanden.«

»Ein Jagdgewehr.«

»Keine Pistole?«

»Nein. Aber auch das habe ich bereits ausgesagt. Was soll diese Frage überhaupt? Sie glauben doch nicht, dass ich meinen Vater erschossen habe?«

»Nein. Das sind reine Routinefragen, weiter nichts. Sie haben sich entschlossen, den Hof weiterzubetreiben?«

»Fürs Erste, ja. Ich hab jetzt eine Hilfe, die dreimal die Woche kommt. Was nächstes Jahr wird, weiß ich nicht.«

»Der Betrieb ist hoch verschuldet, nicht wahr?«

Petersen warf die Forke auf einen Anhänger, der hinter ihm stand.

»Das ist kein Problem. Ich hab bereits mit der Bank geredet. Es ist alles im grünen Bereich.«

»Okay. Das war's schon. Ich wünsche Ihnen einen schönen Tag.«

»Moin.« Petersen wandte sich ab.

»Bei unserem letzten Besuch war er wesentlich freundlicher«, sagte Hilgersen.

»War das alles?«, fragte er auf dem Weg zum Auto.

»Ich hab mich geirrt. Petersen ist nicht der Täter.«

»Ach.«

Sie waren bereits auf der B 5 nach Husum, als Hilgersen nachbohrte. »Dafür sind wir extra hierhergefahren? Die Antworten auf deine Fragen stehen alle in den Protokollen.«

»Mir ging es gar nicht um die Fragen.«

»Sondern?«

»Ich wollte sehen, ob ihm ein Finger fehlt.«

»Mann. Deine Rätselspiele gehen mir echt auf den Senkel.« Hilgersen schlug mit der Hand aufs Lenkrad.

»Sorry, Gustl. Bei unserem letzten Besuch hatte er die Linke ständig in der Tasche vergraben. Das ist mir erst gestern bewusst geworden. Niemand setzt sich hin, ohne die Hand aus der Hosentasche zu nehmen. Jedenfalls erschien mir das recht ungewöhnlich.«

»Deshalb dein Experiment. Trotzdem verstehe ich immer noch nicht. Vielleicht bin ich zu blöd für deine Gehirnakrobatik.«

»Stell dir vor, Petersen junior wäre von der Drohnenbande entführt worden. Dann hätte er sozusagen Insiderwissen gehabt.«

»Verdammt, ja.«

»Der Betrieb drohte den Bach runterzugehen. Die Erbschaft wäre futsch gewesen. Das ist immerhin ein Motiv. Dazu ewige Streitereien über völlig verschiedene Vorstellungen, was die zukünftige Bewirtschaftung des Hofs anging.«

»Und dann kam er auf die Idee, die Entführung vorzutäuschen. Dass die angeblichen Entführer die Geisel töteten, weil etwas schiefging, war durchaus plausibel.«

»So weit, so gut. Aber meine Theorie ist leider geplatzt.«

»Sie war trotzdem gut.«

»Danke.«

Flottmann stellte die Lehne ein wenig zurück und schloss die Augen. Er war um fünf Uhr aufgewacht, weil Bogomil mit seinen

Zehen gespielt hatte. Danach hatte er nicht wieder einschlafen können.

Vor der Klappbrücke, die über den Husumer Hafen führte, mussten sie warten, weil die »Lütte Adler« passierte.

Hilgersen stellte den Motor ab. »Ein Bekannter von mir hatte bei einem Unfall ein Ohr verloren.«

»Wie unangenehm«, murmelte Flottmann im Halbschlaf.

»Es konnte nicht angenäht werden, weil es bei dem Unfall zerquetscht worden war.«

»So 'n Pech auch.«

»Er sah wirklich nicht gut aus mit einem Ohr. Die Leute haben ihn ständig angegafft. Er hat ziemlich darunter gelitten. So was kann einen ganz schön mitnehmen.«

»Armer Kerl.«

»Das ist schlimmer, als wenn einem ein Finger fehlt.«

»Hm.«

»Aber dann hat er sich eine Prothese aus Silikon anfertigen lassen. Total naturgetreu, sag ich dir. Extra an seine Hautfarbe angepasst. Damit sieht er genauso aus wie vorher.«

Flottmann riss die Augen auf. Im Nu war er hellwach. Langsam rutschte er in eine senkrechte Position. »Scheiße«, zischte er. »Weshalb kommst du erst jetzt mit der Geschichte?«

»Vielleicht hättest du mich früher in deine Aktion einweihen sollen.«

»Sofort umdrehen, Gustl!«

Hilgersen grinste. Er warf den Motor an, scherte aus der Schlange aus und schaffte die Wende in einem Zug, indem er den Bürgersteig zu Hilfe nahm.

Als sie auf dem Hof eintrafen, wollte Petersen gerade in den Traktor steigen.

Flottmann packte ihn am Arm. »Ich möchte gerne Ihre linke Hand sehen.«

Petersen sah ihn mit einer Mischung aus Überraschung und Wut an. Er schüttelte den Kommissar ab und stieg wortlos auf die Zugmaschine. Flottmann musste einen Schritt zurückweichen, um nicht von den Hinterrädern erfasst zu werden.

»Der macht sich vom Acker«, fluchte er.

»Mit dem Trecker wird er wohl nicht weit kommen.«

»Okay. Ruf die Kollegen an. Ich informiere die Staatsanwältin. Wir brauchen einen Durchsuchungsbeschluss. Und die Spusi muss hier antanzen.«

»Bist du dir so sicher, dass ...«

»Ja.«

»Was für ein Dreckskerl. Bringt seinen eigenen Vater um, nachdem dieser für ihn sogar das Lösegeld bezahlt hat. Vermutlich hat der Alte dafür eine Hypothek auf Haus und Grundstück aufgenommen. Wieso ist das eigentlich nicht gecheckt worden?«

»Dafür gab es keinen Anlass. Niemand ist auf die Idee gekommen, dass Frank Petersen ebenfalls entführt wurde. Jedenfalls kann uns das keiner als Versäumnis anhängen. Das fiel in den Aufgabenbereich von Hofmanns Leuten.«

42

»Ist jemand gestorben?«, fragte Hilgersen, als Flottmann ins Büro kam. »Du siehst so geschniegelt aus.«

»Hab nach Feierabend ein Date.«

»Sag nicht, dass du dich mit der Ärztin triffst.«

»Doch.«

Hilgersen grinste.

Am Nachmittag kam der Dienststellenleiter Siegfried Drechsler mit einem Karton Weinflaschen herein und stellte ihn auf einem Stuhl ab. »Mein Arzt hat mir den Alkoholgenuss streng verboten. Ich vermute einmal, dass Sie Verwendung für die edlen Tropfen haben. Es sind die Geschenke zu meinem letzten Geburtstag, inklusive Schleife und Verpackung.«

»Vielen Dank und herzlich willkommen. Sie glauben gar nicht, wie sehr wir uns Ihr Comeback gewünscht haben«, sagte Flottmann und dachte dabei an die Gefahr, die durch Kriminaloberrat Hirsch gedroht hatte.

Der übertrieben herzliche Empfang schien Drechsler einen Moment zu irritieren. »Nach allem, was ich gehört habe, haben Sie phantastische Arbeit geleistet.«

»Ein bisschen Glück war auch dabei. Und ohne Hilgersens brillante Schießkünste wäre die Sache für mich nicht gut ausgegangen. Wussten Sie, dass mein Kollege aus der Hüfte heraus ein hochgeworfenes Dollarstück trifft?«

Hilgersen räusperte sich. »Na ja …«

»Nur keine falsche Bescheidenheit, Gustl.«

Drechsler sah zu Hilgersen und hob den Daumen. »Sie scheinen ein gutes Team zu sein. Ach ja, was ich noch sagen wollte: Kriminaloberrat Hirsch hat unser Archiv in ein Büro umgewandelt. Die Idee war nicht schlecht. Herr Flottmann, ich denke, Sie sollten dort einziehen. Einige neue Möbel sind bereits bestellt. Überlegen Sie sich das. Ich brauche Ihre Antwort bis nächste Woche.«

»Was machen wir mit den Flaschen?«, fragte Flottmann, als der Dienststellenleiter gegangen war.

»Du kannst sie haben. Ich bin Biertrinker.«

»Ich würde sie gerne dem Gerber geben, einverstanden?«

»Klar. Er hat das verdient. Der Typ ist schon ein Sonderling. Zwischendurch hatte ich ihn in Verdacht. Aber Musiker tun so etwas nicht.«

»Ebenso wenig wie Norddeutsche?«

»Hm, ja. Ich hätte schwören können, dass es Osteuropäer gewesen wären.«

»Als Profiler wärst du eine Niete, Gustl. Zum Glück hast du andere Talente, wie wir wissen.«

»Ja, zum Glück. Und du? Hast du auch welche?«

»Was?«

»Na, Talente?«

»Klar. Wie ich bereits sagte, spiele ich Geige wie Albert Einstein, habe eine herausragende Intelligenz wie das Physikgenie, Intuition, Kombinationsfähigkeit, dazu Einfühlungsvermögen, und vor allem bin ich ehrlich und bescheiden. Nicht umsonst hat Drechsler mir das große Büro angeboten.«

»Nimmst du das Angebot an?«

»Selbstverständlich.«

»Hab ich mir gedacht.«

Hilgersen stieß sich mit dem Fuß ab und brachte seinen Drehstuhl in Arbeitsposition.

Flottmann nahm den Dienstpolo und fuhr nach Rosendahl.

Als Gerber öffnete, überreichte er ihm das Paket mit dem Wein.

»Ein Geschenk für die Unterstützung der Husumer Kripo bei der Verbrechensbekämpfung. Ich hab jede Flasche einzeln und liebevoll für Sie verpackt. Und richtig chic hab ich mich auch für Sie gemacht, wie Sie sehen.«

»Vielen Dank. Kommen Sie rein.« Gerber war sichtlich erfreut über den Besuch.

Er stellte den Karton auf dem Schuhschrank ab und führte den Gast ins Wohnzimmer. Dort nahmen beide in gegenüberliegenden Sesseln Platz. In der Thermoskanne war noch etwas Kaffee vom Frühstück. Die Schokoladenkekse vom Supermarkt lehnte Flottmann mit Hinweis auf das bevorstehende Abendessen ab. Die Männer unterhielten sich über die Ereignisse der vergangenen Wochen, und Gerber erzählte von seiner Art, die Umwelt wahrzunehmen, von Klanglandschaften, von Harmonien und dem perfekten Ton, dem er seit ewigen Zeiten auf der Spur war und den er irgendwann finden würde.

Flottmann hörte aufmerksam zu. Ganz sicher tickte Gerber anders als der Rest der Welt. Auch konnte er nicht allen Gedankengängen des Musikers folgen, aber er bezweifelte nicht, dass der genau wusste, wovon er sprach. In ihm verstärkte sich der Eindruck, dass normalen Durchschnittsmenschen wie ihm selbst etwas Entscheidendes entging, wenn sie die Welt vorwiegend mit den Augen wahrnahmen. Vielleicht war es früher einmal anders gewesen, als die Vorfahren auf jedes Geräusch achteten, um Jagdbeute aufzuspüren und Gefahren zu erkennen.

»Seit einiger Zeit beschäftige ich mich mit Unterwasseraufnahmen«, sagte Gerber. »Ich glaube, ich hab die Glocke eines versunkenen Schiffes gehört.«

»Dann werden Sie demnächst auf Schatzsuche gehen?«

»So einfach ist das leider nicht. Vielleicht könnte man das Schiff mit Hilfe von Luftaufnahmen finden. Aber auf meinen vagen Verdacht hin wird sich niemand zu einer Überfliegung bereitfinden. Und selber finanzieren könnte ich es nicht.«

»Sie haben diesen gewissen Biss, der dafür sorgt, dass Sie nicht aufgeben werden, nicht wahr?«

»Ja. Manchmal, bei manchen Dingen.«

»Geht mir genauso.«

Flottmann lehnte sich zurück und starrte einen Augenblick an die Decke.

»Mit einer Drohne«, sagte er und richtete sich wieder auf.

»Was?«

»Mit einer Drohne könnten Sie das Gebiet überfliegen. Das kann nicht besonders teuer sein. Um die Bilder auszuwerten, braucht man vermutlich spezielle Fachkenntnisse. Aber ich denke, dass Sie an der Universität entsprechende Unterstützung finden werden.«

»Das ist eine phantastische Idee.«

»Gegebenenfalls kann ich Ihnen auch bei der Beschaffung der Geräte behilflich sein. Ich hab bei meinen Ermittlungen ein paar Kontakte geknüpft, die hilfreich sein könnten.« Flottmann stand auf. »So, jetzt muss ich gehen. Was macht der Nachbar?«

»Ich hab ihn zum Schweigen gebracht.«

»Ein neuer Fall für mich?«

»Ich hab das Kabel seines Häckslers durchgeschnitten.« Flottmann lachte. »Die Tat fällt eindeutig unter Notwehr, Paragraf 32 StGB.«

Am nächsten Tag berief Kriminaloberrat Hirsch eine letzte Sitzung der Soko Halbmondwehle ein. Sie fand ohne die Flensburger und Kieler Kollegen in einem kleinen Besprechungsraum statt. Hirsch unterrichtete die Anwesenden über den aktuellen Stand der Ermittlungen.

Im Keller des Wohnhauses Petersen waren Blutspuren des Toten gefunden worden. Die Waffe, mit der der Alte getötet wurde, sowie den Bolzenschneider hatte man in einem unterirdischen Versteck nicht weit vom Hof gefunden. Die Beweise waren so erdrückend, dass Frank Petersen die Tat gestand. Er habe es nicht mehr mit ansehen können, wie sein Vater den Hof herunterwirtschaftete, indem er sich sämtlichen Modernisierungen widersetzte und damit das Erbe zunichtemachte. Für das Strafmaß würde das Gericht sicher auch bewerten, dass er die Tat begangen hatte, obwohl sein Vater für ihn das Lösegeld bezahlt hatte. Bei Vorliegen der Mordmerkmale Habgier und Heimtücke hatte er mit einer lebenslangen Freiheitsstrafe zu rechnen.

Auch die Beweislage in den Entführungsfällen war eindeutig. Zwar hatte man bisher nur das Geld der letzten Übergabe gefunden, aber Hirsch zweifelte nicht daran, dass die beiden Täter das Versteck bald preisgeben würden, um das Strafmaß zu mindern. Er bedankte sich bei allen Anwesenden und versäumte nicht, auf seine neue verantwortungsvolle Aufgabe in Kiel hinzuweisen.

»Niemand hat ihm zum Abschied ein Geschenk überreicht«, sagte Hilgersen, als sie zurück im Büro waren.

»Das ist traurig. Du hättest ihm ja die Schokolade und die Blumen schenken können, die du mir zugedacht hattest.«

»Die Schokolade habe ich selbst gegessen, und die Blumen hab ich unserer Amsel geschenkt. Sie hat sich gefreut.«

»Ich hätte mich auch gefreut.«

»Jetzt, da du in das Archiv einziehst, hast du die gar nicht verdient.«

»Ich hab es mir anders überlegt.«

»Wirklich? Du bleibst hier?«

»Ja. Wir sind doch ein tolles Team.« Flottmann grinste. Er sah auf die Uhr. »Verdammt, meine Verabredung. Ich muss los.« Er sprang auf und verschwand.

Hilgersen drehte zufrieden ein paar Runden auf dem Schreibtischstuhl. Dann rief er die Akte »Exhibitionist am Tine-Brunnen« am Bildschirm auf. Der Entblößte war von einer fünfundsiebzigjährigen Dame durch mehrere Hiebe mit der Handtasche verletzt worden.

»Was für ein interessanter Fall«, murmelte Hilgersen.